自由思考＊目次

I

†＝文庫版オリジナル収録

III

自由思考

I

見知らぬ男

──講談社／「群像」／二〇〇五年八月号

小学校の二年の頃だったと思うが、夏休みのある日、見知らぬ男に声をかけられた。その時、僕と友人二人（仮にS君とJ君としておく）は近所の神社で、何もすることがなく座り込んでいた。確か野球の練習をしたかったのだが、ゲートボールか何かで、公園が使えない時間だった。それでもどこかに行こうとしていた時、眼鏡《めがね》をかけた、髪の長い中年の男が、僕達に向かって歩いてきた。「あう、あう」と言い、僕達の前まで来ると、身振りを交えて話し始めた。

言葉が途切れ、発音も悪く、初めは何を言っているのかわからなかったが、注意して聞くと段々とわかってきた。要約すると、このような意味だった。

自分は言葉を自由に話すことができず、とても困っている。しかし、店で買いたいものがある。（男はポケットから広告を取り出し、ラジカセの部分を指した）これが欲しい。でも、上手《うま》く話せない。君達の中で一人でいいから、一緒に来て、これを買うのを手伝ってくれないだろうか。

男は途切れ途切れに、時折言葉を濁らしたり、しゃっくりをするように息を吸ったり、擬音を交えたりした。友人二人は熱心に聞いていたが、僕は冷めた目で男を見ていた。あの頃の僕は、取《と》り敢《あ》えず何に対しても、まず疑うような子供だった。特に大人というものを、一般的に信用していなかったように思う。それには様々な理由があったにせよ、無邪気さもあまりなく、世界を斜《なな》めに眺めるような癖がついていた。

僕は、男の目を見ていた。それは直感的なものだったが、不快な感じがし、嘘をついている大人の目のように思えた。そして、途切れがちではあるが、彼の言葉が実際に、自分達に通じていることを思った。これなら店員にも通じるだろうし、そもそも、何も言わずに商品をレジに持っていけば、喋《しゃべ》らなくても、ものは買える。僕がそのことを指摘すると、自分はそのラジカセの機能を、店員に聞いてから買いたいのだと言う。そして、喋れないことを知られるのが、恥ずかしいと言った。商品についての質問を書いた紙を、自分は持っている。君達のうちの誰かに、それを代わりに店員に聞いて欲しいのだと。友人二人は、明らかに彼に同情していた。改めて見ると、彼は気の毒なほど背中が曲がっていた。そして、僕も迷った。

しかし、僕は自分が最初に見た彼の目の印象を、拭うことができなかった。男が、少し離れて手招きをする。S君が「じゃあ僕が行くよ」と囁《ささや》くように言う。僕は、頭の中で考え続けた。なぜ、誰か一人でなければならないのか。全員で行った方が、助けになるんじゃないだろうか。それに僕が、喋らなくても商品は買えると言った時、その後の彼の言葉は、より聞き取り難《にく》くなったような気がする。自分の不幸を、強調するみたいに。僕はS君の服を軽く引っ張り「やめとこうよ」と小さく言った。S君は善良な顔を僕に向け、「だって、可哀想《かわいそう》だよ」と当り前のように言う。僕は困った。

S君は優しい人間で、彼の両親も、優しい人達だった。僕達は、いつもS君の家でお菓子やジュースをご馳走《ちそう》になるのだ。S君には、どんなことでも起こり得るのだ、ということがわからないのかもしれない。僕は、この中年の男を信用できなかった。でも自分のこの感覚を、どうやってS君に伝えればいいのか……。S君は僕達から離れ、手招きする男の方へと歩いていった。男の歩いていく方向は、商店街とは違う。僕はS君に駆け寄り、「包丁を持ってるぞ」と叫んだ。

僕は驚いているS君の腕を摑《つか》み、夢中で走った。J君も驚いたまま、僕と共に走った。振り返ると、男は僕を睨《にら》むように見ていた。だがそのまま、追ってくることはなかった。

住宅の密集する場所まで来て、僕は彼らに、自分が嘘をついたことを言った。男は包丁を持っていなかったし、S君を止めるために、わざとそう言ったのだと。その時、S君は顔を赤くして（本当に、あの時のS君は漫画のように赤くなった）僕に怒った。

酷《ひど》いことをしたじゃないか。あんなに困っていたのに。駄目だよ。可哀想な人に、あんな嘘をつくなんて。S君はそのような言葉で、いつまでも僕を強く責めた。そして、怒りのままに僕の顔を見て、「文君《ふみくん》は汚れてるんだよ」と叫ぶように言った。

あの時の言葉を、今でもたまに、思い出すことがある。小さかった僕は傷つき、立ったまま、しばらくじっとしていた。S君は、自分が言い過ぎたことに、戸惑《とまど》っているようにも見えた。僕は自分がとても悪い人間のように思え、涙をこらえていたような気がする。それまでも、嫌な子供だと言われたことがあった。目付きの悪い変な子供だとも、言われたことがあった。S君も、僕に対して薄々感じていたことを、子供の少ないボキャブラリーで、思わず言ってしまったのだろう。何だか、自分が惨《みじ》めだった。

それから数日後、僕達は駅の入口で、あの時の男が駅員と普通に喋っているところを目撃した。僕達は驚き、あの時と同じように、全力で逃げた。S君は僕に謝ったが、あまり気持ちは晴れなかった。自分が嫌な子供であることに、変わりはなかったから。

子供が連れ去られる事件をニュースで見る度、誰だってそうだが、僕も嫌な思いがする。特に、犯人は言葉巧《たく》みに、という箇所には、我慢できない。S君のような純粋な子供が、連れていかれてしまうのだから。

柳の木

――文藝春秋／「文學界」／二〇〇六年八月号

祖父母の家の近くのバス停には、大きな柳の木があった。

岡崎駅からバスに乗って辿《たど》りつくと、ドアから降りたちょうど目の前に、子供の自分の身体《からだ》の何倍も大きさのある柳の木が、いつも風に揺れていた。

それは巨大な生き物のようにゆらゆらと動き、僕はいつも、バスを降りるのが恐かった。あの細長い触手のような枝葉に自分が絡め取られるような、そのまま縛り殺されるような、そんな印象をいつも抱《いだ》いた。しかし、祖父母の家に行くのは、僕にとって大きな喜びだった。これを通り過ぎれば、祖父母の家に行ける。そう思って通り過ぎようとし、目をつむればいいのだけど、なぜかわざわざいつも、その柳の木を見上げた。色々と考え込み、他人に迷惑をかけ、混乱することの多い子供だった。自分の中にある酷く気味の悪いもの、不吉なものを目で直接見なければならないような、本当に、嫌になるほど大きな木だった。

祖父母の家に行っても、特別変わったことをするわけではなかった。将棋をしたり、トランプをしたり、話をするだけだった。だけど、僕はいつも楽しみだった。僕は祖父母が好きだったし、小さな畳の部屋と、いつもとは違う日本式の天井には、どこかの旅館に来たようなわくわく感があった。そこは確かに、あのような自分にとって、必要な場所だった。コンビニすらなかったけど、繁華街《はんかがい》から離れた町並みは静かで、田園の緑に陽光が当たり鮮《あざ》やかに輝く光景は、いつ見ても眩《まぶ》しく奇麗だった。

あの柳の木がなくなったのは、いつのことだったか。どういう理由かはわからないが、それは根元から切り取られ、強引に、大きな切り株へと姿を変えていた。今まで意識して見なかった向こう側の風景を、ぼんやりと見ていた。恐ろしかったものが消えたのに、なぜか、僕は悲しくなったことを覚えている。さっきまでそこに存在していたものが、ある日突然、姿を消すということ。その喪失感は、あのような柳の木であれ、悲しいものだった。何てことをするのだろう、とも思った。僕は、ますます混乱することの多い子供になっていた。自分の中にあるものは消えずに大きくなり、でも実際の柳の木が消えたというか、何とも釈然としない気持ちになったことを、よく覚えている。

祖父が亡くなったのは僕が中学の頃で、昨年、祖母が救急車で運ばれた。その頃、僕はちょうど芥川賞の喧騒《けんそう》の中《なか》にいて、電話でその事実を知ることになった。だけど、僕は大丈夫だろう、と半ば願望を抱きながら思っていた。今までも、祖母は何度も救急車で運ばれ、いつも原因は心臓などに水が溜《た》まるというものだったが、病院で水を抜いてもらえば、とても元気になるからだ。しかし、いつまで経っても、元気になったという連絡がこない。気を病《や》んでいると、意識が戻らないという連絡が入った。

　僕はその頃、講演会や、いくつかのエッセイの締め切りをかかえながら、「世界の果て」という小説をこの『文學界』に発表するために書いていた。東京駅から新幹線に乗って愛知に戻り、病院へ見舞いに行ったが、日帰りで帰らなければならなかった。手を消毒して白衣を着、重い扉を開けて廊下を歩き病室に向かった。チューブの管を入れられた祖母を見ながらも、まだ僕は、大丈夫だ、と思っていた。

「声をかけてください」と看護師に言われ、自分が来たことを耳元で言い、大丈夫だから、と続けた。言いながら、どうしてこういう時、月並みな言葉しか出ないのだろうと思った。話し続けると、祖母の目の縁に涙が少し溜まったような気がしたが、それは元々あったのかもしれず、自分の言葉が、祖母の意識に届いているのかはわからなかった。続けて、また来るから、と言おうとし、躊躇《ちゅうちょ》していた。本当に、自分はまた愛知に来れるのだろうか、と思ったのだった。この目まぐるしく忙しい日々の中、自分は、祖母が亡くなる前に、もう一度来れるのだろうか。しかし、祖母がもうすぐ亡くなるという前提でものを考えていることに気がつき、また来るから、と言葉に出した。いや、また来れないかもしれない、とも思い直した。次来る時には祖母はもう退院していて、行くのはこの病院ではなくて、あの祖母の家に違いない。そんなことを思いながら、立て込んでいた仕事のために新幹線で戻った。

ある外国の映画監督の方と対談させていただくことになり、その帰り道、写真撮影で来ていたフリーのカメラマンの方と話をしながら歩いた。今日の対談について、お互いにフリーで仕事をすることの不安について、年も近かったからこの二十代後半という半端な年齢について、会話が弾《はず》んだ。カメラマンの世界も大変なもので、最新のカメラを持っていないと、仕事が減るのだと言う。テクノロジーの進化で、次々と新しいカメラが出るのだ。何か僕が言いかけた時だったか、その会話の途中だったか、不意に渋谷の歩道橋の階段を踏み外して足をひねり、痛みとともに、歩けなくなった。大丈夫ですか、と聞かれたが、恥ずかしくて大丈夫ですと言い、無理をして歩いた。だけど、引きずるようにしか歩けない。捻挫《ねんざ》をするなんて、ここ数年なかったことだった。慣れない革靴なんて履くからこうなるんだろう、と思いながら、照れ笑いしながら駅で別れた。祖母が亡くなった知らせを受けたのは、それから間もなくだった。そういえば、祖父が亡くなった時も、自分は夜中になぜか目を覚ましたことを思い出した。

葬儀では、泣けて泣けて仕方がなかった。僕は純粋な人間などではなく、幾分ひねくれていることも諦めるように自認していたが、そんな自分がこれほど涙を流せるとは不思議だった。忙しいと言い訳をして、結局自分は、一度しか見舞いに行かなかった。取材を受けたり、偉そうに文学や文化についてコメントしたりはしていたが、自分にとって大切な人間のもとへは一度しか見舞いに行かず、日帰りで帰った。だけど、本好きだった祖母が僕の受賞を誰よりも喜んでいたことを思い出し、また、意識がまだあった時、車椅子で看護師に手伝ってもらい、僕が出たテレビ番組を嬉しそうに見ていたという話を聞き、何ともいえない気分にもなった。祖母がよく僕に言った言葉は、「無理せずがんばんなさい」というものだった。だけど、無理をしなければ、そもそもいい小説など書けない、とまだ若い僕は思ってしまう。当分、この祖母の言葉は、守れそうにない。

僕は、無神論者を密《ひそ》かに自認していた。小さい頃、色々なうっとうしい出来事から「神」という絶対的な存在について、幼稚な思考を頼りに考えたことがあった。そういった思いを、思春期を経てサルトルなどの世界文学の思想を借り、鎧《よろい》のようにして抱いていた。だが、こうやって三十に少しずつ近づき、色々な死に遭遇《そうぐう》し、その度に自分の考えが揺らぐのを感じる。そもそも、自分の無神論とは西洋のそれで、日本のものではなかった。どこかの宗教に入ろうと思っているわけではないが、人が死ぬという現象は、いつも悲し過ぎた。祖母を見送る時、たとえば輪廻《りんね》も含めて死後の世界がない、神もいないなどと思いたくないのは、当然であるように思えた。願望と事実が一致することはいつも少ないのだけど、祖母の言葉は、いつも温かいものばかりだったのだから。

帰り道、あの柳の木の切り株の前を通った。僕の中の奇妙なものはまだ残り、年を取るにつれて、それはまた何だか、変な風に育っているような気がする。だが祖父はいなくなり、祖母もいなくなってしまった。僕はこのバス停にもう用がなくなり、この町に来る必要も、もうなくなってしまった。

祖父と祖母が眠る霊園はそこから車で数十分走った先の、小高い丘の上にある。清潔に管理され、そこから見える風景はいつも美しい。

ひげのジョリー

——光文社／「本が好き！」／ひと夏の宿題／二〇〇七年十月号

宿題を忘れた生徒に、オリジナルの罰を与える教師が色々いた。輪ゴムで鼻をペチンとやったり、ハリセンを作成しておしりを叩《たた》いたり。体罰なんて言葉は今ほどなかったから、教師はそれぞれ工夫を凝らしながら、罰を考えていた。中でも恐れられていたのが、数学の教師だ。

彼はヒゲが恐ろしく濃く、剃《そ》った跡がいつもヤスリのようにザラザラしていた。宿題を忘れた生徒のほっぺたに、こともあろうに、その自分のアゴをジョリジョリとこすり付けてくるのである。その最中、彼はいつも嬉しそうにしていた。痩《や》せているが、頬《ほほ》がプクプクしていて、いつも口の中を「んーモグモグ」という感じで動かす癖があった。「んーモグモグ」「んーモグモグ」と言いながら、笑顔でヒゲ跡をこすり付けてくる。歩く時は、何だか風に吹かれるように、跳ねながら軽やかに歩く。要するに、変態である。

それは「ひげジョリーの刑」と呼ばれ、生徒達に最も恐れられていた。そして当然のように、彼のあだ名は「ジョリー」だった。

僕は本当によく宿題を忘れる生徒で、夏休みの宿題になるとほとんど全て、前日にやっていた。そして大抵、間に合わない。学校についてからも宿題をやり続け、なんとか間に合うものもあれば、間に合わないものもある。そして、こともあろうに、ジョリーの数学の宿題が、間に合わなかった。

あと四ページのところで、数学の授業が始まった。「はい宿題出してーモグモグ」とジョリーが言う。教室に緊張が走り、みな裁判官に書類を提出するみたいに、厳《げん》粛《しゆく》に、行列をつくって課題の計算ドリルを提出していった。僕は恐怖に震えたが、その時、不意に一つの考えが浮かんだ。できていなかった四ページ分をドリルから丁寧に外し、提出したのである。帰りに職員室にジョリーから呼び出された時、僕は残りの四ページを出した。放課後を使い、残りを仕上げたのだ。そして、「ページがはがれてるのに気づかず、出してしまいました。これが残りです」と言った。

職員室に、緊張が走る。あの子は、今からひげジョリーの刑か、無罪か。全てはジョリーの判断にかかっている。ジョリーは顔を一瞬しかめたが、一応課題がやってあるので、「ぎりぎりだなあ、モグモグ」と言ってくれた。

だが、その翌年の夏休み、僕は数ページの冊子一冊分の宿題を、忘れたのである。担当はジョリーだ。ジョリーの宿題だけは忘れてはならない、と思い、机の一番目立つところに置き、その上に雑誌を置き、マンガを置き、学校が始まる当日の朝にそれを発見し、全身の力が抜けた。僕は、自分の知力の全てを使い、この窮地から脱する方法を考えた。

何をしたかというと、冊子の全ページが開かないように、ノリでベタベタと貼り付けた。そしてその奇妙に固定された冊子を、ジョリーに提出した。僕のこじつけは、つまりこういうことである。「ページが開かないから、宿題がやってあるかどうかは、ジョリーには判断できない。自分の悪事は冊子をノリで貼り付けたことであって、宿題を忘れたかどうかはジョリーは判断できない。ひげジョリーの刑は宿題に科せられた罰だから、ノリで貼り付けたことに対しては、行われないはずだ。きっと口で注意を受けるだけだ」

一時間後、僕は職員室でひげジョリーの刑を受けた。

僕は自分の主張を繰り返したが、ジョリーは笑顔で、「んーモグモグ」としか言わなかった。とにかくダメだ、ということだったのだと思う。ジョリーが嬉しそうに、近づいてくる。それからの僕は、悲鳴を我慢することしかできない。

宿題は本当に嫌いだ。あの夏の数学の宿題のせいで、つまりジョリーのせいで、ますます嫌いになった。夏休みは、遊べばいいのである。「休み」なのに「宿題」をするというのは、そもそも矛盾《むじゅん》している。

もしも編集者の中で、締切日を守らない作家にひげジョリーをするような強者《つわもの》がいたら、どうだろうか。きっと作家達に恐れられ、「担当のジョリー」などと呼ばれ、全員、締切を守るようになるだろう。いや、その前に、セクハラか何かで訴えられるかもしれない。

鬼はどこへ

——中日新聞／二〇一〇年二月二日

明日は節分だけど、僕はどうも豆まきが好きではない。

幼稚園児だった頃、鬼の面を被《かぶ》った先生に対し、みんなで豆を投げた。「鬼は外、福は内」。だけど、僕は奇妙な問いに襲われた。「追い払われた鬼はどこに行くのか」

という問いである。

先生に聞いてみたが、先生は当然のことながら、困っていた。「遠くに行くのよ」と言われたが、僕は納得できなかった。僕が何より恐れたのは、鬼の復讐《ふくしゅう》だった。

子供達にあれだけ豆をぶつけられた屈強な鬼が、ツノまで生やし、トラ柄《がら》のパンツを堂々とはく変態が、大人しく引き下がるだろうか？——きっと復讐に来るに違いない。僕は怯《おび》えた。歩いている僕の前に、待ち伏せしていた鬼が不意に現れる光景が浮かんだ。「あの時の豆が目に当たって痛い」鬼はそう言うだろうと思った。「お前を殺す。今のお前はもう豆を持っていない」鬼が、あの黒いトゲのついた棍棒《こんぼう》を僕に向ける。僕は豆を探す。しかしもう豆はない。豆がどこにもない。「豆、豆……」とうなされながら目が覚めた。今考えてみれば、何だか可哀想な子供である。

先生はしかし、「鬼ケ島」に行くのよ、という答えも用意していた。だから桃太郎がやっつけるから大丈夫なのだと。しかし残念ながら、僕は桃太郎という話が嫌いだった。

桃から生まれたと言い張る怪しい奴《やつ》に、しかも旗を持ってキジや猿を連れて歩くような変態に、やられる鬼の方に僕は同情していた。ならば、余計に復讐されるのではないか？　桃太郎の責任まで負わされてしまう。

翌年の節分の日、みんなが豆を投げる中で、僕は投げなかった。そして心の中で呟《つぶや》いた。「僕は豆を投げていません。覚えておいてください。投げているのはこいつらです。こいつらなんです」

最近、自分がいつから歪《ゆが》んだのか考えているのだけど、どうやら根は深いようである。今思い出したけど、現在小説家である僕が初めて書いた物語は、多分小学一年生の時の、「浦島次郎」という話だった。浦島次郎は老人にされた兄への復讐で亀を脅し、竜宮城へ乗り込む途中で亀の策略《さくりゃく》にあい溺死《できし》し、老人になってしょんぼりしている兄のもとにその遺骨が流れてくるというシュールな物語である。何だか自分が嫌になってきたが、そういう子供だったのだから仕方ない。

大人になっても、どうも豆まきは肌に合わない。大体、「鬼は外、福は内」なんて我がままだし、勧善懲悪《かんぜんちょうあく》過ぎて日本らしくない。と思って調べてみたら、かけ声には色々あるようである。

いい鬼を祭っているところなどでは、「福は内、鬼は内」などともいうらしい。「福は内」しか言わないところもある。とてもいい。こういう柔軟性が僕は好きだ。正義は立場によって変わるのである。こういう感覚は、日本の平和主義にも当てはまる。大事にしたいなと思う。

節分は厄災《やくさい》を払うものだから、「福は内、厄災は外」とか言ってくれれば、そして豆を空中に投げるとかにしてくれたら、子供の僕もそんなに違和感を持たなかったかもしれない。

いっそのこと、節分を自分の個人的な願いに置き換えてやってみてはどうだろうか。家庭的な奥さんなら「妻は内、愛人は外」とか。愛人の人は「妻は外、愛人は内、いや、むしろ私が妻」と言うかもしれない。いっそのこと、妻と愛人が結託し、夫に豆をぶつけても面白いかもしれない。

大人数が少人数に豆を投げる、という行為も、自分に合わないのかもしれない。たとえば世間から攻撃されている人を見ると、同情してしまう傾向にある。それは恐らく、僕が日向《ひなた》よりは日陰を生きてきたからかもしれない。

明日の節分も、僕はまた微妙な思いで眺めるのだと思う。

京都にて

――講談社／「群像」／二〇〇四年十一月号

先日、一人で京都に行った。部屋に閉《と》じ籠《こも》って小説ばかり書いているせいか、急にどこかに行きたくなり、予定も立てずに新幹線に乗った。京都にした理由は、特になかった。住んでいる愛知県から近かったし、何となく、静かなイメージがあった。

京都駅に着き、まずはホテルを探さなければならなかった。持っている携帯電話が旧式のために、直接タウンページをめくるしかなかった。適当に選んで予約したホテルは、直後に気づいたのだが、酷く遠かった。キャンセルするのも気が引けるため、自分の計画のなさに呆《あき》れながら地下鉄を乗り継ぐことになった。

四条河原町《しじようかわらまち》の、鴨川近くのビジネスホテルだった。部屋に入りテレビを点《つ》けると、急に自分が何をしているのか、わからなくなった。自分はなぜ今京都でテレビを見ているのか、冷静に考えると不思議だった。小説のことが気になり、印刷して持ち込んでいた、書きかけの原稿を広げた。最初からこうするつもりだったのかもしれないと思いながら、結局、京都でも籠ることになる。小説を書くことにおいては、書き終わるまで、気分転換というのは成り立たないのかもしれない。違った環境のせいか思ったよりはかどり、気がつくと深夜の二時になっていた。

寝ようとしていた時に、酔った友人から電話がかかってきた。会社員である彼は、上司や取引先との関係に、何かと打ちのめされているようだった。だが、僕は不思議な気分でそれを聞いていた。何だか、とても遠い話のような、自分が時間の中に取り残され、彼はしっかりと生活しているような、妙な感覚だった。彼は、主任になるかもしれないと言う。なったらお祝いをすることになり、電話は切れた。

翌日、せっかく京都に来たのだからと思い、街を散策することにした。本当はガイドブックなどを読んで名所を巡った方がいいのだが、適当に歩いてみたいと思いいつもの習慣のせいか、取り敢えず歩き始めていた。風俗店と寺の距離が妙に近かったり、繁華街から一歩外れると昔ながらの木造の建物が並んでいたりと、中々おもしろかった。修学旅行生や外国の人達が、地図を眺めながら坂を上っていた。何かあると思いその道を上ると、かなりきつい傾斜の果てに、清水寺があった。自分の偶然に感動しながら、境内《けいだい》に入った。男一人で来ている人間など誰もいなかったが、森林と寺の建造物が素晴らしく調和し、不思議な静寂の中で、徐々に気持ちが休まるように思えた。気を取り直しておみくじを引くと、吉、と出た。『暗夜より月夜になるがごとく心の憂《うれ》いとけ去りて喜びにあうなり』とある。そうなればいいと思いながら、日の落ちる前に帰った。

同じホテルにもう一泊することにしたが、中々眠れず、外に出た。深夜にもかかわらず、繁華街にはたくさんの人が溢《あふ》れていた。鴨川の緩やかな流れが気になり、石の階段を降りて川岸に行った。川と向かい合うような飲食店の端々に、幾つもの提灯《ちょうちん》が赤く灯《とも》っていた。その明かりの羅列《られつ》を見ながら、なるほど、自分は調子が悪いのだ、と思った。小説は進んでいるのだが、近ごろ、色々と考えることが多い。二十七という年齢はまだ十分に若いはずなのだが、様々なことにおいて、余裕を感じることができなくなっていた。未来のことや、自分の小説観のことや、最近起こった身の回りのことなどが、入り混ざって溶け合うように、一つの固まりのようになっている。これを解きほぐしながら考えるのは、中々難しかった。京都に来たのは軽い蒸発願望だろうか、などと思っているうちに、段々と眠くなっていた。

場所を京都駅周辺に移し、五条烏丸《ごじょうからすま》のホテルに泊まった。執筆の調子がよかったせいもあるが、帰りたいという気持ちが中々起こらなかった。長々と滞在していられるような身分ではなかったが、四日が過ぎ、五日が過ぎた。時間の中に取り残される感覚の中、言い聞かせるように小説を書いた。大げさに言えば、沈んでいく気分を書くことによって何とかそれ以上悪化しないように保つというか、そんな時間が幾日も過ぎた。

夜、何となく外へ出た。会社のビルが建ち並ぶ周囲は、さすがに人通りは少なかった。東本願寺の、壮大な門が暗闇にそびえ立っていた。堂々と美しく、それは見るものを圧倒している。昼間にはそう感じなかったが、この漆黒の闇のせいか小さな恐怖心すら覚えるようだった。

そこに、一人の初老の女性が歩いてきた。灰色の寝巻きのような格好で、酷くやせて見える。彼女は辺りをしばらく見渡すと——僕には気づかなかったようだ——手を合わせ、門に向かって祈った。巨大な東本願寺の門に対してあまりにも細く小さい彼女の姿態《したい》が、弱々しく、しかし美しく見えた。目を閉じ、やや背を丸めたまま、彼女はいつまでも動かなかった。何を祈っているのかはわからない。とても不幸であるのかもしれないし、そうではないのかもしれない。だが、僕はその女性の人生を少しかいま見たような気がした。彼女の祈りは、どういったものだろうか。自分勝手に想像しながら、ホテルに帰った。皆、何かを抱えて生活している。彼女の願いが、届けばいいのだが。

別にそれがきっかけになったわけではないが、翌日、僕は愛知に戻った。

験《げん》、というか呪い

――講談社／「群像」／験担ぎ／二〇〇八年二月号

小学生の頃、学校から当時住んでいた家まで帰る道のりの間、一つの石コロを蹴り続ける、ということをしていた。溝《みぞ》に落ちたり、他人の家の敷地に大きく入り込んでしまったらアウトなので、なかなか難しい。

何気《なにげ》なく始めて成功した翌日、僕の大嫌いなプールが水不足の影響で中止になり、二度目か三度目かに成功した時、僕の大嫌いな先生が病気（急性胃腸炎とか、盲腸とか、そういうやつだった）で学校を休んだ。これが成功したら、自分には翌日いいことがある。僕はそれから、毎日のように石を蹴ることになった。

だが、ただ単にいいことがある、だけではつまらない。明確な目的が欲しかった。

誰かを、急性胃腸炎にしてやりたい。狙う相手は校長（別に何の恨みもないが、トップを狙うのは気持ちがいい）にするか、あのさわやかな学級委員長にするか。迷った末に、学級委員長にした。大体、さわやか、という奴は気に食わない。「これでお前も急性胃腸炎だ」と思いながら、石コロを蹴った。

だが、なかなか上手くいかなくなった。あと一歩のところで溝に落ちたり、通行人に当たってしまったりした。学級委員長は恐らく光のオーラに包まれており、そのオーラに僕の負のオーラが弾《はじ》かれているのだと思った。仕方がないので校長にしたが、やはりこれも上手くいかない。奴は権力に守られているのだと思った。

僕はつまらなくなり、今度は目的を根本から変えることにした。「これが失敗したらクラスメイトがみんな死ぬ」という風に。責任は重大である。僕の行為のミスによって、彼らがみんな死に、その家族は悲しみ、町内が絶望に包まれる。僕は緊張しながら石を蹴り始めたが、石はすぐ溝に落ちた。クラスメイトの全員が、この石のように、ドブのヘドロの中に次々と埋もれていく様子が頭に浮かんだ。「みんなごめん」と思った。

要するに、僕は学校が嫌いだったのである。別にその学校が、というのではなく、学校というシステム全体が好きではなかった。というより、世の中の全部が好きではなかった。

そんな児童だったのだけど、先日その小学校が創立百周年となり、その歴史が書かれた記念の本に寄稿してください、と言われてしまった。卒業生代表がよりによってこのような僕でいいのか、他に誰かいないのかと思いながら、猫を被って真面目なことを書いてしまった。何だか申し訳ないと思ったが、まさかこんなことを書くわけにもいかない。

今は、もちろんこんなことはしていない。この石が自分のマンションまで行けば、僕が嫌いな某《ぼう》誰々が歯槽膿漏《しそうのうろう》になるとか、僕が嫌いな某誰々の国民年金がストップするとか、そんなことはやっていない。まあ、歯槽膿漏くらいにはなってもらいたいと密かに思っているのだけど。

真面目をやめようかと

——講談社／「群像」／二〇一一年一月号

最近、どうも気分が滅入《めい》ってならない。

気分が滅入る理由をいくら挙げてもきりがないし、どれも改善の余地が見当たらない。なので、自分の内面を変えようと思い立った。真面目な人間は追い込まれやすく、精神を病みやすいというのは本当である。つまり、自分で言うのもなんだけど、もう真面目をやめようと思うのだ。そうすれば、大分精神も楽になる。

たとえば、編集者から「急ですみませんが、今夜十二時までにゲラを戻してもらえませんか?」と言われた時。

これまでなら、「わかりました」と答え、どれだけ忙しくても、どんな用事があっても、きちんとその時間までにゲラを返していた。まず、それをやめよう。

ガウンをはおり、ワイングラスを持ち、ペルシャ猫を撫でながら編集者からの電話を取る。「十二時までに……」という編集者の言葉を、不敵な笑みで曖昧《あいまい》に聞く。そして、「ふーん……。十二時ねえ……」と呟く。編集者が、「申し訳ないですがお願いします」と続けて言ってきたら、「君の十二時と私の十二時は違う。……わかるだろう?」と絶対わからないことを相手に言い、困らせる。編集者が「ゲラを、ゲラを」と焦りだしたら、「……心のゲラに聞いてみるんだな」と言って電話を切る。爽快《そうかい》だ。精神も大分安定する。

インタビューでも、これまでならしっかり言うことを頭でまとめ、「僕にとって悪とは……」とか真面目に答えてきたけど、これもやめよう。

まず腹話術の人形を手にインタビュー場に現れる。そして「これからはフミちゃんが答えるよ!」と腹話術をやりながらインタビューに答える。「中村さんにとって文学は……」とか聞かれたら、腹話術特有の甲高《かんだか》い声で、「ボクは、悪と女がだーい好き」と言う。「趣味は……」と聞かれたら、これまでは「散歩です。散歩をするとアイディアが浮かぶんです。フフ」とか答えていたけど、正直に「ペッティングです」と答えようと思う。「純文学の未来は……」とか聞かれても「ペッティング」と答えよう。もう何を聞かれてもペッティングだ。きっと精神も楽になる。

単行本を出す時も、編集者から「初版部数は〜」と言われた瞬間、「あれれ？　ゼロ一個少ないいんじゃねえの？」と言ったり、「夕食どうしますか」と聞かれたら「女体盛だね」と答えたり、風船ガムを膨らますように常にコンドームを膨らましたり、もう何が何だかわからなくなってずっとチンコ出していたり、「うちの雑誌にはいつ頃小説をもらえますか」と聞かれたら、「ある日寺の和尚《おしょう》が三匹のカエルを見つけたんじゃ。そのカエルの色はそれぞれ、白、赤、青じゃった。和尚は何色を選んだかな？」とわけのわからないトンチを披露《ひろう》したり、「原稿はいつですか」と聞かれたら「明日送ります」と答え、小説っぽいタイトルのワードファイルをちゃんと編集者にメールで送り、中身は「嘘ぴょーん」という一文だけ書いたりしよう。僕のことを悪く言う批評家がいたら（色々いるけど）、あの手この手で住所を調べ、そいつの家の前でウンコとかしてやろう。講演でもAV女優の話ばかり、たとえば明日花《あすか》キララさんの魅力についてばかり喋ったりしよう。吉沢明歩《よしざわあきほ》さんでも西野翔《にしのしょう》さんでもいい。自分の性癖ばかり喋るのもいいかもしれない。「僕はSなんですよね。だからセックスの時は、常に主役になれないんです。主役はMなんです。SってサディズムのSであると同時にサービスのSであり、Mは満足の……」きっと精神も楽になる。

このエッセイも、今月はとても忙しいのに、『群像』のSさんとKさんに書けと言われたから書いているのである。毎日毎日死にそうな気分で原稿を書いているのに、「五枚半です」とかメールしてきやがったのである。五枚半って、結構長い。まずあの二人に嫌がらせをしよう。何をしよう。あの二人は恩人なのだが、今の僕、いや、真面目じゃない俺には関係ない。「エッセイはここに埋めた」という面倒臭い地図を送り、SとKに探させようか。会った瞬間スカートめくりでもしてやろうか。

……しかし一番問題なのは、このエッセイを〆切《しめきり》の一週間前に、ちゃんとこうやって書いていることである。真面目というか、小心者なのだと思う。しかも、このエッセイをちゃんと『群像』に期日前に渡し、その際のメールには、「楽しく書けました」とかなんとか、僕が書くであろうことが今から予想できることである。なんてことだ。しかしもっと言うと、このエッセイも、最後はこうやって無難《ぶなん》にまとめると、僕が最初から決めていたことも問題で、しかも今これを正直にこうやって書いていることもまた問題だ。

内面を変えるのは難しい。どうしよう。江戸時代の悪代官《あくだいかん》みたいになりたい。悪代官になって、くノ一を捕まえたり、ヨホホ、ヨホホとか言いながら町娘にちょっかい出したり、お菓子の下に敷かれた小判をもらったり、見回りにきた水戸黄門の前ではヘラヘラ笑ったりしながら生きていたい。無理だ。どうしよう。なんだか書く前より気分が滅入ってきた。

アダルトビデオの名言

――講談社／「群像」／私のベスト3／二〇一三年二月号

疲れてるせいか、なぜかこんなベスト3しか思いつかない。

一つ目のセリフは、高校生の頃観《み》たＡＶによるものだった。足を開いた女優に、男優が真珠のネックレスを手に近づいていく。その設定の意味がもうわからないが、やがて男優は女性の首にそれをかけるのではなく、女性の大切な部分にその真珠のネックレスを入れていくのである。何でそんなものを入れるのか当時はわからなかったし、今も全然わからないけど、そこで男優はこう呟くのである。

「そーれ……真珠湾攻撃だ」

びっくりした。思いついても、普通言わない。そして男優による真珠湾攻撃が始まる。「攻撃だー」「やーん」「降参か？　降参か？」「や〜ん」「ダダダ、ダダダ」「降参〜」。上手く言えないが、平和って素晴らしいと思った。

二つ目は、里美《さとみ》ゆりあという、天使みたいな女優が言ったセリフ。普通、挿入《そうにゅう》時に女優が男優に問いかける言葉は、「気持ちいい？」とか「気持ちいいの？」とか「〇〇君、いっちゃうの？」とかなのだけど、彼女は違った。後ろからされながら、顔を男優の方に向け、彼女は静かにこう囁くのである。

「……ちんぽいっちゃうの？」

え？　……僕は茫然《ぼうぜん》と画面を観続けることになる。いくのは男じゃなく、ちんぽなのか？　ちんぽが独立し、単独でいくのか？　いや、そもそも、ちんぽって何だ？　僕はこのセリフを聞いた午前三時、自身の自己同一性を疑うことになる。確かにちんぽは理性を超える。僕を凌駕《りょうが》する。いってるのが僕じゃなくちんぽだけだとしたら、果たして僕とは一体何だろう？　この自己同一性は今も狂ったままだ。ちなみに彼女の出演作には『尻痴女〜尻でザーメン絞り出す女〜』という物凄《ものすご》いタイトルのＡＶがある。

三つ目は、一番驚いたシーンでのセリフ。これは中学生の時に観た。

正常位の体勢から、男優がどんどん女優に体重をかけるようにして浮き、（男優が）足をピンと伸ばしていく。不愉快な組み体操みたいに、女優が下で男優の身体を接合点のみで支える格好だ。そしたらなんと、その男優が不意に女優の上で回転し始めたのである。

「そーれタケコプターだー」

男優が女優の上で、チンコを軸に回転する。横向きになったり逆さまになったり、もうてんやわんやである。まだ童貞だった僕は、「え？　セックスってこんなことしなきゃ駄目なの？」と恐怖した。息を飲む。額《ひたい》から汗が流れる。でも驚いたのは、次に男優の言ったセリフだった。

「一緒に飛ぼう」

飛べないし。ていうかタケコプターじゃねーし。もし飛んだってチンコ抜けて女性が落下し、裸の男がチンコ出して飛んでくだけだし。ちなみにこの体位の名称は「ヘリコプタープレイ」というらしい。


――文藝春秋／「文學界」／二〇一三年五月号

海外エロ動画

英会話に通っているのだけど、作家たるもの、何をチマチマ真っ当に英語を勉強してるのだとふと思い、サブテキストとして海外のエロ動画を見ることにした。

僕の読者さんの中には、僕が書くエッセイをほとんど読む方もいてくれて、そんな方達はちょっと前に『群像』に載ったものを思い出し、「また中村はAVか。あいつどうかしちゃったんじゃないか」と思うかもしれないが、どうかしちゃったのである。僕は忙しい時にエッセイを頼まれるとこうなる。つまり、こんなタイミングでエッセイを依頼した『文學界』が悪いのである。

いざ勉強、と見始めた。でも見ながら呆然《ぼうぜん》とする。

「アウ、アウ」

「オーマイガー」

「アウ、アウ」

「オーマイガー」

全然勉強にならない。しかも外国の人はセックスの時に囁く傾向にあるので、かなり注意深く聞かなければならない。

「マイプッシー、＊＊＊」

ん？　今何て言った？　巻き戻そう。

「マイプッシー、＊＊＊」

まだわからない。もう一度。

「マイプッシー、オーマイガー」

何だよ。ていうか、神がこの場面を見たらどう思うだろう。筋肉ムキムキの男性が駅の弁当売りのように女性をかかえ、その女性を空中に放り投げるようにアクロバチックなセックスをしている。何かに似てると思わないだろうか？　ケン玉である。カリフォルニアのケン玉。すさまじい。

しかも見ながら、別のことが気になってくる。何だか全体的に、設定が変だ。たとえば、青々《あおあお》とした芝生の上を、チアリーダーの格好をした金髪の女性がお尻を振りながら歩いてくる。そして辺りに寝転ぶアメリカンフットボールの選手達を誘惑していくのだが、そんな変態いるわけないし、いたとしても性病か何かを持っている女性かもしれないのに、男達は魅入《みい》られたようにその女性に群《むら》がっていく。一人がチンコを入れる。順番に待てばいいのに、もう一人がお尻の方にチンコを入れる。せっかちだ。女性が叫ぶ。「オーマイガー！」。何だこれ。午前二時にお茶を飲みながら思う。そういえば随分前、二本のチンコを同時に口に入れフェラチオする日本女性の動画を見たことがあるが、あの時は「落ち着け」と思った。

海外の男優達や女優達は、よく唾液《だえき》で手や性器を濡らしている。まるで大リーガーの投手達が手を舐《な》めてボールを湿らすように。アメリカが乾燥してるからだろうか。彼らも大変である。

色々動画を見ていると、お互い愛し合うようにセックスしているのに、チンコが入った瞬間、女性がよく「シット！」と言う。「ボウシット」とも。シットは多分「ちくしょう！」で、「ボウシット！」は「こんちくしょう！」だと思うのだけど、チンコが入った瞬間「ちくしょう！」と言うのは文化の違いだろうか。もし日本の女性にチンコを入れた瞬間相手が「ちくしょう！」と言ったら「うわ、ごめんなさい」となってしまう。しかも注意深く聞くと、男性も射精の瞬間、「シット！」と言う。射精した瞬間「ちくしょう！」。なぜだ？　これは日本のおっさんがくしゃみをする時「へーックション、ちくしょう！」と言う心理と同じだろうか。

あと、女性が男性のチンコを往復ビンタしたりする。なぜそんなことを？　痛いじゃないか？　でもそうされた男性が、「ザッツライ（それでいい）」と言うのである。なぜチンコを往復ビンタされて「ザッツライ」なんだろう。全然ザッツライじゃない。これも文化の違いだろうか？　それとも僕が見た動画が変なのだろうか？　サンプル動画だから？　お金払わないと駄目か？「知らねーよ！」と声が聞こえてきそうである。

あと日本人男性VS.外国人女性という感じのAVも見た。日本のAV男優の技が海外に通じるか？　という興味深い設定だ。名前は知らないが、その男優の日本人は正常位—松葉崩し—乱れ牡丹《ぼたん》—手押し車という流れる連続技で見事に外国の女性をイカせた。嬉しそうにガッツポーズする男優。拍手するスタッフ達。とにかく平和で何よりである。

つい昨日見たものにこんなのもあった。激しくセックスをしている最中、外国の女性がモノ凄くイク。身体を何度も痙攣《けいれん》させる。これは女性にとって満足だと思うのだけど、その女性はイッた後、なぜか突然男性から身体を離し、怒り出してその男優を蹴り始めるのである。

逃げる男優。それを追いかけて蹴り続ける女優。二人が「オーマイガー」と叫ぶ。見てるこっちがオーマイガーだけど、そもそもなぜイカされて怒るのだ？　もし僕が外国人の女性とセックスして、頑張って相手をイカせたらこんな風に蹴られるのか？　そして「オーマイガー」と言うのだろうか？　文化の違いか？

多分見た動画が悪いんだろう。


——淡交社／「なごみ」／和とかなんとか／二〇一六年一月号

日本語は難しい

日本語は難しい。

他の言語に比べ、ニュアンスの幅が広いように思う。

アメリカに行った時、日本語を勉強している若いアメリカ人の女性とコーヒーを飲んでいた。きちんとしたビジネススーツに、生真面目《きまじめ》な表情。彼女はきっと「ここは私が奢《おご》りますよ」と日本語で気軽に言いたかったのだと思うが、僕の目をじっと見ながらこう言った。

「ここは私が……、身銭《みぜに》を切ります」

「……え？」

僕は慌てる。身銭？

「いえ、ここは僕が……」

「あなたは昼のご飯で身銭を切った。だから、今度は私が身銭を切ります」

おかしい。一体どこで日本語を学んでるんだろう。彼女は続けて、お会計を済ませますから先に出てください、と言いたかったのだと思うが、

「あなたは、私をこの場に置き去りにしてください。あなたに置き去りにされている間、私は身銭を切ります」

と言う。何だか、とても悪いことをさせている気分になる。

身銭を切るというのは、切羽《せっぱ》詰まった感じというか、嫌だけどお金を払う意味だと僕が言うと「セッパツマッタ？　セッパって何？」と聞かれる。確かに「セッパ」って何だろう。こっちまでわからなくなってくる（ちなみにセッパは日本刀の持つところと刃の間にある丸く平たい金具のことで、ここが詰まると敵が来たのに刀が抜けな

くて大変、という意味）。加えて言うと「血税」「自腹を切る」という言葉もあるから、日本人はお金と自分の体を一体化させる傾向にあるのかもしれない。基本的に、お金を払うのが嫌なのかもしれない。

韓国に行った時に通訳をしてくれた女性は、さらに表現が重々しかった。

韓国の飲み会の席で、ある女性から「イェッポヨ」（イェッポヨと言って）と言われたので僕が言うと、ワー、と場が盛り上がった。「イェッポヨ」は韓国語で「綺麗《きれい》です」の意味で、要は言葉のわからない外国人の僕にそう言わせる、楽しげなゲームである。まあそういうことがあって、後に韓国の出版社の方々が来日し、僕と日本の編集者達と会うことになった。

その社長さんが、僕に軽い感じで言う。ニュアンスとしては恐らく「（僕にイェッポヨと言われた）彼女、その気になっちゃってるから、今度韓国に来る時は部屋の鍵はかけたほうがいいよ！」という感じである。当然冗談だ。大体、その女性と僕は五分も話してない。

でも、それを通訳の女性が僕達に伝えることになる。彼女は食べていたイカリングをゆっくり咀嚼《そしやく》した後、重々しく口を開いた。

「彼女は今、自らの欲望を抑えられない状態にある」

え？　場が静まり返る。日本の編集者達が疑いの目で僕を見てくる。

「あなたのせいで、いま彼女の性欲は大変なことになっている。次に韓国に来る時、あなたは必ず部屋に鍵をかけなければならない。そうでないと彼女はあなたの部屋のドアを突き破るだろう」

いやいや。違うって。そんなわけない。僕が訂正を求めても、彼女は再びイカリングに箸を伸ばし咀嚼し始める（味が気に入ったらしい）。日本の編集者達が僕を驚きの目で見てくる。中村は韓国で一体何をしたんだと。実は今でも、この誤解は解けていない。

日本語は難しい。いや、彼女達がちょっと変わってるだけだろうか。

それとは逆に、日本語が得意過ぎる外国の方々を日本の居酒屋で見たことがある。そのグループは「国産黒毛和牛のおろしポン酢たたき」や「北海道産砂肝胡麻油炒め」などを完璧な発音で注文し、お酌《しやく》をする方が「まあまあ」と言い、受ける方が「とっとっと」と言っていた。おしぼりで顔を拭き「あー、生き返る」とも。思わず見入ってしまった。

快適な水回り考

——淡交社／「なごみ」／和とかなんとか／二〇一六年二月号

海外に行くと日本の良さがわかったりもするのだけど、最強だと思うのは日本の「水回り」である。

日本のちょっといいホテルに泊まると、大抵便座は温かい。まるでお釈迦様《しゃかさま》の手の平に、そっとお尻を載せてるような気分になる。最近のウォシュレットもすさまじい。水温を調節し温かいお湯で洗うことができるだけでなく、「ムーブ機能」を使うと水流自体が細《こま》かに振動し、やさしくお尻を「タッチ」してくる。なんというか、お尻を洗うというより、何か別の特殊なことをしてるような気分にもなる。

さらに乾かすためドライヤーに似た風まで吹く。終わると勝手に水が流れ、便器の蓋《ふた》が自動で閉まっていく。焦らず、ゆっくりと。まるで便器の蓋が「お疲れ様でした」とお辞儀するみたいに。


シンガポールのショッピングモールで入ったトイレは奇妙だった。

人が座ると自動で水が流れ、便器を前もって洗うようになってるのはいいのだが、惜しかった。

その時に流れ出る水量が多過ぎて、座ってるお尻にピシャピシャ冷たい水が飛び散るのである。

「冷たい」と思いお尻を上げ、水流が収まるのを待つ。そしてやっとできると思い座るとまた水が大量に流れ始める。また冷たい。僕はお尻を出した無防備な姿のまま、奇妙な屈伸運動を繰り返すことになる。どうしたらいいだろう。僕はこのままシンガポールでお尻を出しながら、この動作を繰り返し死んでいくのかと不安になった。このままだと、あまりに孤独で可哀想じゃないか。

日本のシャワーにはホースがついてるので、手で持って身体のどこでも洗うことができる。でも外国のシャワーは大抵上に固定されたままだ。

上から滝のようなシャワーを浴びながらいつも思う。これでは身体をおおざっぱにしか洗えない。洗面器もないからどうすればいいかわからない。

アメリカにいる時に聞いてみたが、「日本人は滝に打たれるから同じじゃないか」とよくわからない回答をされた。滝行は清めや修行などで行うのだし、日本人の全てが滝に打たれるわけじゃない。というかそもそも、石鹸《せっけん》とシャンプーを持って滝に行く日本人はいない。

中国のシャワーはもっと奇妙で、シャワーの穴が大き過ぎるのか水が分散せず、出た瞬間一つになり、つまり水道の蛇口のようになり「ドカン」と一気に出てきた。まさに滝に似ていた。北京オリンピックの前だったから、今は改善されてるだろうか。結構いいホテルだったのに。でもお蔭《かげ》で頭についたシャンプーやリンスは一瞬で流れ落ちた。

日本のトイレは快適さに貪欲《どんよく》である。素晴らしい。世界を快適にするために、日本のＩＮＡＸやＴＯＴＯなどはもっと海外進出するべきだと思う（余談だけど、この二つの企業名を並べて逆から読むと弟×兄となると知った時は本当に驚いた）。日本の便器の快適さはもう神の領域に達してると思うのだが、この先の未来はどうなるだろう？

マッサージチェア型の便器だろうか。代謝にいいツボまで押してくれる。いや、もっと進んで人工知能搭載の便器だろうか。

座ると「来てくれたのね。嬉しい」と女性の声で語りかけられる。そこに座る人の力の入れ具合をセンサーで察知し、便秘の場合には「頑張って。ゴールはすぐそこ」と励《はげ》ます。出すことができたらスター・ウォーズのテーマソングで盛り上げてくれる。トイレから出る時は「寂しい。また来て」などなど。男性の声にできたり、「来てくれたんだね。嬉しいよ。恥ずかしがらずさあ座って」とか、言い方のタイプも選ぶことができる。売れるんじゃないだろうか。いやどうだろう。

段々好きになっていく食べもの

――淡交社／「なごみ」／和とかなんとか／二〇一六年三月号

ロサンゼルスに行った時、寿司を一口食べ、驚く。ワサビの代わりに芥子《からし》が入っていた。

なんてことだろう。これは寿司ではない。口に入れたまま、ほとんど噛《か》むこともできず茫然としていた。「ドウシタフミノリ、ドウシタ」と周りから英語で言われても動くことができなかった。しかし、と思い直す。そもそもワサビを食べるには、慣れがいる。段々好きになっていくものだ。アメリカの人に、いきなりワサビを出しても無理に違いない。

日本でも、たとえば幼稚園児がワサビ入りの寿司を食べ「ツーンとくるね、人生のようだ」と言っていたら気味が悪い。大人になるにつれ、あの味の喜びを知っていくのだ。

僕も小さい頃、初めて寿司をワサビ入りで食べた時、毒を盛られたと感じた。やられた、と思ったのだった。誰だ毒を入れたのは。僕は悶《もだ》えながら考え続けていた。あの配達してきた男が怪しい。あの二重瞼《ふたえまぶた》のひょうたんのような頭をしたあいつが怪しい。あの笑顔怪しいと思っていたんだ。復讐だ、復讐してやる、でももう俺は……と泣いていたら楽になった。ちなみに、初めて獅子唐《ししとう》の天ぷらを食べた時も毒を盛られたと思った。

最初にワサビにチャレンジした人は誰なんだろう。食べた瞬間、普通、こりゃダメだ、と思うはずだ。きっと、何でか知らないけど、多分元気な江戸っ子か誰かがひたすら我慢して食べたんだろう。そうしているうちに「ん？　これいける」となったのではないだろうか（多分違う）。

ワサビに限らず、年齢と共に味覚の好みも変わる。あれは三十歳になった頃だったろうか。居酒屋で「焼き茄子《なす》」を食べた時ものすごく驚いた。

テーブルに、誰が頼んだかわからない焼き茄子があった。酔っ払っていた僕はそれを見ながら「何だ茄子か」と馬鹿にするように（茄子の農家の方々本当にすみません）見ていた。だが食べた瞬間、驚いた。美味《うま》い。美味過ぎる。

これはサイコロステーキでもピザでもない。茄子だ。何だこの味は？　何だこのショウガと醤油《しょうゆ》と茄子の絶妙なハーモニーは？　ベートーベンの弦楽三重奏か？　ああ、カツオブシまであるから弦楽四重奏だ。脳が痺《しび》れていく。

無我夢中で完食した僕の目の前に、今度はサンマがあった。息を呑む。サンマに、なんと、醤油と大根おろしが添えられている（当たり前だけど）。

一口食べ、震える。昔はそんなに好きじゃなかった。なのに、これは、余りにも美《お》味《い》し過ぎる。

絶妙な歯ごたえのサンマの肉に、醬油と大根おろしが絡み合う。やや強くなりがちな醬油の味を、大根おろしが慰《なぐさ》めるように抑えていく。奇跡だ、と思った。これは奇跡だ。頭の中で、サザエさんのテーマソングが流れていた。サザエさんはお魚をくわえたドラ猫を追いかけ、裸足《はだし》で駆けていく。確かに、これを奪われたら僕も裸足で駆けていくだろう。いや、でも、その魚は猫がくわえたのだから、猫の歯形がついてるはずだ。

サザエさんは一体、その魚を家族のうち誰に出すつもりだったのだろう？　タラちゃんか？　違う。子供にそれはない。カツオだ。カツオとサザエさんは仲が悪い。いや、女性同士のプライドの結果ワカメちゃんか？　でもワカメちゃんはスカートは短いが、あの髪型だから張り合おうとはしない気がする。フネ、波平……、ああ、きっとマスオさんだ。あの夫婦はあんなに仲が良いように見えて、きっと裏では色々あるんだ。でもいいじゃないか。色々あったとしても、こうやってサンマを食べられるんだから……。

酔ってサンマを食べたまま動かなくなった僕を、周囲が心配そうに見ていた。酔いのためその後の記憶は曖昧なのだけど、僕は呟くように「俺はサザエさんを肯定する」と言っていたらしい。

ロサンゼルスで芥子入りの寿司を口に入れ、僕は驚いたのだが、でも食べていくうちに慣れ「これはこれで意外と合うんじゃないか」と思ってしまった。つまり段々好きになっていったのかもしれない。

忍者はいるか

――淡交社／「なごみ」／和とかなんとか／二〇一六年四月号

数年前、外国の人から「日本には今でも忍者はいるよね？」と聞かれたことがある。「いないよ」と答えると、その外国の人はものすごく悲しそうな顔をした。

「……なぜわかる？」

「え？」

「相手は忍者だぞ！　きみが見つけられないだけだ。どこかに潜《ひそ》んでるかもしれないじゃないか！」

そう言われて、しばし考え込んでしまった。確かに、もしかしたら、今でもどこかにいるかもしれない。ある日突然、自分の部屋に侵入していた忍者を発見してしまうかもしれない。たとえば、この『なごみ』編集部が雇った忍者が僕の部屋に。おでこに「なごみ」と書かれた忍者。

しいと思っていた僕は後悔することになる。

「原稿が遅れてるゆえ、ボコボコにするでござる」
忍者が手裏剣《しゅりけん》と吹き矢を構える。『なごみ』編集部を、名前から勝手に判断して優

「忍者なのに名乗るの？　え？……なごみ？」

「……誰？」

大学の頃、何かのゲームで負けた方が、その後一日、ずっと語尾に「ござる」をつけないと皆にご飯を奢らなければならない、という変なルールが内輪で流行《はや》った。僕が負けた時、運が悪いことに、ちょっと気になっていた女の子から話しかけられてしまった。周囲には僕の仲間がいるから、やらないわけにいかない。

「文則くん、ノート貸して」

「……無理で、ござ……」

女の子が茫然と僕を見る。

「ござ……？」

「俺、あまり授業出てないでござ……。あ、いや、これは罰ゲームでござ……。語尾にござると、つけるでござ……」

もう意味がわからないし、軽い変態である。それ以来、僕は忍者が好きではない。関係ないけど、語尾に「やんす」をつける罰ゲームもあって、僕は一度大学教授に「授業に遅れてすみませんでやんす」と言い大変な目に遭った。

そもそも、忍者は本当にすごかったのだろうか？　竹筒みたいなので息をし、水中に隠れる水遁《すいとん》の術というのがあるが、水から出てる竹筒はいかにも忍者だし絶対ばれる。その竹筒の上にお饅頭《まんじゅう》でも載せられたら終わりである。マキビシだって撒《ま》かれたら他の人にも迷惑だ。そもそもあの姿は何だ。夏はどうするんだ。そんなに蚊に刺されるのが嫌なのか。

しかし外国の人は本当に忍者が好きだ。ワシントンD.C.にある「スパイミュージアム」に行った時、スパイ道具が色々展示してあるなか、なんと大きく忍者コーナーがあって驚いた。

等身大の忍者人形まで。写真を撮ったので今でも見られるのだが、その紹介文を、僕のつたない英語力で訳してみるとこうなる。

【影のような姿。闇と謎に包まれている。彼らは気づかれず様々な場所に侵入することや予期せぬ時は攻撃をするよう訓練されている。忍者は十二世紀の日本、サムライ

時代のプロのスパイだ。彼らの特徴的な身なりと技術は暗殺の兵器と見なされる。彼らは情報を集め敵を弱体化させる】

大々的に紹介されていた。「十二世紀のサムライ時代」というのがよくわからないけど、なんかこれだけ読むとものすごい存在のように思えてくる。妙にロマンがある。それを見て以来、僕は外国の人の夢を壊さないために「日本には今でも忍者はいる?」と聞かれたら、いると答えるようにしている。「四国に多い」ともっともらしく言うことも。ダメだろうか。でも本当にいるかもしれないし。

——淡交社/「なごみ」/和とかなんとか/二〇一六年五月号

こたつになごむ

春になると寂しくなる。

入学や入社、新しいことが始まる季節なのに、なぜそう思うのだろう。昔から、色んなことについていけなかったから、そう思うのかもしれない。いや、何かそんな文学的な理由ではなくて、単純にもうこたつに入れないからかもしれない。

こたつ。あんなに素晴らしいものはない。一度入ったら最後で、もう出ることは難しい。足を入れてる段階ならまだいい。モゾモゾ潜り、こたつ布団《ぶとん》に肩まで入ればもう絶対に出ることはできない。

こたつの上に、みかんとお茶を置いてみるといい。この情景を言葉で表すとどうなるだろう。ずばり「なごみ」である。こんなになごむ状況はそうあるものではない。

そしてこたつは、入った者のやる気を失わせる。入ってしまえば、もうなんにもやりたくなくなる。温度は足を伝い、やがて脳にまで届く。こたつの中で温まること以外、大したことなど何もないように思えてくる。

電話が鳴る。作家になって十四年目になるが、これだけやっていると、電話の鳴った時間帯や何となくの雰囲気で、相手が編集者とわかったりするようになる（不思議だけど本当に当たる）。ベルの音を聞きながら、これは編集者だ、と思う。僕はこたつの中にいる。当然出ない。

留守番電話に切り替わる。思った通り編集者だ。なんか、しゃべり出す前の吸った息の感じで、誰だかわかってしまう。

――えー、○○編集部の××です。えー、明日〆切の原稿、どうなってるかなと思い、お電話差し上げました。えー、何度かメールもしたのですが、お忙しいところ申し訳ありませんが、えー、できましたら確認――。

途中で留守番電話の時間が切れる。ザマーミロ、と思う。えーえー言ってるから足りなくなるのだ。〆切の原稿？　何を言ってるのだろう。僕はこたつに入っているというのに。みかんまで載っているというのに。

こたつに肩まで潜り、その編集者が地獄に落ちるところを想像する。どんな地獄がいいだろう。タンスの角に足の小指をぶつけ続ける地獄はどうだろう。大勢の女子高生達に囲まれ「おっさんその髪型やばくね？　なんか臭くね？」と言われ続ける地獄はどうだろう。いっそのこと、彼の両足を縛って紐《ひも》でくくり、くるくる回して遠くに飛ばしてみてもいい。いい気味である。どこに飛ばせばいいだろうか。スイスの山奥がいい。凍えてしまえばよい。


こたつの起源は室町時代と言われている。

床の下に囲炉裏《いろり》を置き、床の高さにやぐらを組み、その上にもやぐらを組み布団を被せ、その間に足を入れたそうだ。天才の所業だと思う。恐らく、囲炉裏の熱を逃がしたくない、という温かさに貪欲な人がやったんだろう（でも火事とか一酸化炭素中毒とか危ない気もする）。

それを後にちゃんとした電化製品にまでするのだから、日本人のこたつ好きは相当なものである。

世界中の人が皆こたつに入っていたら、経済は回らないが、その分なごめていいのではないか。平和になるのではないか。たとえば、国連とかの会議も、みんなこたつに入ってやるといいのではないか。

みかんとお茶もかかせない。みんな喧嘩《けんか》もやめて仲良くなるんじゃないだろうか。文句を言う人が出て来たら、猫を投入しよう。何だか全体がフワフワして、「もう戦争はやめようか」となるのではないか。

しかし、なぜみかんなのだろう。考えてみたのだが、リンゴだと誰かが皮を包丁で剝《む》かなければいけないし、皮に水気があるのでちょっと汚れる。バナナもいいが、それだと何となくこたつテーブルを伝う熱が気になる。

でもみかんなら、誰かが皮を剝きにいかなくてもいいし、皮も分厚く熱も平気なイメージがある。つまり、食べるのに移動しなくていい。皮を自分で黙々《もくもく》と剝くイメージもこたつに合う。

よくできたシステムだ。

可愛いのは今だけ

——淡交社／「なごみ」／和とかなんとか／二〇一六年六月号

日本には五月にこどもの日、というのがあるが、今僕は、下の階の部屋で騒ぐ、よくわからない子供の叫び声と走り回る音の中で原稿を書いている。

時間は夜の十一時三十分。「こんな夜中に騒ぐなんて。親が注意するべきだ」。これを読んでいる人はそう思うだろう。でも驚くべきことに、その下の階の部屋のその父親が酔っ払い、子供を焚《た》き付け二人で走り回ってるのである。

育《イク》メンだか何だか知らないが、どっかに行って欲しい。しかも今日だけではない。ほぼ毎日夜はこうだ。

僕の部屋は二階。彼らは一階。そして一階が騒ぎ始めると、こともあろうに、三階の人が僕の部屋に向かって「うるさいですよ！」と音で（足を踏み鳴らすなどして）合図してくる。要するに、この一階の音は三階まで響き渡ってるということだ。しかし、上の階の人は僕ではないことはわかっているのである。つまり「あなたが何とかして！」という合図。そんなこと言われても。

「ほらほらほら、鬼ちゃんだじょ～」

「ギャヤハハ（ドタドタドタ）。ギャヤハハハ（ドタドタ、ドカンドカン）」

もう夜の十二時に差し掛かろうとしている。上の階からもガンガンやられる。僕は一体、どうしたらいいのだろう。日本の住宅、その大半が抱える悩みかもしれない。

確かに、子供は可愛いかもしれない。しかし断言する。それは「今」だけだ。自慢ではないが、僕も子供の頃は可愛かった。黄色いパジャマを着た赤子の頃の写真があるが、ツルツルしたタクアンのようで本当に可愛い。でも今は、目の下にクマが出来、この『なごみ』の〆切も守れないおっさんである。可愛かったのはあの時だけだ。

つまり、今下ではしゃいでる子供も（男だ）、可愛いのは今だけである。

小学生になれば、ゲームばかりやるようになる。中学生になれば、髪の毛の後頭部辺りがなぜかモコっと浮き上がるようなヘア・スタイルになり、ちょっとサイズの合わない制服を着るようになる。そして家に帰ると自分の部屋に直行し、またゲームをやる。「将来の夢は？」と聞かれても、「え、別に」とか意味のわからないことを呟き、また部屋にこもってゲーム。高校生になれば、アイドルグループの話をするようになり、「ええ？　××ブスじゃ～ん。俺はぜってー○○だよ」「はあ？　××だろ？」「ちょ、お前この間の○○の神対応見た？　あん時のキメ顔超ヤバ過ぎだろ」ともてなそうな顔をしながらもてなそうな相手と嬉しそうに話す。文学など読まず、猫の耳がついたミニスカートの女子中学生がバズーカーを背負い闇の会計士達と戦う、みたいなどうでもいいものを読むようになる。思春期になれば一丁前に反抗もするが、大して強い反抗ではない。結局ゲームに逃げる。受験となり、大学生になってもし「大学デビュー」に成功しても、女性をないがしろにするようなどうしようもない奴になる。そして就職。「あ、僕飲み会とか行かないんで。自分の時間大切にするんで」と言い、何をするかと思えばゲーム以外ではネットでの悪口に忙しくなる。そして根拠はないのにプライドだけは高い。きっとそんな男になる。そのままおっさんになって、自分の意志でキャバクラに来たのに、「なあ君、こんな仕事やってて将来どうするんだ?」となぜか説教するようになる。女の子はうざがってるのに、頼りにされてる、と思い込み、やがてストーカーになる。そして捕まる。懲役三年執行猶予五年。

　改行もせずここまで一気に想像して書き、いくら何でも決めつけ過ぎだ、と思う。でも、親が夜中に騒ぐタイプだから、他人がどう思うか、という想像に欠けた人間に育つんじゃないだろうか。何だか、下の階の部屋の子供が可哀想に思えて来た。

　いい青年に育ってくれればいいのだが。ちなみにもう夜の十二時を過ぎた。まだうるさい。

雨が嫌い

――淡交社／「なごみ」／和とかなんとか／二〇一六年七月号

梅雨《つゆ》の季節。

和の心で接すれば、雨は風流である。縁側などでお茶を飲み、雨音を聞きながらここで一句、となるかもしれない。でも僕は雨が好きではない。一句詠《よ》んだとしても、雨への恨みの句しか出てきそうにない。

最近は仕事も忙しく、この雑誌のタイトルは『なごみ』であるが、僕の日常は全然なごめていない。これで梅雨が来てしまえば、僕はちょっと頭がおかしくなってしまうかもしれない。それくらい、雨が嫌いである。

そもそも、空から水が降って来るというのは、なんか乱暴じゃないだろうか？　もちろん雨がなければ人は生きていけないし、そう思うのはワガママなのだが、でも好きでないものは好きではない。たまに降るなら当然いいが、梅雨はたまらない。時々、降っても降らなくてもいいような細かい雨が一日降ってたりすると、「なぜだ！」と思う。僕は傘をさすのも嫌いである。宇宙に人工衛星を飛ばす時代、なぜ傘だけ進歩がないのだろう？　軽い、水を弾く、とか細かい進歩はあるのだが、「手で持って雨を避ける」のは昔からずっと変わらない。

帽子を傘みたいにすればいい、とも思うが、それではお坊さんの網代笠《あじろがさ》などと変わらない。下半身はずぶ濡れになる。雨合羽《あまがっぱ》も何か面倒だし、快適じゃない。手ぶらで、快適に雨に濡れないためには、もう何かの中にすっぽり入ってしまうしかない。

透明な巨大コップのようなものを逆さまにして、その中に入る。コップの底、中にいる僕からすると天井を、僕の肩を起点にして棒か何かで固定して支える。そうすれば、僕は雨の中、透明なコップの中に入りながら歩くことができる。つま先まで、全身が濡れない。

町の人はみんな驚くだろう。逆さにした透明なコップ、その中に入ったおっさんが歩いて来るのだから。皆からジロジロ見られると思うが、その時は、こちらからも睨み返してやるとよい。きっとみんな目を逸《そ》らす。でもかなり怪しいから、僕は自分が安全な男であるのをアピールしなければならない。どうすればいいだろうか。コップの中で常に笑顔、がいいだろうか。それとも、コップの側面に「前科はないです」とか「子供は襲いません」とか書くといいだろうか。いやむしろ、親《した》しみをもってもらうため「カレーライスが好きです」とか書いた方がいいだろうか。近所の商店街とコラボレーションをして、広告を張り付け小銭を稼げるかもしれない。

近所の名物の一つになってしまいそうだ。町の中に大抵一人か二人はいる、登下校中の子供達にからかわれる存在。僕は恐らく「コップマン」と名づけられる。「コップマンが来た！」子供達はきっと騒ぐ。「うわ！　笑ってる！」「変態だ！」「あいつ芥川賞らしいぞ！」色々言われるかもしれない。

でもコップの中で濡れずに歩き、お店に着けば駐輪場にコップを丁寧に置き、何か買い物をし颯爽《さっそう》とコップに戻る僕の姿に、ちょっと羨《うらや》ましさを感じる人もいるのではないか。「コップマン　ニコニコお出かけ　楽しそう」と一句詠んでくれる人もいるかもしれない。特に子供なら、「あの中に入ってみたい」と思うのではないか。傘を忘れた女性に「お嬢さん、ちょっとこのコップに入りませんか？」と声をかけることもできるかもしれない。

人の目さえ気にしなければ幸福になれることを、僕は身をもって近所の子供達に教えることになる。常識にとらわれるな。常に改革の精神を。いや、どうだろう。

より快適にするために、濡れてくる視界をクリアにするワイパーをつけ、中で自転車に乗れるようにコップを横長にしてもよい。でもこれだと、「なら車に乗れよ」と言われそうである。

こんなことを考えるのも、忙しくて疲れてるからだ。この文の載った『なごみ』の掲載誌が送られてくるはずだから、そこにあるだろう美しい茶器の写真などを見て、僕も少しはなごんだ方がいいかもしれない。

日本の妖怪は愛嬌《あいきょう》がある

——淡交社／「なごみ」／和とかなんとか／二〇一六年八月号

夏が近づいてきた。怪談の季節である。

でもたとえば、日本の妖怪は、外国のそれよりどこか愛嬌がある。たとえば「ろくろ首」。

基本的に、首が長いだけで害はない気がする。出会っても、「うわっ、びっくりした」で終わる気がするがどうだろうか。たとえばこんな風に。

「なんですかいきなり！」

「びっくりしたでしょう？　首が長いの」

ろくろ首はどんどん首を伸ばしていく。

「でも何だかずっと見てると、……慣れてきますね」

「……そう？」

「それに、あなたは奇麗だ」。美人の妖怪もいるはずである。

「でも、わたし首が……」

「長いだけじゃないですか。それに伸縮自在でしょう？　ラジオについてるアンテナみたいなものだ」

「そうですけど……」

「なら普段は普通の女性じゃないですか。それに押し入れの上の段を見たりする時便利です」

「……」

「お付き合いしませんか」

二人は見つめ合う。ろくろ首は首まで赤くなっている。

「でも……」

「ならお友達から。メールアドレスを教えてください」

「……全部小文字で、rokuro@nagomi……」

素敵な出会いだ。そうではないだろうか。


のっぺら坊も、要するに顔がないだけだから、害はないと思う。でも彼らが出てくる物語では、大抵、まずお人好《ひとよ》しの江戸っ子が夜道でのっぺら坊に会い、慌ててどこかの店に逃げ込む。そして「とんでもない顔を見た！」と助けを求めると、そこの店主が「こんな顔？」と言ってまたのっぺら坊だったというのが多い。

つまり彼らは「二度驚かす」癖があるので、ちょっとたちが悪い。でもやはり愛嬌がある。

それに比べると、西洋の妖怪はたちの悪さが半端じゃない。たとえばドラキュラ。城に住んでるセレブだからそもそも共感できないし、ボランティアの方々が街で献血のお願いをしているというのに、ドラキュラは血を吸う。しかもめっちゃ吸う。最悪である。

西洋の場合、どうしても「戦う」概念《がいねん》があるから、ドラキュラの設定にも「弱点」がある。十字架やニンニク、木の杭《くい》とか。つまり西洋の場合、妖怪は「倒す相手」であって、驚いた、びっくりした、という感じではない。日本ではもしかしたら、妖怪との共存が前提とされてるのかもしれない。

井戸から出てきて、お皿を「一枚、二枚」と数える「皿屋敷」のお菊さんを今ふと思い出したが、幽霊のお菊さんがあまりに美人なため人が集まり過ぎ、「明日休むため」という理由でお菊さんがいつもより多くお皿を数えるという落語にまでなっている。

実際の「皿屋敷」には諸説あるが、権力闘争に巻き込まれたり、偉い奴から言い寄られたり断ったりして、お皿を隠される陰謀《いんぼう》にあい殺される、というとても残酷な話である。でもそれを落語にしたというのは、恐らくお菊さんに親しみを込めてのことであり、ユーモアとしての供養の面もあったと思われる。

日本の妖怪に愛嬌があるのは、水木《みずき》しげるさんの漫画の影響もあるかもしれない。「砂かけ婆」も、要するに砂を投げてくる困ったお年寄りなので、お洒落《しゃれ》してる時は迷惑だが逃げれば済みそうだ。「子泣き爺」も、彼は道端《みちばた》で赤ん坊の振りをして泣き、可哀想に思った人に抱かれると石のように重くなる（ちょっとたちが悪いが）のだから、重くなったらそっと地面に置いて帰ればよい。「ぬりかべ」も基本的には邪魔なだけである。

昔の日本の夜は現代のように外灯もなく、開いてるお店もなく、今より遥かに暗かった。闇は人の想像力をかき立てる。恐らく、妖怪のイメージも豊饒《ほうじょう》だったに違いない。

悟りを開きたい

――淡交社／「なごみ」／和とかなんとか／二〇一六年九月号

忙しいと人はイライラしてしまう。

この間も、電車内で携帯電話を使い話している中年の男性にイライラしてしまった。普段は実は気にならないのだけど、忙しいと駄目である。彼が電話で話し続ける。「ならその案件は高橋さんだ。……ん？　何だそれは。聞いてないぞ。高橋さんに確認してもらえ。あと火曜日の案件、高橋さんに伝えてあるな？　ええ？　それはどういうことだよ。彼らと話をつけられるのは……、高橋さんだな。高橋さんに行ってもらえ」

何の話かわからないが、高橋さんに頼り過ぎだろ、と関係ないことまでイライラしてしまう。

「高橋さんそこにいる？　じゃあ俺の机の上にある……」

彼の会話を聞きながら、悟りを開きたい、と思う。そうなれば、世の中の全てをイライラせず、平然とやり過ごすことができるはずだ。

たとえば原稿催促の編集者からのメールも、微笑《ほほえ》みながら眺め、クリックして削除することができる。原稿催促の電話のベルが鳴っても、秋の虫かな？　と気持ちよく聴くことができる。直接「〆切が」と編集者に言われても、悟りを開いていれば禅問答のように対応できるから、「まずあなたの心の〆切を整理しなさい」とか、「このおまんじゅうを見てみなさい。ほら、見えてこないか。ここに私の原稿がある」とか言うこともできるような気がする。

しかし当然のことながら、悟りの境地に入るのは難しい。仏教の経典の中でも最古のものである『スッタニパータ』を見てみると、

『内面的にも外面的にも感覚的感受を喜ばない人／の識別作用が止滅《しめつ》するのである』

『識別作用が止滅することによって／この名称と形態とが滅びる』


と書いてある。

なんのこっちゃわからぬが、要するに、乱暴に簡単に言ってしまえば、肉体的にも精神的にも何も感じないような領域にまでいけば、精神も身体もないと同じようになり悟れる、ということなんだろうと思う。ここでいう名称と形態というのは、個人存在を構成する精神と身体という意味らしい。

しかしながら、なんてこった、としか言いようがない。これでは、カレーの上にカツが載るという、天才のアイディアとしか思えないカツカレーを見ても何とも思わなくなる。きっと目の前に札束が落ちていてもティッシュにしか見えなくなる。子豚さんのようにプクプクしたおっさんと奇麗な女性の区別もつかなくなる。

しかもこんな一文もあるのである。


『ありのままに想う者でもなく、誤って想う者でもなく、想いなき者でもなく、想いを消滅した者でもない。――このように理解した者の形態は消滅する』

これは言葉として矛盾してるので、要するに、言葉の論理、人間の思考回路から超越しなければならない。となれば、僕は奇麗な女性にではなく、カツカレーに求愛しろということだろうか？　カツカレーを手に持ちながら、カツカレーとデートをし、深夜にこのまま僕と一緒に過ごすか、それとも終電に乗って帰るかと揺れるカツカレーに、そっと甘い言葉を囁けばいいのだろうか。「大丈夫。ソースなんてかけない」。

今暑くて大分頭をやられているが、それが違うのだけはわかる。

煩悩《ぼんのう》を残したまま、悟りを開けないだろうか。煩悩を持つなら、イライラもしろということか。いや、なるべくイライラしないように、ほどほどに悟れということだろうか。

この雑誌のタイトルは『なごみ』であるから、その編集部はきっとみんな年中なごんでるのではないだろうか。「悟る」と「なごむ」は何か感覚的に近いように思えてきたが、どうだろうか。

日本をいい国と思ってもらうために

――淡交社／「なごみ」／和とかなんとか／二〇一六年十月号

海外に行った時、その国の印象を左右するものの一つに、現地の人がどんな感じだったか、というのがある。

たとえば道に迷った時、現地の人が親切に教えてくれたりすると、「いい国だ……」と思ったりする。

いま日本には海外から本当にたくさんの観光客の方々が来てるので、少しでも日本をいい国と思ってもらうために、親切にしよう、と心がけている。なんかこれは、ある意味外交に近いのではないかと思っている。


たとえば昨日、蚊に耳の後ろを刺され、痒《かゆ》いな、ちくしょう、何でそこを刺す？と苛々《いらいら》していたのだが、海外の観光客の人から道を聞かれたので、親切に答えた。

先日も、僕は目の下のクマがいつも酷いのだが、僕のことをよく知らないインタビュアーから「あれ、中村さん、何か目の下を黒く塗ってます？　え？　それクマ？　そんなわけないですよね？　え？　本当に？　えー‼」と言われた後でも、観光客から道を聞かれたので親切に答えた。あのインタビュアーはきっと、僕が送った念により、今頃寝苦しい夜を過ごしてるはずである。

エレベーターの中で、六階で入って来た外国の人が、七階のボタンを押し七階で降りた時も、相手が日本のおっさんだったら丸焼きにでもしたくなるが、外国の人だったので（おっさんだったけど）ちゃんと「開」のボタンを押してあげた。

町を歩いている時、お土産《みやげ》の買い物袋をたくさん抱えている外国からの観光客を見ると、何だか嬉しくなる。いや何も、「海外だからテンション上がって色々買っているようだが、自分の国に帰って改めて確認してみるといい。絶対くだらないものが沢山混ざってるよ」と思うから嬉しくなるのではなく、ちゃんと、「日本を楽しんでるなあ」と微笑ましく思うのである。

ただ先日、若くてイケメンの金髪の方が、「富士は日本一」と書かれた鉢巻《はちまき》を頭に巻き、肩にポケモンのピカチュウの人形を乗せながら地図を見ているのを見た時は、いくらなんでも日本を堪能し過ぎだろ、と思った。日本人女性の名前をタトゥーで入れている外国人を見たことがあるのだが、多分彼女なんだろうけど、別れたらどうするんだ、とまず感じてしまった。しかも若い彼女なのか名前が難しい漢字のキラキラネームで、画数が滅茶苦茶《めちゃくちゃ》多く、入れるのも消すのも大変だ。そういうのは、微笑ましいを通り越し何だか不安になる。

誰に教わったのか、本来「びっくりした！」と言うべきところで、外国の方が「驚き桃の木山椒《さんしょ》の木！」と言い、また何か言われ、「ワオ！　驚き桃の木！」と言っているのを見た時も不安になった。ホテルにカンヅメになるため部屋に入った時、前の宿泊客のメモ紙が落ちていて、見ると漢字だったので恐らく中国の人だと思うが、あり得ない数の炊飯器を買うリストだった時もちょっと不安になった。
中国にも炊飯器はあるだろうに。何だろう。そんなにお米が好きなのだろうか。そういえば、アメリカの人からタトゥーを見せられ、そこに「米人」と書かれていたのを見た時も気の毒に思った。多分漢字でアメリカ人と書きたかったのだと思うし、間違ってはないのだが、米の星からきた人みたいに見える。もしそれで炊飯器を大量に買っていたら何だかシュールだ。

僕がエレベーターで「開」ボタンを押した時、奇麗でお洒落な青い目の女性が降り際に「マイドオオキニ」と言った時もちょっと不安になった。恐らく、彼女は日本でその言葉を連発している。僕は何も、いつも彼女のエレベーターを開けてあげているわけではない。

いずれにしろ、日本を楽しんで、いい国と思ってもらいたい。

——淡交社／「なごみ」／和とかなんとか／二〇一六年十一月号

月見は地味

秋の行事で月見があるが、春の花見と比べると、盛り上がりの度合いで残念ながら負けている。

なんというか、月見は地味である。花見は鮮やかな桜でテンションも上がり、「さあ酒飲むぜ」という気分になるが、月は心が静まってしまう。静まるだけならいいのだが、月は昔からルナと呼ばれ、英語で狂気的な行動を意味するルナシーの語源である。日本の「憑《つ》き」も月の言葉と関係があるとされる。月には心を狂わす何かがある。だからといって、例えば月を見ながら「実は僕、女性の○○がとても好きで……」「ええ、よくわかります。でも僕の場合は……」などと、お互いのおかしな部分を語り合う場にするわけにもいかない。

もしあなたに狼男になる才能があれば、あなたはずっと月を見ているうちに変身してしまう。え？　僕にこんな才能が？　と最初はテンションが上がるかもしれないが、そのまま戻らなければ大変だ。あなたは月を見ると吠《ほ》えずにいられなくなる。これだけマンションでの騒音問題が多発している現代、なかなか生活は大変になる。

お団子を置き縁側に座り、月を眺める男女を想像してみる。

「月、奇麗だね」

「そうだね」

「お団子、美味しいね」

「……うん」

「……」

「……」

「痒い」

「あ、俺も」

「蚊もいるし、もうやめようか」

こんな風に、イベントとしてすぐ終わってしまう危険がある。なんというか、特にやることがないのである。

近所の子供でもいれば、「ほら見てごらん。月の上に兎《うさぎ》がいるんだよ。兎はあの場所でモチつきをしてね……」と話すこともできるかもしれない。でもそんなファンタジーを今の子供が信じるかどうか。いや、それを本気で信じてしまえば、その子供が、「月に兎がいるということは、彼らは大気のない宇宙空間で呼吸を必要としない。つまり、息をしなくても生きられるのだ」

という考えに取り憑かれ、自分の学校の飼育場にいる兎に、暗い瞳を向けるようになってしまうかもしれない。今後習う理科、そして物理学を全く信じないメルヘンな子供になってしまうかもしれない。

しかも、犬に躾《しつけ》をするように、兎にモチつきをさせるような躾をし始めるかもしれない。

兎の手ではキネは持てず、兎からすると悲劇極まりない。子供は学校の先生に怒られてしまう。だが子供に「月の上にいることができる兎がいるんです。彼らはキネを持ち、モチつきをしている。なのに自分達の兎ができないなんてどうして決めつけるんですか。リオ・オリンピックを観たでしょう？　あの伊調《いちょう》選手の残り五秒での大逆転を。この世界に不可能などないのです」と言われたら、先生はどう答えるだろうか。「月の上の兎は特別なんだ」と言えば、全ての兎の可能性を奪い、オリンピックを目指す大半の子供達の可能性までなぜか奪うような感じになり、その発言は差別となってしまう。子供に変なことは教えない方がよい。

書きながら、今重大なことを思い出した。月見には、屋形船の上で月を見るという物凄くいい行為がある。これは花見ではきっと難しい。

船の上で月を見る。何と素晴らしい感じだろう。側で狼男に変身しそうになってる人がいても、「落ち着いて。ほら、コンビーフ食べて」と周囲がフォローすることができるし、船の上に乗っているからテンションも上がり、会話も続く。花見はちょっと通俗的だが、船の上で月見をするなんて風流だし、何だか自分達が高尚《こうしょう》なことをしているような気分になる。船の上から陸にいる人間達を眺め、優越感にも浸ることができる。

まあ、それでもやらないのだけど。

ブッダスマス

——淡交社／「なごみ」／和とかなんとか／二〇一六年十二月号

寒いのが苦手である。

では暑いのが好きかというと、暑いのも苦手である。これを知人に言ったら、それは寒がりとか暑がりとかじゃなく、単なる我儘《わがまま》と言われた。確かにそうだと思う。

寒いのは嫌だけど、でも冬は好きである。何というか、たくさん服を着ると、自分が守られるように思う。昔から、ダンゴ虫とかカメとかヤドカリとか、何かに閉じこもってる感じの生き物が好きだった。元々世の中を恐ろしいと思う子供だったので、夏の無防備な格好より、コートとかで身体を覆《おお》うと気分的に落ち着くのだった。

冬はだから一番好きなのだけど、唯一苦手なのはクリスマス。あの煌《きら》びやかなお祭り感が苦手である。

そもそもクリスマスはイエスの生誕を祝う祭りなので、清貧《せいひん》を重んじるキリスト教で、あんな派手な感じはおかしい。日本ではカップルで過ごすのが定番になっているが、それも絶対おかしい。そもそも、日本人は全ての季節を恋愛に絡めたがる。春は出会いの季節、夏は開放的な恋、秋は何だか物悲しいから誰かと一緒に、そして冬はクリスマス。一体何なのだろうと思う。

でもクリスマスを恋愛と絡めなかったら、恐らく日本でここまで盛り上がりはしなかったはず。誰が考えたのか知らないけど、なかなか見事な戦略といえる。

しかし、日本人には仏教徒が多いのだから、本当に祝うべきはブッダの誕生日ではないだろうか？　諸説あるが、一応四月八日となっている。

キリストの誕生の方が、ブッダの誕生日より盛り上がるなんて少し変ではないか。せめて同じくらい盛り上がるべきだ。ブッダの誕生日も恋愛に絡めてみたらどうだろう？　ブッダの誕生日を、カップルで過ごす風習をつくる。ブッダスマスと名づけたい。

ブッダスマスには、カップルで甘い時間を過ごす。ライトアップはキャンドルではなくお線香。ほとんど何も見えないが、それもまた一興だ。テーブルには菊の花。

「南無《なむ》・ブッダスマス」

「ふふ。南無・ブッダスマス」

カップルが甘酒で乾杯する。窓から見える景色は竹林。数珠《じゅず》を手にした二人の手が、そっと優しく絡み合う。

「僕達の恋愛も諸行無常だから、いつか無になるね」

「そうね」

「一切は滅びる。全て虚無だよ。……この恋も」

「ええ、儚《はかな》いって素敵だわ」

バックミュージックは般若心経《はんにゃしんぎょう》と除夜の鐘。

「そして今僕達は、除夜の鐘で百八の煩悩を突きつけられている。だから今日は手を握るだけだね」

「そうね。甘酒はギリかしら」

「ギリだよ。殺生《せっしょう》禁止だから肉も駄目だ。豆を食べよう」

モグモグ。二人は豆を咀嚼する。

「いつか僕達も別れるね。今はお互い愛してると言ってるけど、別れて別の人と付き合えば、また同じように真顔で愛してるとか言うんだよ。全ては空《くう》だよ」

「その通り。でも、一切は無だと思うと、何でもできる気になるわね」

「うん。逆に前向きになる」

二人は見つめ合う。

「結婚しよう」

「うん」

「いつか僕はブッダみたいに、君と生まれてくる息子を捨てて旅に出るだろうけど、一切は無だから結婚しよう」

「ええ。先のことは無だから不安なんて何もない。でも今からお墓のことだけは考えましょう」
「……納骨堂《のうこつどう》にしようか」
「それもいいわね。お墓の土地代も都会だと高いし」
「うん。……今だけだけど、愛してるよ」
「私も。今だけだけど」

どうだろうか。なんかいいような気がしているのは、書いている僕だけだろうか。いずれにしろ、和はなかなか愉快である。

一年間、ご愛読ありがとうございました。

――集英社／「青春と読書」／二〇〇九年三月号

孤高《ここう》の変態

小説を書く時には、当然取材というか、色々調べ事をする。

何年か前に、『遮光』という小説を書いた。死んだ恋人の、その身体の一部をビンに入れて持ち歩く場面があるのだけど（何でそんな話を書くんだ、という突っ込みは取りあえずスルーする)、あの時は大変だった。いわゆる標本、についての知識が必要で、なかなか専門的な分野だった。

　書物はもちろんのこと、博物館から話を聞いたり、標本を専門とする業者に問い合わせたりした。小説で書くので、とは言わず話を聞いたので、決まって相手から「何を標本にするつもりですか?」と聞かれた。昆虫や魚類など、生き物の種類によって、標本の仕方が変わってくるのである。まさか「恋人を」と言えるわけもなく、大変困って、取りあえず「哺乳類《ほにゆうるい》を」と言った。

「……哺乳類?」

「……ええ」

「哺乳類の、何ですか?」

「……えっと、人間に限りなく近いというか、仮に、仮にですよ? 人間を標本にするとした場合……」

　結局言ってしまい、妙な雰囲気になる。警察、という言葉が頭にちらつき、少なくとも、こいつは変態だと相手に思われながら、でも詳しい話を聞くことができた。今考えれば、よく教えてくれたと思う。

　三月に『何もかも憂鬱な夜に』という小説が刊行されるのだけど、これを書く時も、その前の準備に相当時間がかかってしまった。小説内に、「拘置所」と、「死刑」が出てくるからだ。

皆さんがこれから関係するかわからないけど、まず警察に逮捕されると、警察署内の「留置場」に留置される。そして検察に起訴されると「拘置所」に収容され、その状態のまま、長い裁判が始まる。判決で無罪となれば釈放、有罪となれば「刑務所」に行く。

この拘置所には、死刑囚がいる。なぜ死刑囚が刑務所でなく拘置所にいるかというと、死刑囚は「死刑」を受けて初めて罰となるため、まだ罰を受けていない存在ということで、「拘置所」にいるのである。「調べるの中々大変なんだよ」と知人に話すと、「捕まってみればいいじゃん」と言われた。なるほど、一理ある。酔っていたこともあり、「簡単に捕まる犯罪は何だろう」という話になった。

「迷惑防止条例」に引っかかるのが一番いいかもしれない。長く（そして不毛な）議論の末、孤高の変態として街に飛び出せ、という話になった。居酒屋で話していたので、周囲の客からはちらちら見られた。

「孤高の変態」。我ながら、いい言葉だと思う。たとえばトランクス一つで街を歩いても、警察に質問はされるが、恐らく逮捕まではされない。でも「葉っぱ一枚」なら逮捕されるかもしれない。しかし、「トランクス」と「葉っぱ」の違いは一体何か。逮捕と非逮捕の境界線は何か。ずっと話していた。

葉っぱ模様のトランクスなら大丈夫だろうか。しかしその状態で頭にアヒルの被り物をしたら捕まるんじゃないか。しかし、脱ぐのではなく付け加えることで逮捕されるとは一体何事か。局部を紙粘土で丁寧に包み、先端を荒れ狂う竜にしたらどうか。現代アートだ、作品は俺、と言い張れば大丈夫じゃないか。朝の四時まで喋っていたのだけど、さすがにあれは、不毛な夜だった。

結局実際に街には飛び出さなかったのだけど、色々苦労した結果、拘置所に詳しくなった。そして、死刑の現状にも。死刑について書くのなら、最新の議論の、さらに先を書かなければ意味がないと思った。

小説の内容は、この軽いタッチのエッセイの中ではとても書けないほど、当然重いものになった。死刑について様々な角度で描きながら、罪の問題、思春期や存在の問題、繋《つな》がっていく意志と生きるということについてなど、光と闇を色々と込めた。このエッセイを読んだ後に読むと、あまりの雰囲気の違いに面食《めんく》らうかもしれないほど、深刻な小説でもある。随分長い時間がかかったけど、完成させることができて、本当によかった。大きな仕事が終わったと、今は少しほっとしている状態である。

でも、人間は、ほっとしている状態が危ない。自分のどこかが抜けてしまうほど、この小説にはエネルギーを注《そそ》いだ。ぼんやりしたまま、ふと気がつけば、孤高の変態として渋谷の真ん中に立っているかもしれない。人生は紙一重《かみひとえ》である。もし僕が孤高の変態として逮捕されたら、どうなるだろうか。果たして読者は減るか、逆に増えるか。

「一手」に恐ろしさと魅惑――名人戦第4局を観戦して

――毎日新聞／二〇一四年五月二十二日

森内俊之《もりうちとしゆき》名人に挑んだ羽生善治《はぶよしはる》王位が名人位に返り咲いた。初めて名人戦を観戦させていただき、一手の間に横たわる時間の重さに圧倒された。

僕が観戦させていただいたのは、第4局、初日。昼食休憩後、森内名人の一手の後、羽生王位はなかなか午後の最初の一手を指さなかった。

時間が過ぎていく。時間は長くなるほど重くなり、重さはやがて息苦しさを生む。だが観ている我々はいつでもその時間から意識を逸らすことができるのに対し、対局者の二人はその時間の中央に、強固に固定され続ける。

振り返れば封じ手直前までの午後からの5時間、指した手は森内名人、羽生王位ともに7手。その重力を感じるほどの空気に、ただ僕はたじろぐしかなかった。

僕は楽しみで将棋を指すだけだが、文学と将棋は似ているように思うことがある。次の一手、には無限の可能性があるが、勝利のために相応《ふさわ》しい一手はある程度絞られるのと同じように、文学の言葉も、ある文章に続く「最も相応しい次の文章」の可能性はおのずと限られてくる。次の駒の動きを選択し続けるように、文章を選択し続ける。書く、とは、言葉を選び続けることである。有限の駒の動きから無限を生むのと同じように、文学も有限の言葉から無限の可能性を探る。

自分が思い描いたあのシーンに連続していくには、この言葉が相応しいのか。それとも別の言葉か。間違えた言葉が残されれば小説は破壊されてしまう。棋士が目の前の戦局の中である閃《ひらめ》きを得るように、作家も自身の目の前の文章の繋がりから閃きを得ることがある。文章に、閃きが導かれる。書きながら、出口が見える瞬間もある。間違えることなく言葉を紡《つむ》いでいけば、この小説がしかるべき形で、いや、自分の予想を超えた形で完成することを確信する喜びの瞬間。すっと道が見えるような瞬間なのだが、恐らくそれが将棋で言うところの「詰み」ではないだろうか。

だが決定的に両者が異なるのが、小説の言葉は真っ白なパソコンの画面の中でいくらでも書き直せるのに対し、将棋には「待った」がないことだ。棋士が指を離した瞬間、駒は取り返しのつかないものとして、圧倒的に冷酷な事実としてそこに存在し続ける。そして将棋には「相手」がいる。相手の動きをある程度予想できるとはいえ、予期せぬ一手を突きつけられた時、棋士が受ける衝撃はどれほどの巨大さだろうか。しかしその相手の予期せぬ一手が、自身の可能性を大きく広げる一手へと繫がることもあるのではないかと思う。

恐ろしさと魅惑。棋士という存在は何と凄《すさ》まじいものだろう。

そして見事に言葉が紡がれた文学が人を感動させるように、見事な対局の棋譜《きふ》には美が宿《やど》り、人を感動させる。それは勝負であると同時に芸術でもあるのではないか。棋譜から、その両者の苦しみや歓喜の動き、もっといえば人生まで垣間《かいま》見えるのではないか。それは言葉を使わず雄弁《ゆうべん》に人間を、この世界を語るのではないか。そんな風に思うのである。

二人の天才を間近にして、こちらの勝手な印象なのだが、戦いに向かう棋士とはなんと孤独だろうと思った。相手がいるのだが、それぞれが個の中で思考の渦の中に浸り、常人では到底行くことのできない脳の領域に入り込む。最大限の畏怖《いふ》と尊敬を感じながら、帰宅の途についた。

二〇〇九年七月十六日〜二十二日

——新潮社／「新潮」／百年保存大特集　小説家52人の2009年日記リレー／二〇一〇年三月号

七月十六日（木）
いつものごとく昼過ぎに起き、食事をしながらテレビを見る。この時間まで寝ていられるのはこの仕事の（数少ない）いいところの一つである。
テレビでは、いわゆる「麻生《あそう》降ろし」が映し出されている。政治家同士の争いにながど興味はないが、一つの権力が終わる時にはこういうことが起こるのか、と資料映像のようにじっくり見る。
喫茶店に行き、『群像』のSさんに会う。短編小説のタイトルの簡単な打ち合わせ。Sさんは運ばれてきたクリームソーダを見て、なぜかテンションを上げている。「凄い、何年振りかしら懐かしい！　学生時代以来かも！」普通のクリームソーダなのに、なんでだろう？　……疲れてるのだな、と思う。純文学は編集者も作家も疲れている。そんなSさんに幸福を。

七月十七日（金）

今日は、「漫画の日」らしい。後世に伝えたい漫画一位に『スラムダンク』が選ばれていた。スラムダンクは名作だが、僕なら何を選ぶだろう。一人で勝手に悩み、つげ義春《よしはる》さんの『ねじ式』と結論を出す。僕も腕を押さえながら町を歩きたい。あの漫画のように、最後に主人公を救う女医さんが出てきたらいいのに。

七月十八日（土）

来年発表の書き下ろしを少しずつ進めながら、十月発売の『掏摸《スリ》』の単行本のゲラチェック、『群像』の短編のゲラチェック、『新潮』の短編の執筆、書評、その他にエッセイやらコラムやら……、名古屋でのトークショウの準備まである。なんだろうこの日々は。頭が爆発してしまうと感じながら、でも爆発と同時に僕の憂鬱も吹っ飛ぶならむしろ爆発してしまえと思う。だが残念ながら現実には爆発しない。女医さんもいない。

七月十九日（日）

空腹を感じて弁当屋さんに行く。大好きな「エビたま丼（五百円）」で脳裏が埋まる。いつも「エビたま丼」ばかり注文するから、あの店員のおばちゃん達から僕は「エビたま君」とか陰で呼ばれているに違いない。自動ドアが開き、店内に入る。店員の皆が、「エビたま君が来た」という顔をしている。店内に緊張が走る。「言うぞ、あいつエビたまって言うぞ」……微《かす》かに冷えた店内で皆が息を飲む。僕はゆっくり口を開く。カツ丼に目を向け、プルプル震えながらそれに指を差す素振《そぶ》りをし……「エビたま丼ください」。

店内の緊張が解け、「エビたま一丁」と声が響く。聞き覚えのない声に顔を上げると、奇麗な女性がレジにいる。新人か？　ネームプレートに「伊藤」とある。

美しい。彼女は自分の指で濡れた唇をなぞりながら、微かに舌を出す。そして弁当屋のユニフォームのボタンを一つずつ外しながら「あん、五百円よ」と言ったように見えた。女医現わる。そうだ。彼女と場末で弁当屋を開こう。そして土の中の弁当とか、何もかも憂鬱な弁当、とかを販売しよう。……エビたま丼を受け取って我に返り、とぼとぼ帰る。部屋に帰れば味気ない現実が待っている。でもエビたま丼はやはり旨《うま》い。

七月二十日（月）
ひたすら原稿を書く。巨人敗北。横浜になぜだ。でもよくわからない補強を続けていた暗黒時代に比べ、今の巨人はなかなか良い（小さい頃、愛知出身なので周囲が皆中日ファンで、天邪鬼《あまのじゃく》的に巨人ファンになったら逆に王道だった。斎藤雅樹《さいとうまさき》選手に憧れた）。これだけ長く野球を見ていると、選手同士のベンチでの些細《ささい》な動きだけでも、チームの雰囲気がよくわかる。散歩をしながらもっと遠くへ行きたくなり、隣駅まで歩く。僕は子供の頃からずっと歩いている。一体どこへ行くのだろう。

七月二十一日（火）
衆議院が解散される。一つの権力が終わる時、その前後に何があるかよく見ておこうと思う。

『新潮』のKさんから届いたメールを見て、ほのぼのする。彼女はほのぼのしている。世界に彼女のほのぼのを伝えたい。そうしたら戦争もなくなるのに。『掏摸《スリ》』発売に関し、『文藝』のOさんから気合の入ったメールが届く。作家は小説に携わる全ての人達と読者でもっている。

七月二十二日（水）
世間は日蝕《にっしょく》。日蝕の時間を寝て過ごす。大体そうだ。何かイベントがある度に、僕は一人で寝て過ごす。そういう人生。明日からまた原稿。

『真夜中のカーボーイ』

——講談社／「小説現代」／思い出の映画／二〇〇七年十月号

福島県の大学を卒業して東京に出ようとした時、色々困った。

まず、部屋を借りる時。フリーターをしながら作家を目指そうと思っていたから、職業は未定だし、予算は限られてるし、バンドをしてた頃の名残《なごり》で、髪も金色だった。2000年の超不景気と言われた時期で、賃貸《ちんたい》の審査が通らないと断られ続け、結局、古びたビルの汚い不動産屋から、とても小さい部屋を借りた。アルバイトも、中々決まらなかった。貯金もないのに面接を何度も落とされ、髪を黒く染めてようやくみつかったのがコンビニのバイトだった。フリーターという身分に、世間は冷たい。でも自分は小説を書く楽しみがあると思っていたら、小説の方も、何だか上手く進まなくなった。自分のやっていることに疑問や不安を感じ始めた頃に観た映画が、『真夜中のカーボーイ』だった。

人から勧められたのか、名作と呼ばれてるから観てみようと思ったのか。きっかけはよく覚えていないが、レンタルビデオ店で借りて、もうすぐに引き込まれてしまった。

田舎《いなか》の町から、バスでニューヨークを目指すジョーという男。彼はニューヨークで、女性とセックスをしてお金をもらう、セックスビジネスをしようと考えている。純朴《じゅんぼく》な彼は、自分はニューヨークでモテにモテ、きっと成功すると夢見ている。自分が「一番かっこいい」と思っているカウボーイの衣装を身につけ、彼は意気揚々《いきようよう》と、ニューヨークで女性を物色《ぶっしょく》し始める。しかし現実と想像は違い、彼は失敗を繰り返すことになる。

このジョーの設定に、僕はやられてしまった。思春期を抱えたままの青年というか、あか抜けない性格をもった彼の不器用さが、たまらなく染みた。彼のマネージャー役として生活を共にするラッツォから、「カウボーイなんかに誰が引っ掛かる？」と言われた後、ジョーが「おれはこの格好が好きなんだ」と返すシーンは、他人事《ひとごと》にも思えなかった。人からなんと言われても、どうしても変えたくないというか、変えたら自分でなくなるというか、そういうものは確かに、厄介《やっかい》だけれどもある。大学の卒論の顧問《こもん》の教授から、作家なんてとても無理だからやめとけと言われたことや、デビューしていく新人作家と自分の作風が全然違っていることなど、なんだか自分の現実が頭にめぐっていた。できもしないことを夢見て都会で挫折する、という流れはある種の普遍性《ふへんせい》があり、当時の僕のような青い青年は、ジョーに自分を見てしまう。「ジョー」という有り触れた彼の名前も、実に意図的である。

物語は、やがて悲痛な雰囲気を帯びていく［ここからはネタバレになります。著者註］。ジョーの仕事が上手く行き始めた頃に、相棒のラッツォの病気がどんどん進行してしまう。バスの乗客の視線に対抗するように、ついに動かなくなったラッツォの肩をジョーが抱くシーンは、名場面過ぎて悲しい。観終わった後は、都会に敗北した彼らの結末を自分に照らし合わせて気持ちが沈むのと、凄い傑作を観た感動が入り混ざり、混乱した気分を味わった。しかし、あの名作をあの時期に最初に観られたのは、幸福なことだった。皮肉にも、一番染みるタイミングで、この映画に出会えたということだ。

ストーリーの面白さもさることながら、とにかく役者がいい。ラッツォ役のダスティン・ホフマンも当然最高だが（特に騙《だま》したジョーに発見された場面は、なんだか神がかってる）、他の役者達も、ちょっとしか出てこない者でさえも、その演技は超一流だ。配役に、これしかない、という相当に吟味《ぎんみ》した人物達を、微妙な体型やその肌の肉質まで考慮《こうりょ》して使っているように思われる。表情の動きも、実に細かい。名作と呼ばれるゆえんである。

結局僕はその後も小説を書き続け、何とか小説家としてデビューすることになった。この映画を観返す度に、自分が未《いま》だにあの頃と変わっていないような、妙な気持ちになる。年齢が幾つになっても、やはり「カウボーイ」のジョーに親しみを感じる。

賞の後先

——文藝春秋／「文學界」／芥川賞作家 エッセイ特集／二〇一四年三月号

「銃」という小説で新潮新人賞を頂いてデビューして間もなく、その「銃」を芥川賞の候補作にするけど承諾《しょうだく》しますか、という内容の郵便が来た。

当時、まだ二十五歳だった僕は文壇のシステムをほとんど知らず、芥川賞は中堅かベテランの作家が受ける賞だと思っていた。だから何かの間違いじゃないかと思った。候補になることを承諾するかどうかをまず作家に聞く、というシステムもあの当時はよくわからなかった。候補作の発表まで秘密にしてください、という記述にも困惑した。担当編集者にも言えないのだろうか、としばらく悩んだ。

でも間違いかもしれないし、間違いだったのに「承諾します」と堂々と返事をしたらかなり恥ずかしい。もしかしたら、芥川賞の新人賞部門のようなものがあるのかとも思った。担当編集者に電話をすると、危なかった、秘密は秘密だけど担当編集者には教えてくれないと困ると言われ、でも公《おおやけ》には言わないでとも告げられる。芥川賞が新人作家の賞だったことも、その時初めて知った。要するに、僕は何もよくわかっていなかった。

でも何というか、受賞は無理だと思っていた。自信がないとか、そういう理由ではなくて、僕は「自分の人生にいいことなど起こらない」という奇妙な確信を抱いて生きていた。新潮新人賞でデビューしたのは、神、運命のようなものがもしあるとしたら、その運命システムが誤作動を起こした結果ではないかとも疑っていた。

当時僕は愛知県に住んでいて、芥川賞の候補になったことで、東京からたくさん記者が取材に来ることになった。「でも取れないですよ?」と僕は言い続けることになる。受賞の発表は東京に行って待たなければならないと言われ、新幹線に乗ったのだけど、今度は愛知県の記者達が東京へ同行することになる。受賞の瞬間のインタビューをしたいと言う。「いや取れないですよ。もし取れなかったらその新幹線のチケット代が無駄になります」僕はまたそう言い続けることになる。

受賞の知らせを、担当編集者と居酒屋で待つ。席が取れなくて、愛知県から来た記者達は外で待つことになった。一月の寒空《さむぞら》で、なんてことだと思った。これで取れなかったらどんな顔をすればいいだろうか。腹を切るか？　腹を切って腸の一つや二つ摑み出すか？　あの時僕は、色んなことを考えていた。なぜだかわからないが、急にメニューの卵焼きが気になり出した。この小さい卵焼き五百円もするのか？　現実逃避のように考えていた。フリーター時代、十個入りパック九十円の得体《えたい》の知れない卵を食べていたことも思い出す。あれは一体何の卵だったんだろう？　それに比べ、なんでこんなチマチマした卵焼きが五百円もするんだ？　近所の得体の知れないコンビニの、新しくなったエッグサンドのパッケージに「エッグ１００％になりました」という不可解な文字が書いてあったことも思い出す。だったらそれまでのあの黄色いのは何だったんだろう？　そんなどうでもいいことをグルグル考えているうちに、受賞を逃《のが》した知らせを聞く。つまり僕は緊張していたのだと思う。

その後、僕は色々な方面に謝ることになるのだけど、謝られた方は（今考えれば当然だけど）謝らなくていいと言う。しかし、二十五歳の立場からすると、それは中々非日常な体験だった。後で次点だったと聞き、そのことは大いに励みになったこともよく覚えている。

次に候補作になったのは、二作目の「遮光」という小説だった。二回目の候補ということで、取材が以前より増す。色んな方面から「今度は受賞するんじゃないか」ともたくさん言われることになる。これで受賞できなかったら、前回の倍は謝らなければならないのだろうか、「すみませんでした」を、「大変申し訳ございませんでした」にすればいいんだろうか。当時もまだ二十五歳で、周囲はみな僕より年上で、僕が萎《い》縮《しゅく》するのも今考えれば仕方ないことだったかもしれない。

そしてまた受賞を逃して、そこから、僕はかなり余計なことを考え始めることになる。たとえば受賞を待っている時の服装について。

あまりビシッと決めていくと、周囲の編集者や記者から、「中村、今度は取れると思ってるな」とか、「うわ、ヘアワックスつけとる。どうせ取れないのに」とか思われると思った。それはかなり恥ずかしいのではないか。どうしようか、何を着ていけばいいだろうか。そんなどうでもいい考えをこじらせてしまい、その『遮光』が今度は野間文芸新人賞の候補になった時は、お洒落をするのが急に恥ずかしくなり、ユニクロの千円のタートルネックを着て知らせを待った。

これなら受賞しなくても恥ずかしくない、となぜか僕は堂々と安心していた。袖からピロピロと糸が出ていた。しかし今度は受賞となり、もちろん嬉しかったけど、僕は記者会見を袖から糸をピロピロ出しながら受けることになる。なかなか後悔し、もしまたこういうことがあったらどうしようか、と考えているうちに、「土の中の子供」という小説が芥川賞の候補になった。

三度目の候補、ということで、取材もかなり多くなる。受賞を一緒に待つ記者も増え、受賞の瞬間をテレビで映したい、というよくわからない依頼まで来る。「大変申し訳ございませんでした」の上の謝罪の言葉は何だろうと思った。そして「遮光」が芥川賞を落選した時、帰りにタクシーチケットを渡されたのだけど、「受賞してないのにタクシーに乗っていいんだろうか」とよくわからないことを思い、東京のよくわからない道の途中でタクシーから降り、でも降りた瞬間雨が降ってきて濡れたことを思い出し、折り畳み傘を用意しようと思った。そして着ていく服をどうしようと悩み、自然な感じを意識したどうでもいい白いシャツを着る。これなら受賞してもしなくても、どっちでもどうにでもなる。当時もまだ二十七歳で、もう何が何だかよくわからなくなっていた。受賞と聞いた時も何だかもうよくわからなくなっていた。喜んでくれる周囲の人達を見ながら、美容院に行けばよかったとまたどうでもいいことを思っていた。

当時の手帳をパラパラ見ていたら、「広い海に、小さな舟で放り出される」と書いてある。なかなかセンチメンタルでネガティヴな言葉だ。その脇に、「沈黙の徳（モーツァルト『魔笛』)」ともある。

確かに受賞した近辺やその後に、色々しんどいこともあった。

ここで色々書くのも面白いかもしれないけど、僕は今そういう個人的なあれやこれやに全く興味を失っているので書かない。作家や評論家や記者やライターや読者などからは何を言われてもいいのだけど、「外部」がうっとうしくて仕方なかった。僕が講演会で突然声が出なくなったのはその二年後くらいで、それを克服《こくふく》したのはさらにもう少し後になる。今ならもうそんなことは気にしないのだけど、当時はまあ、まだ二十代だった。

芥川賞を頂いてから、もう八年半が過ぎようとしている。長い。芥川賞はもう僕にとって随分昔のことになっている。ずっと小説家でいられていることは——人生そのもののしんどさとは別に——ありがたいことだと思う。芥川賞をもらって、その後色んなことがあって、結局のところ、僕は作家だし、作家は小説に集中すればそれでいいという結論に行き着いた。学ばせてもらった、ということだと思う。芥川賞はその後の作家活動にとって励みになったし、また同時に貴重な経験でもあった。

出版不況と言うのをやめませんか運動

——KADOKAWA／「本の旅人」／二〇一七年四月号

出版不況、と言うのをやめませんか運動を展開したい。

なぜなら、「この業界盛り上がってませんよ！」と言われ、人はその業界の商品を買わないからである。景気と同じで「景気が悪い」とアナウンスされると人は購買を控える。

あとは、現代文学をよく知らない人に限って、「文学はもう終わった」的な発言をする。なんか、そう言うのが気持ちいいんだろう。そういう人は大抵、大学で教えてる評論家で、本のマーケット全体の動向が、自分の生死に反映されない。無責任に、事実でないことを気軽に言えるのである。そういう人達には、ちゃんと読んでみて、と言いたい。全然終わっていないので。

本のイメージアップも必要だと思ってる。身も蓋もないことを言うが、本を読むのは格好いい、というのを広げるといいと思う。中身が重要なのは大前提である上で、どんなものもイメージは大切である。

各出版社、印刷会社、取次、書店で、従業員数、売上高に応じて出資し、共同でテレビＣＭをやってはどうだろうか。深夜のＣＭでよい。何か特定の本を宣伝するのではなく、本のイメージアップを図る目的のＣＭ。

実際、読書が素晴らしいのは言うまでもなく、その読んでる姿、行為も格好いいと思うがどうだろうか。たとえば電車の中で、スマホをじっと見てる女性より、本をそっと開いてる女性の方が格好いいと思う。男性も同じである。

たとえプヨプヨ太ったおじさんでも、汗がドロドロで石油になるんじゃないか、この人このまま燃えるんじゃないか、と思うようなおじさんでも、ビジネスバッグからクールな小説が出てたら格好いい。部下の女性から「あの人、丸焼きになる前の子豚さんだと思ってたけど、意外と内面に謎があるのね」と思ってもらえるのではないか。「〇〇さん、そういうの読むんですね」と聞かれたら、でも「自然主義文学というのはね」などとウンチクを述べてはいけない。「いや、はは」と照れたように笑うと効果的だ。女性を部屋に呼ぶ時、ゲームばかりある部屋より、小説が本棚に並んでいた方が格好いいのではないか。本のそういう要素を有効活用した方がよい。

何だ、もてるために本を読めというのか！　と批判が聞こえてきそうである。しかしこれはあくまで外見《そとみ》の話だ。狂気的に本にのめり込むともてなくなる。その例を――そう言えば思い出の本をという依頼だった――ちょっと書く。

大学生だった頃、あるバーに女性といたのだが、僕はカバンに入れていたドストエフスキーの『悪霊』の続きが気になって仕方なかった。

女性がトイレに立つ。その隙に、バーの薄明りで続きを読む。女性が帰ってきても、スタヴローギンはどうなるんだろう、ピョートルの狙いは……と気が気じゃなかった。なら帰って読めばいいし、今の僕もそう思うのだけど、あの時僕はなんと「二兎《にと》を追う」つもりでいたのだ。つまり馬鹿である。

そして驚くべきことに、その女性の部屋に入り、女性がまたトイレに立った瞬間、僕は再び本を取り出し読み始めた。遂《つい》に止まらなくなった。

女性は驚いただろう。部屋に男性を入れたら、そいつが本を読み始めた。しかも『悪霊』とかいう恐ろしげな本を。彼女はきっと、おいおい、私を狙ってんじゃねーのか？　何だこいつは。おかしいのは目の下のクマだけじゃなく頭もか？　と思ったはずだ。女性がテレビを見始め、寝るね、と言い残し隣の部屋に消える。僕は朝まで小説を読み続ける。当然その女性とは何もなかった。というか、僕は今、書きながら当時の自分に若干《じゃっかん》引いた。

えっと、何の話だったろう。そうだ、本のイメージアップの話だった。なんか説得力がなくなったけど、本を読むのは格好いいです。

自転車のベル——「銃」を書いていた頃

——週刊読書人／著者から読者へ——河出文庫『銃』について／二〇一二年八月三日

僕のデビュー作の『銃』が、この度リニューアル刊行された。

この小説を書いている時、なかなか生活に追い詰められていた。二十三歳から二十四歳にかけて、東京でフリーターをしながら、何かに取り憑かれたように書いていた。将来の見通しのない状況。一食二百円を超えると、アパートの家賃が払えなくなる毎日だった。精神は下降していくし、自分の暗部がどんどん育っていくし、なんともやりきれなかった。

こんなことを書いていいのかわからないけど、今でもはっきり覚えていることがある。深夜、一人で散歩していた時のことだ。

近所に薄汚い川があり、考え事をしながら、その脇をゆっくり歩いていた。バイトの給料日までの日数と、現在の持ち金について。作家デビューの当てもないのに、狭いアパートに閉じこもり、社会から隠れるように小説を書いていることについて。小説を、文章を書いていなければ、生きていけないような自分について。ストレスから か、右の瞼の上がよく痙攣していた。その時背後で自転車のベルが鳴った。後ろから自転車に、ベルを鳴らされる。それは日常でよくある出来事だ。でもその時、僕は不意に意識が朦朧《もうろう》とし始めた。自分に襲いかかる感情が何かもわからないまま、身体の奥から外へ、何かが投げ出されていく。

自転車のベルが鳴ることの意味は、「どいてくれ」ということである。「自分が今から通るから、そこをどいてくれ」ということである。でも僕にはそのベルが、「お前はこの世界からどけ」と告げているように聞こえていた。

僕は息がつまり、視界が狭くなって前がよく見えなくなった。自転車の相手に勢いよく振り返っていた。男の乗った自転車はそのような僕に気づかず、速いスピードで通り過ぎて行く。追いかけなければ、と意識していた。激しい感情が、許容範囲を超え大きくなっていくようだった。追いかけて、あのベルを、二度と鳴らさせないようにしなければならない。どんなことをしても、あのベルを、二度と鳴らすことをできなくさせなければならない。僕はあの男を――。突然我に返った。何で自分は震えてるのだろう？　息が少し乱れてるのだろう？　自分は今奇妙だと思った。僕は怒りを覚えている。何に？　息を飲み、ようやく気づく。自分がまるで、テレビでよく報道される、理不尽な犯罪者のようになっていることに。犯罪者との違いは、自転車が幸いにも、スピードを出して遠くに行っていたことかもしれない。

僕が東京を離れたのは、その翌月のことだった。

『銃』は拳銃を拾った青年の話である。人間の暗部の細かい心理を、ある意味で自分をモデルに書いたものになる。

ドストエフスキーの負のエネルギー

——青土社／「現代思想」／総特集 ドストエフスキー／二〇一〇年四月臨時増刊号

仏教の最も古い聖典と言われる『スッタニパータ』をパラパラ読んでいた時、こんな一節を見つけた。

「女に溺《おぼ》れ、酒にひたり、賭博《とばく》に耽《ふけ》り、得《う》るにしたがって得《え》たものをその度《たび》ごとに失う人がいる、——これは破滅への門である。」（訳 中村元《はじめ》）

残念ながら、これは全部ドストエフスキーに当てはまる。ドストエフスキーは、原始仏教的にはダメということだ。

僕が初めてドストエフスキーの作品を読んだのは、大学一年の時、『地下室の手記』だった。

何度目かに太宰治の『人間失格』を読み返した時、その解説が、『地下室の手記』

にふれていた。それまでそんなに気にならなかったのに、その時急に、「地下室」という言葉に惹《ひ》かれている自分に気づいた。その時の僕の精神がナメクジみたいにドロドロしていて、その言葉に反応したらしい。本屋で探し、読んだ。恐らくあの時、僕の人生の大まかな方向は決まってしまったのだと思う。

これほど負のエネルギーに満ち溢れたものを、映画や漫画なども全部含めて、それまで知らなかった。何なんだこの作家は、と思った。何なんだこの徹底された人間の暗部への眼差《まなざ》しは。何なんだこの自意識の洪水は。読み終えてすぐ初めから読み返した。一度目より、二度目の方が理解できたような気がした。

本屋に行って、ドストエフスキーの文庫の整然とした並びを見て、幸せな気分になった。「今からこれを全部読める」と思ったからだった。当時は作家になるつもりもなく、ドストエフスキーは有名だし読んでみるか、というノリでもなかった。ただ自分の精神が何かを求めていたのである。漫画や映画も大好きだったけど、それらでは味わうことができない何かが欲しかった。「それが今、ここにある」と思った。そして、それは実際にあった。

当時の興奮を思い出しながら、また『スッタニパータ』に戻る。地獄の描写がある。地獄に落ちれば、舌にカギを引っかけられ、引っぱりまわされ、叩きつけられるとある。酷い。ドストエフスキーが舌にカギを引っかけられて、地獄の獄卒《ごくそつ》にブンブン振り回されている光景が浮かんだ。あんまりだ。確かに彼は病《やまい》に臥《ふ》せた配偶者がいるのに愛人と愛憎旅行をしたけれど、滅茶苦茶な賭博狂で借金まみれだったけど、あんなに素晴らしい作品を書いたのだから、僕も含め、大勢の人もそれで救ったのだから、大目に見てもらえないだろうか……。

ある女性がドストエフスキーを読み、「何か凄いのはわかるけど、人間的にダメでしょ。彼氏だったら最悪」と言っていたのを思い出す。「テメーこの野郎」と思ったけど、その女性は可愛かったので僕は「ま、まあね」と笑顔で言った記憶がある。やはりダメだろうか。地獄行きの基準は、作品の良さより実生活だろうか。閻魔大王《えんまだいおう》の前に立たされたドストエフスキーをぼんやり想像する。閻魔大王が彼の人生記録を見て「あー無理」と言ったとしたら。その時ドストエフスキーは何て言うだろうか。恐らく、ほつれたコートのボタンを手でいじりながら、そしてそのボタンがちぎれ、コロコロ床を転がるのを拾おうとしながら、「いや、愛人と旅行には行きましたが、でもあれは、プラトニックってやつでして、へ、へ、へ！　まあ、精神的に純粋ではないですがね！」と言うかもしれない。アウトっぽい。しかし舌にカギを刺される瞬間、キリストの使いが助けにきてくれるかもしれない。そのキリストの使いは、ドストエフスキーはこっちが引き取ると言ってくれるかもしれない。だって、彼の土着のキリスト信仰は見事だから。多分そうなったら、ドストエフスキーは歓喜し、四〇〇字詰め原稿用紙五〇〇枚分くらいの言葉で、神への賛美をクドクド泣きながら続けるかもしれない。そうして天界へと導かれる。でも彼はその途中で、不意に舌を出したくなるんじゃないだろうか。

『ああ、この完全なる調和を、壊したら？……もし今ここで私が、《天界にも賭博はありますかね？　へ、へ！》と言ったとしたら……？』彼はこんなことを考えるかもしれない。いや、もう素直に天界へいって欲しい。

　ソクラテスは死後にあの世で賢者達《けんじゃ》と話してみたいと言ったが、僕もできることなら、死んだらあの世でドストエフスキーと話してみたい。僕はどんな信仰も持っていないのであの世についての判断は保留なのだけど、それを想像したくなるほど、あの世を信じたくなるほど、彼の存在はあまりにも大きい。

　ドストエフスキーに自分の小説を読んでもらえたとしたら、どうだろうか。恐ろしいが、何だか興奮する。ドキドキしながらあの世の道を進んでいたら僕が地獄行きだった、という結果だったら最悪だけど。

中村文則が読む『罪と罰』（全十四回）

――読売新聞／二〇一〇年一月十六日―七月二十四日

第一回　大学一年　主人公に共振

ドストエフスキーの『罪と罰』。世界的名作の一つである。

この本と出会ったのは、僕がまだ大学一年生の頃だった。ジメジメとした、何ともダメな毎日を送っていた。

将来のことなど、考えるだけで憂鬱だった。落ち込みがちな精神を持て余し、バイトはしていたがお金もなく（自慢ではないが電気水道ガス全部止まった）、傷つきやすいのに、当時は意味不明にプライドだけは高かった。自分には何か特別なものがあるのではないかと思い、しかし同時に自分にはそんなものはない、このまま憂鬱なナメクジみたいに生きるのだとも感じていた。

『罪と罰』の主人公のラスコーリニコフに出会った時、僕はショックを受けた。彼は貧しく、傷つきやすくプライドが高い。自分には何か特別なものがあると思い、でも本心ではそんなものはないと危惧《きぐ》している。そしてナポレオンというヒーローも意識し、大それたことをしてしまう。金貸しの老婆《ろうば》を殺害し、金品を奪うのである。新聞に書くのを躊躇するほど、過激で大それた思想を土台に置きながら。本当は、自分のその思想を自分で実践できるとは、完全に信じることなどできていないのに。

共感、というものではなかった。自分の表層ではなく「他人に隠していた部分」がじわりと共振する現象。彼のとは違ったが、僕にも「大それた思想」をぼんやり考える妙な癖があった。

ラスコーリニコフは結局、犯罪には一応成功するが、その後は恐怖と惨めさに打ちのめされ、その金を使うこともできない。ある程度理性があれば、人を殺して平然といられるわけはない。多くの犯罪者と同じように、犯行後に打ちのめされることになる。

僕がこの小説から学んだことは、「考える」ということだった。鬱々とし、仮に悪の誘惑にさらされたとしても、人間は立ち止まり、考えることができる。自分が、やってしまったラスコーリニコフの「まだ手前」にいたことに、激しい安堵《あんど》感を覚えた。

それから僕はドストエフスキーの全著作だけでなく、多くの文学や哲学書なども読み漁《あさ》り、ジメジメしていたが内面は充実していくことになる。作家になろうと思ったのは、その三年後のことだった。

第二回　「運命」の発信者は誰か

『罪と罰』には、様々に恐い部分がある。

取り分け恐いのが、ラスコーリニコフの老婆殺害の周囲に漂《ただよ》う、偶然性である。

ラスコーリニコフは老婆を殺害するか思い悩み、一度はやめようと決意する。しかしその後すぐ、老婆と同居する妹が明日の夜7時に出かけること、つまりその時間、老婆が家に一人でいることを「偶然」知ることになる。殺害する相手がいつ一人になるか。それは殺人者にとって最も欲しい情報だろう。彼はそれを知ってしまったことで、また犯行を決意してしまう。

その後も彼は「偶然」に押されていく。前もって目をつけていた下宿の台所の斧《おの》が手に入らなかったのに、「偶然」にも庭番小舎《ごや》の中に斧を見つける。老婆の部屋までも、「偶然」目立たずに行くことができる。そして、彼は老婆を殺害してしまう。

もし皆さんが、犯罪とまではいかなくても、何か悪事をしようかどうか悩んでいたとする。そんな時、まるで自分を悪事へと誘うように、「偶然」が次々起こったらどうだろうか。人は迷う時、迷信深くなる。ラスコーリニコフもそうだった。まるで悪事への一本の道が目前に出現したかのように、思わずそちらに向かってしまうかもしれない。

だがしかし、ドストエフスキーはこの現象を単なる「偶然」として書いただろうか。恐らくそうではない。「神秘」「運命」として書いているはずだ。その「運命」の発信者は誰か。悪魔と考えるのが定石《じょうせき》だろう。だがもし、ドストエフスキーがこの「運命」の発信者を悪魔であると書いていなかったとしたら、どうだろうか。もっと巨大で超越した存在からの発信として書いていたとしたら、どうだろうか。そう考えると、この小説のつくりはさらに恐ろしいものになるのである。

人は悪のすぐ直前に立たされた時、たとえその自分の行為に「運命」を感じたとしても、その「破滅」へと向かう「運命」に首をつかまれないように、身体に力を入れてその悪から目を逸らす必要がある。人生は危険に満ちている。だが踏みとどまることさえできれば、また違う、もっといい運命が目の前に開く。そう信じたい。

第三回　SがMに屈服する力学

サディズムとマゾヒズムは、昔から文学において重要なテーマの一つだった。

しかしここでは濃いものを連想する必要はなく、芸能人が「僕はMですね」とテレビで気軽に言うような、精神的な意味での攻撃性（S）と受動性（M）を思い浮かべてもらえるといい。『罪と罰』は、実はSとMの力学の小説と読むこともできる。

主人公のラスコーリニコフの母、妹のドゥーニャ、友人のラズミーヒン、娼婦《しょうふ》のソーニャ、その父のマルメラードフ、彼らは全てM的な性質を持つ。特に自分を貶《おとし》め快楽を覚えるマルメラードフは、相当に重度である。

反対に、ラスコーリニコフ、彼を追い詰める判事のポルフィーリイ、マルメラードフの妻カテリーナ、ドゥーニャの婚約者ルージンはS的な性質を持つ。問題は謎の人物スヴィドリガイロフだが、彼はその両方を極端に持つ、怪物的な存在である。

『罪と罰』では物語を動かす役割はほぼS的な人物が担っている。M的な人物の中を、S的な人物が動く構図。そして面白いのは、ポルフィーリイ以外の全てのS的な人物は、M的な人物に屈服させられるのである。つまりSとMの逆転の現象、力の反転があり、その場面はそれぞれ大小のクライマックスとして描かれている。

ルージンはドゥーニャに屈辱的にふられ、カテリーナの壮絶な死の元凶はマルメラードフの飲酒癖からくる極度の貧困であり、スヴィドリガイロフもドゥーニャに拳銃を突きつけられ、発砲までされふられてしまう。そして極めつけは、ソーニャが人を殺害したラスコーリニコフに「命令」する場面である。

『お立ちなさい！（中略）ひざまずいて、あなたがけがした大地に接吻《せっぷん》しなさい、それから世界中の人々に対して、四方に向っておじぎをして、大声で《わたしが殺しました！》というのです』（工藤精一郎《くどうせいいちろう》訳）。究極の羞恥《しゅうち》プレイだが、誇り高きSのラスコーリニコフは、最後に跪《ひざまず》くのである。

S↓Mと動く通常の流れにS↑Mの動きを挟み、小説に力のうねりを出す手法は見事である。だがこれはドストエフスキーが有名なマゾヒストであり、Mの優位性を意識していたからではないか、とも思う。

第四回　不幸はお金で解決できた

ドストエフスキーの小説にはよく細かくお金が出てくる。この『罪と罰』も例外ではない。

ラスコーリニコフの母の年金が百二十ルーブリ（一ルーブリは現在三円ほどだが、百年以上前の小説だし参考にはならない）だとか、妹のドゥーニャにスヴィドリガイロフの妻から三千ルーブリ遺産が入ったとか。二十コペイカ渡したとか（百コペイカ＝一ルーブリ）五コペイカがどうのとか。その理由は自然主義文学が云々《うんぬん》というより、単にドストエフスキー自身がお金に困っていたからだと思う。

特にこの『罪と罰』構想時は酷かった。彼は賭博狂で、ルーレットなどで莫大《ばくだい》な借金をつくった。自分の全ての版権を悪徳業者に売り飛ばすなどして得たお金で急場の借金を払い、でもその直後、残ったお金をまたルーレットで全部すったりした。人間的には、まあ、駄目な人だったようだ。

悲しいのは、ドストエフスキーが電報代のため自分のズボンを質《しち》に入れたという話。

ズボンって、質に入れることができるのだろうか？　だが彼は入れた。スプーンだって質に入れた。

お金からこの小説を読むと、ちょっとした構図が見える。つまりほとんどの登場人物達の不幸が、実は全てお金で解決できたという事実である。ラスコーリニコフの母と妹の最大の悩みは貧困だし、ソーニャも娼婦にならずにすみ、ソーニャの継母カテリーナの病だって良くなったはず。ラスコーリニコフも金持ちだったら殺人などしなかっただろう。彼のプライドは別の方へ向かったと思う。この小説でお金で救えないのはスヴィドリガイロフだけと言ってもいい。

ソーニャを娼婦の立場から救ったのはスヴィドリガイロフのお金で、残されたカテリーナの子供達を救ったのも全部彼のお金。その彼のお金はどこからきたかというと、死んだ彼の妻マルファの遺産である。

だがドゥーニャが言うように、本当にスヴィドリガイロフが妻マルファを殺していたのだとしたら？　彼女達を救ったのは、全て「黒い金」ということになる。何ともブラックな小説だ。

ドストエフスキーの怨念《おんねん》とも言うべきお金への執着がこの名作を生んだのなら、ルーレットも悪くないかもしれない。

第五回　「いい人」の幸せな結末

女性から恋愛対象として「いい人」で終わってしまうのは切ない。

よく気がきき、心優しく、悩み相談なんかも親身に聞く。何か用事を頼まれれば、気持ちよく引き受けるような男性。それなのに、意中の女性からは恋愛対象として見られず、「あの人はいい人止まりなんだよね……」などと言われてしまう。これは悲しい。

あげくの果てに、女性から「○○君のこといいと思う女の子はきっといるよー」などと言われてしまう。それはもしかしたら、そう言った女性はその男性のことは好きにならないことを意味するのかもしれない。自分の意中の女性は結局、どこか危険な香りのする男性に心惹かれてしまう……。悲しいかな、世間に無数もある切ない例だ。

そんな「いい人」が、『罪と罰』にも登場する。主人公のラスコーリニコフの友人、ラズミーヒンである。

彼は不意に訪ねてきたラスコーリニコフを見てお金に困っていると気づき、（自分も貧しいのに）彼に自分の翻訳の仕事の一部を、ドイツ語は苦手、などと（本当はできるのに）嘘をついてまで譲ろうとする。ラスコーリニコフの妹の美人ドゥーニャに一目惚《ぼ》れしてしまい、ドゥーニャとその母のために尽くし、彼女達に頼まれていちいちラスコーリニコフの様子を見に行ったり、彼女達の住む部屋を世話したり、何度も相談に乗ったり、物語の間中、常に右往左往奔走《ほんそう》している。まさに、典型的な「いい人」だ。

しかし、しかしである。なんとこのラズミーヒンは最後、そのドゥーニャと結ばれるのだ。髪もボサボサのラズミーヒンが、様々な男を魅了した絶世の美女ドゥーニャと結婚する。そんな馬鹿な。でも結婚する。

なぜか。それは彼女の日々が壮絶過ぎたから。婚約は破談するし、襲われそうにはなるし、兄は殺人者だし。そんな動揺する彼女の心の中で、ラズミーヒンは願いを全て聞いてくれる「いい人」から、「頼りがいがある人」に変容したのだ。

『罪と罰』で最も幸福になった人物はラズミーヒンである。彼は世界中の愛すべき「いい人」達の希望の星かもしれない。

第六回　犯人にとって最も嫌な相手

もし自分が何かの犯人だとしたら、どんな刑事に追われたいか、ぼんやり想像してみる。

やはり、故藤田まこと氏が演じた『はぐれ刑事純情派』の安浦《やすうら》刑事がいいなと思う。自白する時は人情に包まれたい。あと一歩のところでいつも取り逃がしてくれる『ルパン三世』の銭形《ぜにがた》警部も捨てがたい。

反対に嫌なのが、すぐに拳銃を撃ってくる『あぶない刑事《デカ》』の鷹山《たかやま》と大下《おおした》。いちいちプライベートに入ってくる『刑事コロンボ』のコロンボも（そして同じ意味で古畑《ふるはた》任三郎《にんざぶろう》も）かなり嫌だ。アガサ・クリスティ作品でお馴染《なじ》みのポアロも賢く自信満々で嫌だし、『名探偵コナン』のコナンだとサッカーボールが飛んでくるのでもう最悪だ。

でも僕が一番「犯人だったら嫌だな」と思うのが、『罪と罰』のポルフィーリイである。

彼は刑事ではなく予審判事だが、老婆を殺害したラスコーリニコフの事件を捜査し、彼を追い詰める。そのやり方が、本当にねちっこい。

たとえばラスコーリニコフに対し、「あなたを疑っている」とは明言しない。かといって「疑っていない」という態度もとらない。「凄く疑ってるけど明言しないだけですよ」という絶妙な態度を示し、相手の内面をかき回す。逮捕して、犯人に「明確な立場」を与えることもない。泳がしながら親しげに接触し、ただ精神のみを追い詰める。

つまりこの老婆殺害事件は証拠がないため、犯人の自白しかなく、それを得るには犯人の内面を乱しボロを出させるしかないのである。ポルフィーリイは攻撃を続ける。

犯人が自分の内面で一番突かれたくないところを突く、言葉の罠《わな》を仕掛ける、犯人を安心させる、しかし不意に犯人はあなただと告げる……。ラスコーリニコフの内面はグラグラ揺れ、もう自首するしかない状態に追い込まれていく。

しかも彼は最後、追い詰められたラスコーリニコフに自首を勧め、感情を込めて善や生活の希望を説《と》くのに、その一方で、もしあなたが自殺を選ぶなら、あなた（犯人）だけが知る奪った金品の隠し場所を、書き残しておいてと（しっかり）念を押すことも忘れない。

こんな相手は実に嫌だ。

第七回　現場に戻る犯罪者の孤独

犯人はよく（犯行）現場に戻ると言われている。

何か証拠となるものを落としていかなかったか。あの現場は周囲から死角のはずだが、実はどこかから見られていたのではないか。心配になり、現場のことが気になってくるのだろう。

でもそれだけだろうか。犯罪者が現場に戻るもう一つの理由が、この『罪と罰』の何気ない場面に描かれているように思う。

高利貸しの老婆とその妹を殺害した主人公のラスコーリニコフも、「抵抗しえぬ言いようのない欲求にひっぱられて」自身の犯行現場へ戻る。現場はその老婆のいた部屋だが、陰惨《いんさん》な犯行の跡は既《すで》になく、模様替えのため職人が中で仕事をしていた。その様子はこう記《しる》されている。

『彼らはまえのぼろぼろに破れた黄色っぽい壁紙をはがして、白地に藤色《ふじいろ》の花模様のついた新しい壁紙をはっていた。それがどういうわけかラスコーリニコフにはひどく気に入らなかった』（工藤精一郎訳）

なぜ彼はそれが気に入らなかったのか。理由は記されていないが、小説全体の彼の行動から見えてくることがある。

彼は物語の最中、常に一人になりたがり、ウロウロしている。つまり自分は「殺人者」で、周囲の人間達とはもう別の存在で、決して馴染むことはできず、共にいれば自分の存在の違和感を否応《いやおう》なく突きつけられる状態にあった。だから彼が頼りに向かった先が、自身と似た（と彼が思った）日陰に生きる存在の娼婦ソーニャだったのである。彼は自分の行き場を求め続けた。

そんな彼が、自身の犯行現場へ吸い寄せられてしまう。そこには陰惨な犯行の跡があり、自分と同じ臭いがする、自分に属する、相応しい場所があるはずだった。それなのに花模様の壁紙に張り替えられていたから、彼は「気に入らなかった」のではないだろうか。もう自分がいる場所が、自分に属する世界が、どこにもなくなってしまったというように。健全な光の世界の中へと、殺人者の自分だけが放り出されてしまったかのように。

犯罪者はその孤独から行き場をなくし、犯行現場に戻るのではないだろうか。暗い親しみさえも覚えながら。

第八回　女性にモテる「意外性」

本棚にあると何となく格好いい本、というものがある。この『罪と罰』も、本棚に並べておくと格好いい。

恋愛においてモテる要素の一つに「意外性」というものがあるらしい。そんな時、この『罪と罰』はお勧めである。例えばあなたが漫画とゲームが趣味の今時の青年だったとする。自分の意中の女性が部屋に来た時、漫画やゲームばかりやたらある部屋だと「普通」だ。でも、突然本棚にこの本が置いてあったらどうだろうか。女性もちょっと驚き、「この人、何の変哲もない能天気なただのアイドル好きだと思ってたけど、意外とこういうの読むんだ」と思うかもしれない。深みのある人物と思われるには効果的（？）だ。

もしあなたが、オヤジギャグを連発するおじさんだったとする。しかし同じ会社の女性職員達がいる時に、バッグからこの分厚い本がちらりと見えたらどうだろうか。

「センスないおっさんだと思ってたけど、意外と難しい本も読むんだ」と思われるかもしれない。

ポイントは、「こういうの読むんだあ」と聞かれた時の返事の仕方である。「ああ、これは十九世紀の……」とか得意がってはいけない。一気にうざい奴と思われてしまう。当然ながら「これは『罪と罰』、俺はまだ離婚してないから『ついにバツ』じゃないよ。モヘヘ」などと言ってもいけない。一番いいのは、「ちょっとね……」と照れ、すぐ隠してしまうことである。しかも小説の題が深刻。一気に謎めく。ミステリアスな男、というのもモテる要素だったりする。

……と、こんな身も蓋もないことを書いたのは、せっかくだから本を読まない人にも、この名作を読んでもらいたいと思ったから。結果的に文学に感動できれば、きっかけなどどうでもいいのだ。

こういう翻訳物の大長編を読む時は、僕がいつもやることなのだけど、紙とペンをそばに置くのがお勧めである。特にロシア文学は耳慣れない長い名前の人物がやたら出てくるので、どうしても読んでいて混乱する。名前が出てくる度にメモし、「誰々の妹」とか簡単に書いておくと不思議なほど読みやすくなる。

第九回　最悪の時機に出会った二人

何事もタイミングが大事というが、恋愛においてももちろんそうである。たとえば何かの場で女性が男性と知り合いかなり意気投合し、「あんなに話が合う人は初めてだ、運命の人かも」と思っていたのに相手が結婚していると知ったら、「もっと早く出会っていれば」と思うだろう。

その相手の男性は男性で、その女性をなんて素敵だと思いながら、家で寝転んでばかりいる妻、たとえば「今日も通販で化粧品買っちゃった。一万二千円が一万円だったの」が口癖の妻を思い、「もっと早くあの女性と出会っていれば」と思ったりするのかもしれない。

様々な小説で「もっと早く出会っていれば」的な物語は無数にある。だがその中で最も悪いタイミングで出会ったのが、この『罪と罰』のラスコーリニコフに対するソーニャである。

ソーニャはラスコーリニコフに出会い、舞い上がる。これまで体験したことのない感情が心の中に入ってくる。これは電撃的な彼女の初恋ともいえる。だが悲しいかな、その時の彼は既に人を二人殺害していた。彼がソーニャに近づいた意図がどうだろうと、運命がどうだろうと、そんなことを知らないソーニャは当然「普通の恋愛」がしたかったはずだ。

その後彼はソーニャの部屋を訪ね自分の犯罪を告白し、彼女に自分を見捨てないでくれと懇願《こんがん》する。大きな愛を持つ彼女は彼にどこまでもついていくと熱心に告げながらも、その中で思わず本音を何度か言っている。その時の会話を、彼女の本音の言葉だけを繋げて書くと実はこんな風になる。（以下、工藤精一郎訳）

『じゃ、ぼくを見すてないでくれるね、ソーニャ？』

『（前略）どうしてあなたはもっと早く来てくださらなかったの！（後略）』

『だから、来たじゃないか』

『いま頃！（後略）』

特に最後の叫びは、本当は「殺人を犯す前の彼」が自分を訪ねてきてくれれば、こんな困難な恋愛でなく、通常の恋愛を始めることができたのに、という彼女の思いが詰まっているようで切ない。実に気の毒である。

第十回　駄目な男、読者にも罪作り

迷惑で、甲斐性《かいしよう》のない、いわゆる「駄目男」に女性が振り回される事例は多い。そういう男を「だめんず」と呼ぶことも大変流行った。

文学の世界にも「駄目男」は数多く登場するが、もし「世界文学駄目男ランキング」なるものが存在したとしたら、間違いなくベスト5に入るのがこの『罪と罰』の脇役、マルメラードフだ。

まず彼は酒に溺れている。貧乏のどん底で、無職で、妻が肺病であるのに、純粋な実の娘が泣く泣く売春をして仕送りをしているのに、その生活費を酒に変える。これではいけないと思い職に復帰するが、そして家族の皆が大喜びするが、それも束《つか》の間、生活費の全額を持ち出して失踪《しっそう》し、また酒を飲み歩き、職も再び（今度は復帰も不可能なレベルで）クビになる。

こう書くと駄目な原因は酒のように思えるが、この男はそれだけではない厄介で致命的な性質がある。それは「苦痛に快楽を感じる」点である。

マルメラードフは熱烈にキリスト教を信じ、家族を愛している。家族に対して一切高圧的な態度はとらない。しかし酒を飲む。「妻は肺病で娘が売春しているのに自分は無職で飲んだくれている」というどうしようもない状況、その泥濘《ぬかるみ》に浸ることを「望む」ように、つまり「激しく苦しむために」酒を飲む。そして激怒した妻に髪の毛をつかまれ、小突き回されながら『これがうれしいんだよ！　苦痛じゃないんだ、う、うーれしいんだよ』と叫ぶ。何というか、もうすさまじい。

しかしこの男のさらなる罪は、読者に対してかもしれない。『罪と罰』を途中で読むのをやめてしまった人がそのやめたページとして大抵挙げるのが、このマルメラードフの所なのだ。この大長編のごく初めに彼は登場する。ドストエフスキーの世界にまだ慣れてない読者には、彼の饒舌《じょうぜつ》で長い独白はしんどいだろう。しかも物語にあまり関係ないフランツォヴナとかアファナーシエヴィチとか言いにくい人名を連発し、読者を混乱させる始末。いくら何でも、まだ物語の初めからこれはきつい。

二重の意味で、何とも駄目な人なのだ。

第十一回　自分を欺《あざむ》けなかった悪人

『誰よりも自分をうまく欺《だま》せる者が、誰よりも楽しく暮せるってわけですよ』

これは、『罪と罰』に登場する「悪党」、スヴィドリガイロフのセリフ（工藤精一郎訳）である。

確かに、例えば卑劣《ひれつ》なことをしても、「あれは仕方なかった」と思い、自身の内面から聞こえる「良心の声」を欺くことができれば、思い悩むことはない。もしくは「誠実な人間になりたい」という内面の声を無視し、「俺は卑劣で悪事は面白くて仕方ない」と思えれば、それはそれで、楽しいかもしれない。

これは、どのようなケースでもいえる。本当は自分が悪いのに、悪いのは全部周囲で、自分が変わる必要はないと思えれば、人からどう思われるかは別として、確かに楽ではある。だが我々は、中々自分を欺くことはできない。細かいことも考えてしまうし、何度も反省してしまう。

しかしこの『罪と罰』で最も切ないのは、「自分をうまく欺せる者が……」と語った張本人、この小説の中で最大の悪の人物であるスヴィドリガイロフが、実は自分を欺くことができなかった点だ。

彼はドゥーニャを愛する自分も、自分がこれまでに犯した数々の罪も、悪漢である自分の存在も、全て自分に対して欺くことができなかった。当初の計画を変更し、これから無為で淫蕩《いんとう》な生活を送ることも可能だったのに、命を賭けたドゥーニャへの愛に驀進《ばくしん》してしまった。

ドゥーニャから拒否され銃を向けられた時、彼の心にあった『自分でも完全には定義できないような、もっともっとみじめな暗い感情』とは何だったろうか。それは、自分がこの世界で最も美しく尊《とうと》いと思える存在から、虫ケラのような罪人である自分が罰せられることへの「快楽」ではなかったか。自分に銃を向けるドゥーニャに対して『これほど美しい彼女を見たことがなかった』と彼は感じるのである。そして最後、彼はまるで自分を罰するかのように、自身のこめかみを銃で撃つ。

嘘ばかりついていたように見えた彼が、実は良くも悪くも最も自分に「誠実」だったというのが、切ない皮肉である。

第十二回　孤独な精神に「空気」を

『罪と罰』は、主人公のラスコーリニコフが高利貸しの老婆とその妹を殺害してしまう物語であるが、この物語が成立しなかった可能性を少し考えてみたい。つまり、どうであれば、何が起こっていれば、この殺人事件を防ぐことができたのか、ということである。

まず、彼が老婆の一人になる時間を偶然知らなければ、この殺人は起こらなかった。だがそれ以外にも、彼の殺人を止める「要素」は周囲に多分にあった。

彼の母と妹が、あともう少し早く彼を訪ねていれば。彼があの時友人のラズミーヒンと会っていれば。事件前に、ドゥーニャを巡るルージンやスヴィドリガイロフのあの愛憎劇が繰り広げられ、彼がその問題に気を取られ忙しかったなら。恐らく、この事件は起こっていない。

もっといえば、「船室」と表現された彼の狭い部屋が、あれほど息苦しいものでなければ。彼が、老婆殺害を夢想している最中、何かの「他者の言葉」、たとえば書物でも読んでいれば。しかし、本やノートには『ほこりがいっぱいにつもって』いた。

つまり、彼は「孤独」であり、「外部を遮断した」生活を送っていた。そんな中で、狭くなった自分の頭の内部だけで、殺人の夢想に取り憑かれてしまった。彼の精神は、行く場所を失っていた。

『罪と罰』の中で、印象的な言葉がある。判事のポルフィーリイとスヴィドリガイロフが、くしくも彼に同様のことを言うのである。『人間には空気が必要ですよ、空気が、空気が……』

空気とは、新鮮さであり、生きた生活であり、人であれなんであれ、「外部」との接触のことでもある。主観の中に、客観を通すことでもある。通り魔のような犯罪が報道される度、この言葉を思う。追い込まれた精神には、「空気」が必要なのだと。実は僕も、この追い込まれる感覚には覚えがあるのだ。

知人がいれば知人の言葉を。知人がいなければ書物の言葉を。軽薄ではない、できるだけ高度な言葉を。そして小さなことからでもいいから、新鮮で生きた生活を。僕は精神が孤独に陥る度、自分を保つため「空気」という言葉を意識することにしている。

第十三回　原題　良心とは無関係

『罪と罰』は一般的に、殺人の罪を犯した主人公のラスコーリニコフが良心の呵責《かしやく》に悩み、善と悪の問題を通過し更生する物語だと思われている。罪のことなら『罪と罰』。でも実は、この小説はそういう物語ではない。

僕はロシア語に詳しくないが、江川卓《えがわたく》氏の「謎とき『罪と罰』」(新潮選書)を読んだ時、なるほどと思った。ロシア語で「罪」を表す言葉には、「グレーフ」と「プレストゥプレーニエ」の二つがあるようだ。「グレーフ」は「罪の意識に悩む」という時の日本語の語感に近い言葉で、「神のおきてに背く行為」を表すのが通常。「プレストゥプレーニエ」は神や良心とはなんの関わりもない言葉で、人間の定めたおきて(法律や社会規範)を「越える」行為をさす。この『罪と罰』の原題は、『プレストゥプレーニエ・イ・ナカザーニエ』。原題の「罪」は、実は良心の呵責に関わる「グレーフ」ではないのである。ラスコーリニコフが自分の行為を「プレストゥプレーニエ」と言うのに対し、ソーニャは「グレーフ」と理解している点がこの小説の根底にある。

これで色々合点がいく。ラスコーリニコフが実は命の重さを感じていないことも。良心の呵責も感じていないことも。彼はただ人を殺した事実に「びびって」いるだけで、判事を恐れ、「社会規範を踏み越えても平然としていられない自分」を突きつけられ、苦悩しているだけであることも。最後の「更生」が強引なことも。なぜならこれは「プレストゥプレーニエ・イ・ナカザーニエ」なのだから。

この小説の発表は十九世紀のロシア。しかし恐らくもっと混沌《こんとん》とし、複雑な現代の日本では善悪についていつまでも『罪と罰』に頼ることはできない。現代にはむしろ、

『グレーフ・イ・ナカザーニエ』が必要ではないだろうか。それも神の概念を置かない、つまり信仰ではなく、人間的、文学的に昇華《しょうか》した意味での「神／本質」に関わる『グレーフ・イ・ナカザーニエ』が。

僕がいつも善悪の小説を書く理由の一つには、実は根底にこんな想いがあるからだったりする。まあ大それたことをと思われるだろうけど、常に挑戦の意志がなければ作家でいる意味などないのである。

第十四回　「善悪とは」　現代への宿題

この『罪と罰』で、殺人者ラスコーリニコフの娼婦ソーニャへの問いは印象的だ。その直前、ソーニャは小悪人ルージンの策略で、泥棒にさせられるところだった。それは、彼女の稼ぎで細々生きる善良な家族達の破滅の危機でもあった。彼はそれを踏まえて問う。

ルージンのような小悪人が生きるべきか、あなたの家族のような人間達が生きるべきか。そのどちらかの生死の裁量が委《ゆだ》ねられたとしたらどうするか。ルージンによって自分と自分の家族が破滅するのを選ぶのか、それともルージンが死んで自分達が守られることを選ぶのか。

この問いは根本的な問いでもある。なぜなら、人類史から消えることがない戦争という現象も、根底には命の「取捨選択」があるからだ。人間は他の生物と違い、常に同種を殺害しながら歴史を築いてきた。ソーニャは博愛の女性。果たして彼女はどう答えるのか。善悪とはそもそも何かへの答えが、彼女から聞ける気がした。

大学当時、僕は緊張してここを読んだ。社会はオウムを経て、神戸児童連続殺傷事件が起き（その数年後には9・11が、そして単純な善悪の二元論で世界を分けるイラク戦争も控え）ていた。僕は自分が生きるこの世界を知りたかった。人間の存在や、自分の中に確かにある、暗く厄介な闇について知りたかった。人間という生物の本質、善悪の本質が知りたかった。

だが、ソーニャは答えを逸らす。『できないことを、どうして／聞きますの？／だって／神さまの御意《みこころ》を知ることはできませんもの』。宗教が根底にある十九世紀ロシアならこれでいい。だが価値観の混沌とした現代の日本では、これは十分ではない。

でも、今ならこれがドストエフスキーが問いとして突きつけた現代への宿題だとわかる。彼の著作は「現代の預言書」と呼ばれるが、同時に、毎秒更新されていく現代への宿題の書だとも思う。僕は勝手に、その宿題をやっていこうと思っていたりする。僕達は現代を生きていかなければならない。

最近出た僕の本は、実はこの宿題を意識し書いた。作家の僕にとって、尊敬も批判も含めこの『罪と罰』はいつまでも大きい。

作家の手紙

――朝日新聞出版／「小説トリッパー」／私を変えたこの一冊／二〇〇六年秋号

高校生になったばかりの頃、太宰治に完全にはまってしまった。

初めのきっかけは、鬱々としていたある日、本屋で『人間失格』の背表紙を見たことだった。マンガや映画も面白いけど、もっと自分に迫ってくるものはないか、小説はどうだろう、と思っていた頃だった。人間失格。冷静に考えると、凄いタイトルである。有名だし、暗い本ということで、存在は知っていた。レジに持って行き、部屋に戻って読んだ。それから、完全にはまった。

「これは自分だ！」という、太宰にはまった人間の多くが思うことを、十五歳の僕も思っていた。それが小説であるということはあまり考えず、太宰治という人間そのものに傾倒《けいとう》していったのである。彼の作品ばかり読むようになり、中期の安定した作品よりも、前期や後期の作品を好んだ。今考えると少し恥ずかしいのだけど、読みながら、自分を律《りつ》しよう、と思ったこともあった。たとえば『HUMAN LOST』に出てくる「その人と、面とむかって言えないことは、かげでも言うな」という言葉。そうだ、自分ももう言わない、と決めた。何とも単純である。

だがある日、『愛と苦悩の手紙』という、太宰治の書簡集を本屋で買った。書簡集が出ていることを知らなかったので、何とも嬉しかったことをよく覚えている。書簡集の手紙の文章をそのまま読むことができる喜びを抱えて、部屋に戻って読み始めた。太宰だが、そこでまだ少年だった僕はショックを受ける。たとえば、太宰が芥川賞に落選した後、昭和十年八月十三日付の、小館善四郎《こだてぜんしろう》という人に宛てたハガキ。

『芥川賞はずれたのは残念であった。「全然無名」という方針らしい。「文芸春秋」から十月号の注文来た。「文芸」からも十月号に採用するよし手紙来た。ぼくは有名だから芥川賞などこれからも全然ダメ。へんな二流三流の薄ぎたない候補者と並べられたのだけが、たまらなく不愉快だ。（後略）』

「えー！」と思った。「そんなこと言うなよ……」とも声に出したような気がする。その人と面とむかって言えないことは、かげでも言ったらダメではなかったのか。しかも、悪口を言いながら、さりげなく自分にたくさん小説依頼が来ていることまでアピールしている。「人間失格」って、あんた、めっちゃくちゃ人間じゃないか！　と思ったのである。

　思い込みで作者を勝手に神聖化していると、こういうのはよくあることだ。ニーチェはてっきり道徳の問題を考え過ぎて哲学の中で発狂したのだと思っていたのに、実は売春宿でもらった梅毒菌《ばいどく》が脳に回って狂ったのだと知った時や、『ゴッホの手紙』

を読んで、ゴッホはもちろん大好きだけど、あれだけ援助した弟のテオの方がよっぽど立派じゃないか、全然働かないゴッホも何かバイトくらいするべきじゃなかっただろうかと思った時など。読んでいると、ゴッホよりもテオの方が気の毒なのだ。勝手に色々想像し、現実に触れて微妙な気持ちになる。特に十代の頃は、そういうことがよくあった。

だが『愛と苦悩の手紙』のおかげで、僕は太宰治といい意味で距離を取れるようになり、そのことによって、彼の作品をより理解することができるようになった気がする。もちろん時が経ち、僕が年を取りある程度成長していったこともあるだろうと思う。前期と後期の作品だけでなく、中期の作品の素晴らしさももっと感じられるようになった。小説家、太宰治として、彼のことを思うようになった。「富嶽《ふがく》百景」「駆込み訴え」「お伽草子《とぎぞうし》」挙げればきりがないけど、どれも本当に傑作だ。「太宰治は『人間失格』一編を書くため生まれて来た文学者であり……」といったような評論を見ても、いやいや、そうじゃないだろう、と思うようになった。太宰という人間に対する傾倒は、彼の作品への傾倒に変わった。なんて凄い才能だろうと感動し、彼の作品を読むのがより楽しくなった。そして、また今度は別の意味で、太宰という人間に再び興味を抱くようにもなった。

『愛と苦悩の手紙』も、ちゃんと読めばもちろん素晴らしい言葉に出会うことができる。彼の優しさにも、触れることができる。仲間の作品を読んで、お世辞を言わずに真摯《しんし》に答えるところや、いよいよ中央の文壇に登場しようとする時、同人仲間に対して『ぼくが先に出て、先にくたばる。覚悟している』と書くところなんて、青いけど何だか、かっこいいと思ってしまう。

太宰は書簡集を否定した作家だったから、生前だったら、この本が出ることを必ず拒否しただろうと思う。この書簡集を編集した亀井《かめい》勝一郎《かついちろう》を、太宰は恨むだろうか。わからないけど、一ファンとしては大事に読むだけである。『愛と苦悩の手紙』は、思い出深い、今では大切な一冊となっている。

美しい時間

——読売新聞／日韓作家リレー書簡／二〇一二年十一月二十一日

朴晟源《パクソンウオン》さま

あなたの小説『都市は何によってできているのか』の日本での出版を記念して、先日、池袋のジュンク堂書店で一緒にトークイベントをしました。僕の読者さん達もあなたを温かく迎えていて、笑いも絶えず、あの場所は、昨今のメディアで取り上げられている両国の関係とはまた別の、美しい時間が流れていたように思います。

イベントの間中、僕がずっと思い出していたのは、3年前にあなたが教えているソウルの大学の授業に、僕がゲストで参加した時のことです。純粋に日本文学に興味を持ってくれた韓国の学生達の、活発な質疑応答《しつぎおうとう》がありました。あの時も僕は、今美しい時間が流れているとずっと感じていたのです。そしてそれらの時間には両方とも、根底には文学がありました。

2年前、南アフリカでサッカーのワールドカップがあった時、日本のメディアでも南アフリカ特集を繰り返していましたが、僕が一番南アフリカという国への理解に近づいたと思ったのは、同国の作家クッツェーの作品を読んだ時でした。なぜだろうと思いましたが、答えは簡単でした。映像メディアがその国に生きる人々を、どういう素振りをしているか、何を言ったかという「外面」から映し出すのに対し、文学は、その国に生きる人々の「内面」を深く描くものだからです。

「内面」を描くという意味では、あらゆる芸術分野において、文学が最上であると僕は考えています。僕はこれからも、小説を書き続けていきます。

パクさんの小説を読めば、韓国に生きる人々の内面がよくわかりますし、僕の小説を読むと、日本の人々の内面が（僕の小説の主人公はひねくれてるので大分不安ですが……）ある意味よくわかると思います。人生への洞察、時折感じる寂しさ、悲しみはあるけど、何とか希望を持って生きようとする人々。そこには「何々人」と短絡的にとらえその国を判断することがあまりに稚拙《ちせつ》に思える、人々の生の姿があります。お互いの国がお互いの国を「内面」からとらえ続ける限り、世界はよくなっていく。僕はそう信じています。

そして次の世代に繋げていけるように、先日のイベントのような「美しい時間」を少しでもつくりたい。今はそう思っています。

あなたが日本でおいしそうにビールを飲んでいたように、僕も今度、韓国でおいしくビールを飲もうと思います。あなたは本当に僕の友です。次にお会いする時まで、どうかお元気で。

中村　文則

2012年11月16日

芸歴十六年目の表現

――文藝春秋／「文學界」／新芥川賞作家スペシャル／二〇一五年九月号

又吉《またよし》君と初めて会ったのは二〇〇七年頃、今から約八年前になる。ヨシモト∞（無限大）ホールが刊行していたフリーペーパーに、彼が僕のある小説について書いたことがきっかけだった。当時まだ彼はほとんどテレビに出ていなくて、存在は知らなかったのだけど、ライターさんを介し会った瞬間「この人は独特だ」と思った。

簡単に言ってしまえば、「見た目」が独特だった。眼光が鋭く、存在感に溢れていた。周囲の風景から、明らかに浮き出している。「テレビを通して観る顔」と感じたのをよく覚えている。何というか、直感でそう思ったのだった。別に勘が鋭いわけでない僕がそう思ったのだから、彼はよほど独特なオーラを出していたことになる。「テレビを通して観る顔」ということは、いずれ芸人として売れることを意味するように思った。だから無責任にも（芸も何も見てないのに）「あなたは売れるよ」と言ってしまった。

話してみると、物凄く本を読んでいた。彼はとても礼儀正しく、はにかみ屋で、本をたくさん読んでいると自ら言わないのだが、どんな質問にも（控え目な態度のまま）ついてくる。若手芸人で、相当の本好き。しかも本がなければ生きていけないほどの本好き。家に帰りユーチューブで彼のコンビ「ピース」のネタを見てみた。予想通り、独特で面白い。次に会った時だったと思うが、古井由吉《ふるいよしきち》さんの話になり、芸人さんで古井さんの大ファンがいる、と文芸誌「新潮」に紹介もした（後に彼は「新潮」に古井さんについての文章を寄稿することになるのだが、文芸誌に初めて書いた文章が古井さんに関してというのは何と素敵で緊張したことだろう。実際彼は、こちらが気の毒に思うほど緊張していた）。

彼の芸、彼の言葉には、奥行きがある。一発ギャグでも、何気ない言葉でも、その背景に物語のようなものが見える。しかし、なかなか芸人として売れるのは難しいようだった。僕が会った時はいわゆる「下積み」時代の彼だったのだが、相当にしんどそうだった。彼がテレビでネタを披露するチャンスでスベってしまった直後に会った時、彼は少しマズイ精神状態だったように思う。ただでさえ薄い彼の精気がとうとうゼロになってしまったような、あの絶望的な表情は今でもよく覚えている。

だから彼が徐々にテレビに出始め、つまりは売れ始め、やがてその速度が加速していき人気芸人の仲間入りをした時は、感慨深いものがあった。エッセイや自由律俳句も出版され、そこでも彼独特の面白さが現れていた。いずれ小説を書くだろう、と思っていたけど、どうやら彼は「小説が好き過ぎて、書けません」というような理由で断っていたらしい。なかなか言えることではない。普通、芸人として売れて、小説も好きで、書かないかと言われたら舞い上がって書くだろう。なのに彼はすぐには書かなかった。結果的に、エッセイなどで文章を磨《みが》くことになる。だから今回の『火花』は、彼が満を持して書いたものになる。西加奈子《にしかなこ》さんの『サラバ！』を読んでテンションが上がり、その勢いで書き始めたと言っていた。抑えていたものが、傑作『サラバ！』をきっかけにして、溢れたということだと思う。もちろんそこには、太宰や芥川など過去の作家達に限らず、古井さんなどの現代作家達への憧れの念もあっただろう。

芸人とは、非常にクリエイティブな職業だ。コントをつくり、漫才をつくり、一発芸も舞台もつくる。小説とは、元々親和性《しんわせい》が高い。しかしその親和性は、そういった「言葉を使って表現する」という共通点以外にも多々あるように思う。

たとえば、「ピース」のネタで又吉君はボケなのだが、そのコントなどで演じる彼の役は、彼の本来のキャラクターと地続きになっている。もちろん彼そのものではなく、かなり過剰《かじょう》になっているが、本来の彼と地続きだ。たとえばチュートリアルの徳《とく》井《い》さんが漫才で見せるあの爆笑の変態的なキャラは、もちろん徳井さんそのものではないけど、徳井さんのある一面を過剰にしたということで、地続きだ。ブラックマヨネーズの吉田さんや、その他、大抵の「ずっと売れている」芸人さんのネタがそうなっているように思う（それとは逆に、本来そういう存在ではないのに、無理してキャラをつくってネタをやると《いわゆるキャラ芸人みたいに呼ばれる方々》やはり歪《いびつ》になり、長続きが難しいのかもしれない。「一発屋」などと言われてしまう。でも僕個人の考えを言えば、一発屋になれるだけで相当凄いと思うし、それにまた後に新たなものを見つけ復活したりする方もいるので、一発屋というのは、何も悪くとらえられる言葉ではないと思う）。付け加えて言うのならば、ずっと活躍している芸人さん達はフリートークも面白い。又吉君も同様である。

つまり、元々又吉君はネタをつくるクリエイティブな能力だけでなく、確かな「人間力」も持っていて、それが笑いを生むということだ。テレビでずっと活躍している芸人さんは皆、こういった「人間力」を持っているように思う。簡単に言ってしまえば、「この人変な人だな、どんな人なんだろう」という興味を引き寄せる、その人間そのものに魅力のある存在なのだ。彼の「人間力」は、恐らくこれまでに体験した数々の挫折と、膨大《ぼうだい》な読書量によって培《つちか》われたものだろう。

小説、特に純文学では、芸人のネタにおけるキャラと同じように、その主人公に作家が投影されることが多い。私小説でない限り、もちろんそれは作者そのものではないが、やはり作家本人が投影されることが、つまり主人公と作家が「地続き」になることが多い（もちろん程度もあるし、全部ではない。ただそういう小説がよくある、ということだ)。『火花』における主人公の徳永《とくなが》も、又吉君そのものではないが、やはりどこかに、若い頃の彼が程度はあれ投影されている(繰り返すが、もちろん徳永は又吉君そのものではない。実際に言っていたが、又吉君からすると、徳永には「甘いところがある」ということだ。ではなぜわざとそう書いたか。それはこれが若者達の生活を舞台にした青春小説であるからだ。最初の小説で、単に自分を書こうとするのではなく、こういう絶妙な距離感を保つことは、やはり彼が表現者として長いキャリアを持っていることを意味する。彼は今年で、芸歴十六年目だ)。そういう芸人とキャラ、作家と主人公という距離感と地続き感を比べても、小説と芸人は親和性が高いと思うのだ。

この度、又吉君の『火花』が、羽田圭介《はだけいすけ》さんの『スクラップ・アンド・ビルド』と共に芥川賞を受賞した(羽田さんの受賞にも、感慨深いものがあった。これを機に羽田さんに興味を持った方は、ぜひ彼の傑作『メタモルフォシス』など過去の作品も読んで頂きたい)。インタビューなどで、「芸人と作家、どっちを取りますか?」などと質問される度に、又吉君は困惑した表情を見せる。僕が勝手に代弁するならば、これはそもそもどっちを取るとかの次元の話ではない。又吉直樹は百パーセント芸人で、その百パーセント芸人である彼が、百パーセントの気力と想いで小説を書いたということだ。「芸人が小説を書いて」という心無い批判もあるのだろうが、僕のことで言えば、僕は作家としてデビューした時は二十五歳で無職だった。つまり、「無職の若者が小説を書いて」ということなので、別に小説を書くために何か資格が必要なわけではない。サラリーマンをやっていて作家デビューした人も、当然「サラリーマンが小説を書いて」となる。芸人に、コントと漫才どっちを取る？　という質問は変だろう。又吉直樹という芸人は表現の幅が相当に広い。自分の能力を、思う存分その都度全力で発揮すればよい。我慢する必要はない。当然失敗することもあるだろうがそれもよい。その全てがまた芸に反映される。今後の小説にも反映される。忙しいと思うけども、睡眠と食事だけはしっかりとって欲しいと思う。睡眠と食事だけちゃんとしていれば、人間は大抵のことは乗り越えられる。

僕と彼は実は年齢は三歳しか違わないのだが、何だかお祖父《じい》ちゃんが孫にあてたような文章になってしまった。後々読み返して「良く書き過ぎた！　よく見ると顔が少し歪んでるとか、もっと悪口を書けばよかった！」と思うかもしれないが、彼が芥川賞を受賞した直後に、この「文學界」の編集長から（物凄い短い日程で）寄稿してと言われ、つまりは彼がこれだけ注目されているのを、「あの時の青年が……」と感慨深く感動的に思っている最中に書いているので仕方ない。何だか今、僕自身もフワフワした状態なのである。

最後に一つ。又吉君をきっかけにして僕の本を読むようになったという読者さんから、お手紙をもらうことがある。そういう方達の人生をお手紙の内容から拝見する度に、又吉君は人を救う芸人だと感じる。もちろん、笑い、はそれだけで人を救う。僕は作家になってから一時期ちょっとマズイほど精神が落ち込んだことがあったが、その時救ってもらったのが「笑い」だった。だが彼の場合はそれだけでなく、彼の「笑い」には、彼の中に存在するある意味の「暗さ」が含まれているように思う。彼は芸人であるが早口でもないし、色々話を聞くと生き方としても器用とはいえない。本来マイナスととらえられる「暗さ」が、彼の口から発せられると「笑い」に転化する。それが、様々なものを抱えている人達を癒《いや》し、元気づけ、勇気づけるのではないだろうか。

稀有《けう》な芸人である。ここで改めて、様々におめでとうと言いたい。

（僕が『火花』についてどう思っているのかは、文藝春秋の『火花』特設サイト〈無料〉で『笑いと文学への尊敬と愛情の書』というタイトルの書評で全て書いているので、もしお時間があって興味があればそちらを読んでくださると嬉しい。『火花』は見事な青春小説である）

『ONE PIECE』について

――集英社／「ONE PIECE magazine」Vol.1／二〇一七年七月

『ONE PIECE』を初めに読んだのはもう十年以上前、友人の部屋だった。一巻を手に取り、ゲームをしていた友人の横で、ずっと読み続けていた。「アラバスタ王国編」まで読み終わった時「この漫画を生涯読み続けよう」と決め、自分で一巻から買い直した。つまり巻二十三まで、一気に夢中で読んでいたのである（いつまでも帰らなかった僕は、友人からすると大迷惑）。そして現在にいたるまで、ずっと読み続けている。

魅力を挙げれば切りがないが、ルフィの内面描写がないと気づいた時は、本当に驚いた。

他のキャラクター達には、彼らの内面の声があるのに、ルフィにだけない。これはつまり、何を考えてるかわからない所がある魅力的な主人公に、周囲の登場人物達（と読者）が引っ張られる構図だと思った。これは後に、作者の尾《お》田《だ》栄《えい》一郎《いちろう》さんが質問コーナーSBS（巻五十四）において『読者に対して常にストレートな男である為に「考えるくらいなら口に出す」または、「行動に移す」という事を徹底しております』と発言されていて、僕の意味付けとは少し違ったのだけど、でも名作というのは、読者による多様な意味の受け取りを可能にするものではないだろうか。

ルフィは主人公で、つまり物語の「中心」にいる。その「中心」の内面描写がなく、何を考えてるのかわからない（時がある）のだから、先の展開も読者にとって未知の要素が増え、期待も心配も驚きも倍増されていく。でもそれだけではない。他の一味達と同じように、読者はルフィの行動に驚き、感動することになるから、読者は彼らと同じ視線でルフィを見ることになる。つまり自分が、麦わらの一味の中にいるような感覚まで、覚えることが可能なのである。

僕は小説家なので、小説に絡めて話すとすれば、似た構図ならミステリーの世界にも一応はある。

いわゆる何を考えているのか、どう推理していくのかわからない名探偵を、その助手の視点から書いたもの。読者は助手の視点から名探偵を見ることで、その推理に驚くことができる。でも『ONE PIECE』の場合、これと類似《るいじ》はするが決定的に異なる。

多くのミステリーでは読者は助手の視点からだけ名探偵を見る、つまり「点」の位置から見るのだが、『ONE PIECE』では麦わらの一味としての「場」から、もしくは「それぞれの点」からルフィを見ることになる。そしてルフィは共にいる仲間達を助けるが、仲間達も当然ルフィを助ける。それは戦闘においてだけでなく、ルフィは完璧ではないので、時に「筋を通す」ことより「楽しさ・感情」を取ってしまうことがあり、その軌道修正は主にゾロが担う。つまり読者はミステリー小説より、もっと「参加」している感覚を覚えることになる。さらに「敵」にも内面描写があり、それとルフィは対峙《たいじ》しているため、読者は時に「敵」の視点からもルフィという存在を見ることにもなるのである。

さらに麦わらの一味も、そして読者も、ルフィとは長い付き合いなので、「ルフィならこうするはず」と思うこともできる。実際、麦わらの一味達から、そのようなセリフは多く出ている。だから読者はよりルフィと共にある感覚でいられるし、それが時にいい意味で裏切られるから、また面白いのだ。


漫画と小説は、言葉の使い方が異なる。漫画は言葉が絵を強調し、また絵が言葉を強調する相乗効果が得られるが、小説の場合、絵を必要としない言葉を構築することで、また漫画とは異なった世界観を提示することになる。

だから小説と漫画の言葉の比較はできないけど、『ONE PIECE』の言葉について、少し書いてみようと思う。

アラバスタ王国編で、ボロボロになったルフィが「お前／なんかじゃあ…／おれには勝てねェ」と呼吸を乱しながら言った時、サー・クロコダイルに言われるセリフがある。

「…やっとしぼり出した言葉がそれか…／今にもくたばりそうな負け犬にはお似合いの／虚勢…!!!　根拠もねェ…!!!」

それに対しルフィはこう返す。

「おれは／〝海賊王〟になる男だ!!!!」

噛み合っていない。だがこの噛み合っていないことが、見事にこの二人の状態をそのまま表している。つまりルフィはクロコダイルの言葉を聞いていない。いや正確に言えば、ルフィはクロコダイルのセリフの「文脈」に乗っていない。同じステージにいないのだ。その後クロコダイルに、この海をより深く知る者ほどそういう軽はずみな発言はしない、てめェの様なルーキーなんざいくらでもいるみたいに言われるが、ルフィはこう返すのである。

「…おれはお前を…越える男だ…!!!」

漫画であるから、迫力のある絵により、このセリフが物凄く強力なものになる。つまり言葉だけで解説すればこういうことだと僕は思う。ルフィは、自分をクロコダイルを越える男だと思っている。だから、お前（クロコダイル）の「正論」も「説教」も、自分がお前を倒し、越えていくことで、お前のその言葉も全て無効化する。つまり、言葉で言い返す必要がなく、戦って倒すことで、いや、戦って倒すことでしか、この「会話の決着」はないのだ。ルフィはこの戦いの最後に、「おれはお前を越えて行く!!!!」と再び口にしている。そしてこれは、ルフィが自分より「明らかに格上」の存在を、初めて越える瞬間でもある。

そのアラバスタの戦争の最後を締めくくる言葉も素晴らしい。この結末は単純なハッピーエンドではないし、そうはなり得ない。国王軍と反乱軍、共に国を思っていた者達が、クロコダイルの陰謀で戦わされた。多くの被害も出た。戦争は終わったが、この現実は残酷で恐ろしい。誰かが何かを、言わなければならない、つまり「言葉」が必要な場面で、そうでないと、これから国をまた始められない。誰がその言葉を言うべきだろう？　当然ルフィではなく、国王のネフェルタリ・コブラでなければならない。彼のセリフはこうだ。この言葉は非常に感動的で、現実のあらゆる世界の悲劇の後に、必要な言葉でもある。

「過去を無きものになど誰にもできはしない!!!／………この戦争の上に立ち!!!／生きてみせよ!!!!」

生きろ、ではない。生きてみせよ、だ。語尾を変えるだけで――そしてそこまでのコマの流れからの、王の覚悟の表情、さらにその後のコマの流れで――言葉はここまで強くなることができるのだ。

出された言葉に解決が与えられず、そのまま浮遊することで効果を発揮しているセリフもある。海軍と王下七武海VS.白ひげ海賊団のいわゆる「頂上戦争」において。『ONE PIECE』はそもそも漫画史に永久に残る名作だが、この「頂上戦争」はその中でも、特に僕が好きな物語の一つだ（余談だが、あのスクアードの裏切りの場面で終わる巻五十七を読み終えた瞬間、子供の時に読んだ『DRAGON BALL』のピッコロ大魔王VS.孫悟《そんご》空《くう》の格闘名場面、悟空の「つらぬけーっ!!!/はーっ!!!」でジャンプが終わり、「あと一週間、どうやって過ごせばいいんだ」となったことを、あの少年の頃の「ワクワク感」を、物凄い勢いで思い出した。僕は今はいわゆる「コミックス派」なので、その巻五十七の最後のページを開いたまま、「あと数ヶ月、どうやって過ごせばいいんだ」となった)。注目したいのは、この戦争の序盤で、ドンキホーテ・ドフラミンゴによって出された言葉である。

「頂点に立つ者が善悪を塗り替える!!!/今この場所こそ中立だ!!!/正義は勝つって!?/そりゃあそうだろ/勝者だけが/正義だ!!!!」

まさにその通りなのだ。そして結果はどうだったろうか。「正義」はどちらになったろう。

白ひげ海賊団からすれば、ルフィの命は逃がすことができたと思われる(まだこの時点では推測)が、白ひげとエースが死んでしまった。海軍も、目的は結果的に果たされたが、白ひげに、全世界に中継されている状態で「〝ひとつなぎの大秘宝《ワンピース》〟は/実在する!!!」と――まるでロジャーの処刑が海軍にとって逆効果となってしまったあのセリフが蘇《よみがえ》ったみたいに――、言われてしまい、黒ひげが〝グラグラの実〟を奪い、インペルダウンから多くの囚人達が脱走し、「LEVEL6」の超・凶悪犯四人と元看守長が黒ひげ海賊団に入ってしまった。

　頂上戦争で大きな犠牲を払ったどちらにも「勝利」はなく、ドフラミンゴの言う「正義」も来なかった。「勝利」はつまり、「漁夫の利《ぎょふのり》」のように、ある意味黒ひげに持っていかれたことになる。だが当然彼は「正義」とはほど遠い。

　当然、海軍本部元帥《げんすい》のセンゴクは、戦争の終わりをただ告げることしかできないことになる。その後、誰も見たことのない新しい時代が始まることを、最悪の世代の中心的存在であるキッドが言うのが非常に象徴的だ。世界はどちらが勝ったともいえない「中立」の状態のまま、さらに均衡《きんこう》が崩れたことで新しい時代が始まることになる。

　何だか一気に色々なことを書いてしまった。残りのスペースでどこまで書けるだろう？　ロビンの仲間達に対する呼び方が変わるなど、挙げれば切りがないほどの細部の設定、麦わらの一味の誰かを無作為に二人きりにしたとしても、決して違和感がないようにそれぞれの関係がつくられていること、一味の年齢もジンベエが仲間に入ればさらに多様となること、各島で繰り広げられるストーリーの緻密《ちみつ》さだけでなく、それぞれを貫《つらぬ》くように多種多様なストーリーが同じく緻密に関わりながらずっと——驚異的な伏線の数々——流れていること、恐らく世界も含めたこれまでの全ての漫画の中で、最も「名前のついたキャラクター」が多い漫画であるに違いないこと、しかもそれぞれのキャラクターは練《ね》られていて個性的であり、出てきて終わるのではなくまた再度登場したり、扉絵によって彼らの「今」がわかるようになっていたり、その扉絵が物語の本編と関わったりすること、ジャンプの伝統的な漫画スタイルでありながら、同時に伝統を打ち破る革新も見せること、少年漫画であることが表現の枠を狭めているのではなく、逆に少年漫画であることで無限ともいえる表現の幅を実現させていること、巻六十二のカバーを外した時に感動したこと、どこに着目しても、その魅力はいくらでも見つけることができる。

比較的新しい登場人物で僕のお気に入りは特にセニョール・ピンクとネコマムシの旦那なのだが、それについて書くともう終わってしまうので、せっかくだから最新刊(今この原稿を書いている時点、巻八十五)について最後に少し触れたいと思う。

いわゆる面白さについては、言うまでもなく素晴らしいし、またしても「いいところ」で終わっている。そして僕は、こともあろうに、プリンに惹かれてしまったのである。

少年少女達にとってプリンは、演技中の「かわいい」と、三つ目になる「怖い」であるはずだが、恐らく僕のような「アダルト」の中には、三つ目のプリンに「悪女の美(?)」を感じた人も多かったのではないだろうか。時々『ONE PIECE』は、何気ない姿勢や構図なども含め、さりげなく「アダルト」な面がある。そもそも、ヒナの〝オリオリの実〟の決めゼリフ「わたくしの体を通り過ぎる全てのものは…

〝禁縛《ロック》〟される‼」なんて、実はもの凄くアダルトではないだろうか。
ルフィにとって「空腹」は最も我慢できないことの一つで、サンジにとって「料理」は彼の中心にあるものだ。その二つが合わさる物語と感じた。「おれはお前の作ったメシしか食わねェ!!!」とルフィが前巻で言ったのは、だから通常の人間の何倍も重い言葉となる。確かに同じく前巻でルフィはクラッカーとの闘いで気球並みに膨らむほど食べていたが（爆笑）、それは「お菓子」で、つまりナミによる雨で濡れた（水分で膨らんだ）「サクサクおやつ」に過ぎなかったから、基本は肉でなければならないルフィの空腹は、サンジを待っていたあの時点で、見た目もそうだったが相当のものだったはず。実際、プリンのカフェ（お菓子）をチョッパーと共に食べ膨らんだ直後も、すぐ別のお菓子を食べていた。お菓子に囲まれることで、逆にお菓子しか食べられなかったルフィは、必然的に前から極度の空腹になる要素を常に抱えていたことになる。

『ONE PIECE』は驚きに満ちている。物語の面白さ、キャラクターの魅力だけではない。このシンプルなのに超複雑で、大胆なのに物凄く細かいこの「一大世界」を、二十年にわたって構築し続けている作者の尾田栄一郎さんは、僕にとって天才を通り越し驚きの存在である。ジャンルは違うけど僕も物語をつくっているので、この凄さは本当に驚嘆《きょうたん》する。物語をつくっている人でこの凄さがわからなければ、もうその人はプロフェッショナルとは言えないんじゃないだろうか。読者だけでなく、作り手側も誰もが絶対、読めば様々に驚嘆するはずだ。

なんて楽しませてくれるのだろう。このような偉業《いぎょう》が、自分の人生と併行し今なお進んでいることのありがたさと、読む度に訪れる感動。一読者として、そして同世代の小説家として、僕は勝手に尾田栄一郎さんを尊敬しているのである。時々休みながらで全然大丈夫ですので（続きを待つのも楽しいです）、ぜひいつまでも末永《すえなが》く、楽しんで漫画を描いていて欲しいです。

最後に余談だけど、僕が『ONE PIECE』に合うと（勝手に）思ってる音楽は、ノラ・ジョーンズの『Sunrise』。歌詞の意味はちょっと違うけど、特に「アダルト」の皆さん、気が向いた時にでも試してみてください。

巨人という存在

――講談社／「群像」／リレーエッセイ「私と大江健三郎」／二〇一七年十一月号

僕が初めに大江健三郎さんの小説を読んだのは、大学一年の頃だった。

高校生の時は太宰治と芥川龍之介を読み漁っていたのだが、大学に入ってから、ドストエフスキー、カミュ、カフカ、サルトル、ジッドといった世界文学に出会った。そこから三島由紀夫、安部公房、と進む中で手に取ったのが大江健三郎さんで、つまり大江さんは、世界文学としての日本文学、という認識で興味を持ったのだった。

初めに読んだのは『個人的な体験』。タイトルから、著者の個人的な体験を私小説風に書いているのかな、と思ったが全く違った。個人的な体験をただ書いているのではなく、個人的な体験から得たことを書きつつ、そもそも「個人的な体験とは何か」を書いていた。

アフリカ行きを願望する主人公の鬱々とした日常を、アフリカ的比喩《ひゆ》を使って構築した見事過ぎる文学的手法に気づいたのは後からで、ただもう、あの頃は夢中で読んだ。大学一年の僕と主人公は環境も年齢も違ったが、「この小説は僕達に向けて書かれている」と感じた。自分の暗部と共振しながら、さらに深部へ連れていかれる感覚。小説を読み衝撃を受けると、その作家の他の小説を続けて読み漁る傾向が僕にはあるのだが、それから大江さんの小説を、連続して幾つも幾つも読むことになった。書かれている救いには、今後の自分にとって決定的に重要なものが含まれていると感じた。

ドストエフスキーや安部公房などはもうこの世にいないが、この作家が自分と同じようにこの時代に存在していることが不思議だった。何というか、大学一年の頃の僕の読書傾向は偏《かたよ》っていて「凄い作家はみんなもう死んでいる」と勝手に思っていた

（その後に様々な作家を読み、当然そうじゃないとわかった）。つまり僕にとって大江さんは、同時代に存在する作家の中で、最初に夢中になって作品を読み続けた作家ということになる。

自分が作家になってからは、憧れを通り越し神格化していた。だから大江賞を頂くことになった時は現実感がなかった。大江賞を頂くと、大江さんと対談することになっている。遥かなる憧れは、その性質上、対象を自分から遠くに置き、仰《あお》ぎ見るようになるのかもしれない。自分とは全く別世界に存在している人に会う。現実と思えなかった。

対談の前に編集者から、大江さんに何か質問があれば前もってお伝えします、と言われていた。様々な、膨大な質問が一気に湧いたが、立ち止まって考えてみると、どの質問にも大江さんが既に小説やエッセイで答えていることに気づいた。この質問の答えはあの小説に、あの質問はあのエッセイにという風に。本の人。あの時、改めてそう思った。作家だから存在そのものがある程度は本と化しているのは当然だけれど、大江さんはまるで、本そのものであるように思った。僕が思いつく程度の質問の答えは、既にもう全て、本となって存在している。

だから僕の質問は「今の僕に必要な、今の僕が読まなければならない本があるとしたら何でしょうか」というパーソナルなものになった。その時に頂いた本は内緒だが

〔答えは本書のあとがきで記すことにしました。著者註〕、とても大切なものとなっている（……ちなみに、初めてお会いした大江賞対談の前の控室で、僕は生涯にないほど緊張した。大江さんが僕に話しかけながら、控室にあったお菓子の〝ハッピーターン〟を何気なく持っているのを見て、「あの〝大江健三郎〟が目の前にいて、ハッピーターンを持っている。〝大江健三郎〟とハッピーターン？　何という取り合わせだろう？　夢に違いない。大江賞も全部夢だ。しかしながら、これは何か文学的なメッセージか？　ハッピーがターンする？　幸福が回転？」とか本当に思っていたほど重症だった）。

『死者の奢り』での死者との「会話」の緊迫、『万延元年のフットボール』での場と出来事の反復の手法と穴の中にいるモチーフ、『性的人間』での性的に興奮した状態でのボードレールの朗読、『セヴンティーン』での私を消して忠となる恐ろしさ、未刊行の『政治少年死す』〔現在は全集に収録されている。著者註〕をある方からコピーで手に入れた時の――コピーには、誰かわからない人物による序文がついていた――高揚《こうよう》と、純粋天皇という思想の衝撃、『共同生活』での、猿に対する希望が蒼灰色《そうかいしょく》の虫という圧倒的な精神の下降、小説とは言葉の構築だが、それ以上に言葉が歪な積み木のようにかみ合い、決して読みやすいわけでないのに癖になり、いつまでもこの文体を読んでいたいと思った『同時代ゲーム』、『燃えあがる緑の木』でのRejoice!――『宙返り』でさらに深まる――や、僕の政治的指針の一つとなった『ヒロシマ・ノート』

『沖縄ノート』、あらゆる「境界」を超えて行く視点から見つめた時、新たな文学の可能性に驚いた『取り替え子《チエンジリング》』『憂い顔の童子』『さようなら、私の本よ！』の三部作などなど、思いつくままにいつまでも書き続けられるほど、大江さんの著作は僕の血肉であり、受けた影響は絶大なものがある。さらに言えば、大江さんは時期と作品により文体が明確な意図をもって変わっていくが、最近の大江文学で見せる、主人公が背後に引くような独特の感覚は、どの作家の著作でも読んだことがなく非常に新しい。

大江さんは僕にとって、生涯にわたって巨人である。一読者として、後進の作家として、新作が読みたい。常に切《せつ》にそう願っている。

――読売新聞／二〇一四年十一月二十三日

大丈夫

今でもそうだけど、暗い子供だった。

周囲に頼るものもないと感じ、空想の神／友人のような存在をつくり対話していた。小学生の頃である。

でもいじめに遭うのを避けるため、表面的に明るく過ごした。高校生の頃その演技に限界を感じ、突然学校に行けなくなり、そこで出会ったのが文学だった。

自分のように、人に言えない暗部に悩んでる人達（作家）がこんなにいる。そしてそれを読んでいる人達が大勢いる。この世界の中にあるもう一つの世界を、垣間見た瞬間だった。

作家になってからも、ただひたすら人間の内面について書き続けてきた。世界の隅で暗く生きてきた僕の小説を読んでくれる人がいる。救われたと言われることもあるけど、そういう感想に僕は逆に救われている。僕を受容してくれる人達がこの世界にいることが救いになっている。

つい先日まで北米を四週間で十都市回っていたのだけど（『去年の冬、きみと別れ』の英訳版のツアー）、米フィラデルフィアで数日に亘《わた》って行われたノアール（暗黒）小説のイベントに参加した時「なぜあなたの作品は暗いのだ」と聞かれた。「僕はそんな明るい人間じゃないから……」としどろもどろに答えると、「大丈夫。ここに来てる人はみんなそうだよ！」と明るく言われ会場に温かな笑いが起こった。国や文化が違っても、同じ人間。暗さとは、人の柔らかな部分を感じ取る優しさにも繋がるのではないだろうか。そんなことを思いながら、帰国の途に就いた。

作家志望の方々に

——単行本書き下ろし（二〇一九年）

純文学作家としてデビューする方法として、各出版社が公募している新人賞に応募する、というのがある。

大学を卒業し、東京でフリーターをしながら作家を目指していた時、講談社の「群像新人文学賞」、河出書房新社の「文藝賞」、と連続して一次予選で落選した。

書いた時はとても自信があったけど、駄目だった。その時に、三つのことを考えた。

一つ目は、人より多く努力すること。人より、と言っても比べようがないので、つまり、そういう気持ちということ。

二つ目は、自分を客観的に見る、ということ。何かを目指している人はどうしても、過信してしまうことがある。

自分は悪くないのだ、悪いのはこの作品がわからない世間だというように。それは時に正しく、時に間違っていて、判断が難しい。人はどうしてもプライドがあるし、それがいい方向に行くケースもあれば、そのせいで、いつまでも上手くいかないケースもある。だけどあの時の僕は、自分の作品が良くないから一次予選で落ちるのだ、と考えることにした。まず、自分の作品を客観的に判断してみようと。

これは中々難しい。僕がやったのは、パソコン（当時の僕はワープロ）の画面上で自作を読み返すのではなく、プリントアウトして、一定期間寝かしてから、そのプリントアウトしたものを冷静に読んでみる、ということだった。「これは文壇で話題になっている、歴史的な作品」という前提で。

そうしてみると、全然駄目だった。びっくりした。

作家になるためには、書く能力だけでなく、読む能力もいる。読む能力が高ければ、自分の作品のどこが駄目なのかわかることになる。

読む能力を高める方法は、当然だけど小説を読むこと。小説を読んで、解説を（できればいい解説を）読み、作品理解を深めていくこと。そうすれば、誰でも読む能力は上がる。

高校生、大学生の頃は、本を読んで、わからないところがあり、解説を読んで理解したことも多かった。そして様々に本を読んでいくうち、「解説にはこう書かれてるけど、そうかな?」と思うこともあるようになった。ある意味、徐々に成長していたのではないか、と振り返ると思う。

プリントアウトしてから読み返す、というのは、僕は今でもそうしている。これは書く上で有効な方法だと思っている。

最後の三つ目は、これまで受けてきた影響を出す、ということだった。

当時、僕は二十代の前半で、若かった。現代っぽくというか、なんだか青春小説のようなものを書いていた（しかも爽《さわ》やかな）。でも、実は書いていて全然面白くなかったし、デビューしようという目的が先に来てしまっていて、自分が何をしているのか、わからなくなっていた。そもそも、なぜ青春小説っぽいのを書けばデビューできると思っていたのかも、今振り返ると謎だった。

デビュー云々より、もう、自分が好きなものを書けばいいのではないか。そう思った。当時、僕の好きな作家は（今でも）太宰治、芥川龍之介、三島由紀夫、安部公房、大江健三郎さん、ドストエフスキー、カミュ、カフカ、サルトル、ジッド、といったもので、今のようにインターネットも一般的でなく、日本でドストエフスキーを再び爆発的に広げることになった亀山郁生《かめやまいくお》さんによる新訳もまだ出ておらず、そのような、特に海外古典は今ほどの認知は一般的になかったように思う。僕は文学部でもなかった。

こういう二十代前半は、珍しいのではないか、珍しいなら、それを逆に前面に出せばいいのではないか、と思い直した。現代文学っぽさとか、何だか若者が書くような青春小説とか、ポストモダン云々は一旦脇に置いた。というか、デビューできるかどうかも、一旦脇に置いた。

群像新人文学賞にもう一度送った時は、その時期と前後していたように思う。また一次予選落選。でもその頃だったと思うが、一つのヒントになる小説があった。アンドレ・ジッドの『背徳者』(新潮文庫版)の、作者ジッド本人による序文。訳は作家・石川淳《いしかわじゅん》で、今はもう絶版となっている(電子書籍はあるが、もったいな過ぎる)。その僕が参考になった文章をここに引用する。

「わたしはこの書を以て訴状とも弁疏《べんそ》ともしようとは思わなかったのである。／要するに、わたしは何物をも証明しようとしなかった。わたしの意はよく描くことと、おのれの描いたものをはっきりさせることに在る。」

読んだ時、はっとした。ただ、書き表せばいいのだと思った。主人公について、弁《べん》解《かい》も糾弾《きゅうだん》もせずに。そこで浮かんだのが、主人公の意識の流れをそのまま書く、という手法だった。「銃」という小説を書き始めた。

長い話を書く時に、章を番号で分けると書きやすいことにも気づいた。「銃」を書き終えて、応募〆切の関係もあり、初めて新潮新人賞に送り受賞となり、デビューとなった。二〇〇二年のことになる。

当時の『新潮』の前田速夫《まえだはやお》編集長から言われたのは、一昔前《ひとむかし》は、文学をすることが「一番」格好いいとされていた。その格好いいとされていた時代の人達が読んでいるものを、君は読んでいる、ということだった。そして、ドストエフスキーやカミュを読む若者はいるだろうけど、ジッドは珍しいと。

ちなみに今の『新潮』のシステムはわからないけど、新潮新人賞の最終選考の五作に「銃」が残った時、愛知県まで編集者の方が会いに来た（待ち合わせの目印は、その編集者が新潮社のＹｏｎｄａ？パンダの紙袋を持っているというものだった）。そして、受賞するかどうかは選考委員の方々次第だからわからないが、もし落選しても、うちで書いてくれと言われていた。つまり、事実上デビューがそこで決まっていた。「銃」は、落選したとしても、なんらかの形で『新潮』に掲載されることになっていたらしい。

もう時効だと思うので書くと、選考会で「銃」に対し風向きが悪くなった時、司会の前田編集長が「休憩」と言い、一旦流れを止めたと後から聞いた。何とか受賞となったが、とにかく、僕にとって前田編集長はものすごい恩人だ。

後から気づいたことだけど、カミュの『異邦人』（窪田《くぼた》啓作《けいさく》訳）の冒頭は、「きょう、ママンが死んだ。もしかすると、昨日かも知れないが、私にはわからない。」で、「銃」の冒頭は、「昨日、私は拳銃を拾った。あるいは盗んだのかもしれないが、私にはよくわからない。」となっていて、リズムと文の流れが似ている。それ以降は変わっていくのだが、それくらい、僕は海外文学の影響を受けていて、自分が読んできた作品の影響を、ある意味では無自覚にも、出していたことになる。

今改めて『銃』を読むと、前述の文の後、「これ程美しく、」と続くのだけど、これは普通で、その後の、「手に持ちやすいものを、」というのが、変わっている。銃を見て、美しいと思うのは普通だ、とあの時僕は思ったことを覚えている。その次に続く言葉として、「手に持ちやすいものを、」という文章が浮かんだことが、その後の文章の方向性と雰囲気を生み、デビューに繋がったのではないか、と少し思う。古典文学を想起させる雰囲気だけど、難しい（読めないような）漢字を一つも使っていないのは、あの時も意識していた。

作家志望の方の作品で時々見られることで、注意した方がいいと思うのは、漫画っぽいシーンや反応はやめた方がいいということ。漫画的要素が欲しいなら、それを文学の領域にまで自分なりに「昇華」しなければいけなかったりする。でも、デビュー前でそれをやるのは大変難しいので、そもそも避けた方がいい（ラノベなら当然いい。でもここでは、文学について書いているので）。そして、使い古された、いかにもな表現はやめた方がいいこと。たとえば「一筋の涙が頬を伝う」と書くくらいなら、「泣いた・涙が流れていた」などでいい。「満天の星」みたいな表現も、ミステリーならいいのだけど、純文学では「ありきたり」と思われる。「脱兎のごとく逃げ出した」などの表現もよくない。その感じを表現したいなら、よく使用される表現をそのまま

「借用」するのではなく、自分で考えなければいけない。

何かを真剣に目指すのは苦しい。だからある意味「逃げを残していい」と僕は思う。僕が考えたのは、大学を卒業してまず二年、小説執筆に集中する、というものだった。まず二年やってみて、駄目だったら、そこからは就職しながら作家を目指そうと。フリーターでい続けるのは恐かった。

「銃」を新潮新人賞に送り、もう一つの別の小説を「文藝賞」に送って、僕は愛知に戻り法務教官の試験勉強をすることになる。簡単に言えば、少年院の先生。自分の人生の興味は文学で、社会的興味は少年犯罪だった。作家になれなくても、少年犯罪を少しでも減らすための、その歯車の一つになる人生も美しいと思った。試験に合格した知らせと、新潮新人賞の最終選考に残り、編集者と会ったのがほぼ同時期だった。僕はそのまま作家を選んだことになる（ちなみに、「銃」とほぼ同時に「文藝賞」に送っていた別の小説《タイトルは「刻印」》は一次予選で落ちている。このエッセイ集の出版社である。なぜなのかにゃ？　んん？　と聞いたことがあるけど、「いや、なんというか」とか「いやいや、はは……」みたいなことしか言われなかった。だけど『掏摸《スリ》』を書いた時、「この本が売れなければ出版社の責任です」と明言した担当のO氏は時々格好いいことを言う）。

自分の書きたいことがわからなくなった時、試すとよい一つの方法がある。

どこかの静かなホテルで部屋を取り、ノートを開き、そこに、「誰にも見せない」ことを前提に、恥ずかしさも躊躇も捨て、自分が思うままのことを、書いてみるのである。それを読み返した時、そこに恐らく、あなたの書くべきテーマがある。

かなりの確率で「自分って汚れてる……」と思うだろうけど、そんなことはどうでもよい。それは作家にとって、良くも悪くも武器となる。あとはそれを小説として、客観性も意識して構築していけばよい。

そもそも、内面にどんな問題も抱えていない人間などいないし、自分は真っ当で何の問題も抱えていない、と思っている人ほどなかなか問題で、人の弱さに敏感でない傾向がある、と僕は勝手に思っている。

色々な考えがあっていいし、色々なタイプの人がいた方が面白いように、小説も色々なタイプの小説が、社会に出回っている方がいい。作家生活十七年目に入るのだけど、ずっと思ってきたのは、誰かが語る「文学論」は、結局のところ、その作家の得意なことだったりする。なので、「こういうタイプの小説は駄目だ」と、小説をタイプで否定することを、僕は言わないようにしている。

文学とは何か、という問いをよく聞かれるので、ここで書いておくと、そこに書かれた言葉の意味の全体で、その全体以上のものを表現しているのが文学だと僕は思っている。では純文学とは、という問いに対しては、ここからは主観だけど、その中で「深い」ものが純文学だと思っている。

だから、社会からミステリーと思われているものにも、僕は純文学性を感じることがある。逆に社会からは純文学とされているものにも、時々文学でもないと思うこともある。

文体か物語か、という議論も意味がないと僕は思っている。なぜどちらかを選択しなければいけないのか、わからない。物語性に富んだものが純文学でないなら、ドストエフスキーもギリシャ神話も純文学でなくなる。文体か物語か、ではなく、文体も物語も、でいいと思う。

作家志望の方々、何かを目指している方々に一番伝えたいのは、何かになってから自分の本当の人生が始まる、とは思わない方がいいということ。何かを目指している時も、かけがえのないあなたの人生だということ。だからどうか、辛いことが多いと思うけど、その間も楽しんで欲しい。できるだけでもいいから、楽しんで欲しい。

一般的に世の中には、こういう文章を読むと、「なんだ中村、偉そうに」と思う方々がいる。このエッセイ集を読んでくださっている僕の読者さんの中にはいないけど（もちろん、いてもいい）、文句とかを言うために（?）この部分だけ立ち読みしているような方々には、いると思う。そういう人達に僕が何かを言う必要は本来ないのかもしれないが、これも何かの縁なので書いておくと、恐らく、既存の作家の悪口ばかり言っているうちは、デビューできない。デビューする時、つまり自分の人生の何かを突破するような小説を書いている最中は、恐らく周囲の悪口を言っている暇はないので。プライドは時に人を苦しめる。プライドを捨てる、というよりは、プライドをいい意味で一旦脇に置く、ということも時には必要だったりする。そしてそれは、人間にとって恐らく最も難しいことの一つかもしれない。

　ここからは、作家になって随分経ってからのことなので、作家志望の方々にはあまり参考にならない（もしかしたら、初めはむしろ参考にしない方がいい）かもしれないけど、僕の場合は、文章のリズムを意識して書いている。

　ア段は止まる感覚があり、ウ段は進む感覚がある。そうした。よりも、そうする。そうしていく。の方が、文章が進む。どこは止めるべきか、どこは進ませるべきか、ということも、細部まで実は考えていたりする。「た。」で終わる文章でも、リズムを意識すると勢いが出る。助詞をわざと省《はぶ》くこともある。リズムも意識して文章を書き、無駄な部分を省き、さらに表現を鋭くしていくと、文章にうねりが生まれるというか、そこに独特な（?）世界が出現することがある。大体、編集者に渡す前に、十回近く書き直している。そうやって細部の細部まで文章を検討している。どんどん読みたくなるというか、快楽を伴《ともな》う文章というか、逆三角形の鋭い文章、というのが理想だったりする。あくまで理想です。

最後に、僕は二〇一一年から二〇一九年まで新潮新人賞の選考委員をしていて、二〇二〇年からは文學界新人賞の選考委員をするのだけど、そこで書いている言葉を記します。

「現代の文学シーンでデビューするにはどうすればいいかとか、そんなことを考える必要はありません。ただあなたの文学を、全力で小説に込めればいいです。シーンなどあなたが変えてしまえばいい。お待ちしています。」

ちなみに作家は、プロになってからの方が大変だったりする。これを読んでプロになった方がいて、もし悩んでいるようでしたら、どこかで会った時に僕に質問などしてください。僕が逆に相談してしまう、という事態になっている可能性もあるけども。

II

不惑《ふわく》を前に僕たちは

――朝日新聞／「選べない国で」／二〇一六年一月八日

僕の大学入学は一九九六年。既にバブルは崩壊していた。

それまで、僕達の世代は社会・文化などが発する「夢を持って生きよう」とのメッセージに囲まれ育ってきたように思う。「普通に」就職するのでなく、ちょっと変わった道に進むのが格好いい。そんな空気がずっとあった。

でも社会に経済的余裕がなくなると、今度は「正社員になれ／公務員はいい」の風潮に囲まれるようになる。勤労の尊さの再発見ではない。単に「そうでないと路頭《ろとう》に迷う」危機感からだった。

その変化に僕達は混乱することになる。大学を卒業する二〇〇〇年、就職はいつの間にか「超氷河期」と呼ばれていた。「普通」の就職はそれほど格好いいと思われてなかったのに、正社員・公務員は「憧れの職業」となった。

僕は元々、フリーターをしながら小説家になろうとしていたので関係なかったが、横目で見るに、就職活動は大変厳しい状況だった。

　正社員が「特権階級」のようになっていたため、面接官達に横柄《おうへい》な人達が多かったと何度も聞いた。面接の段階で人格までも否定され、精神を病んだ友人もいた。「なぜ資格もないの？　この時代に？」。そう言われても、社会の大変化の渦中《かちゅう》にあった僕達の世代は、その準備を前もってやるのは困難だった。「ならその面接官達に『あなた達はどうだったの？　たまたま好景気の時に就職できただけだろ？』と告げてやれ」。そんなことを友人達に言っていた僕は、まだ社会を知らなかった。

　その大学時代、奇妙な傾向を感じた「一言」があった。

　友人が第二次大戦の日本を美化する発言をし、僕が、当時の軍と財閥の癒着《ゆちゃく》、その利権がアメリカの利権とぶつかった結果の戦争であり、戦争の裏には必ず利権がある、みたいに言い、議論になった。その最後、彼が僕を心底嫌そうに見ながら「お前は人権の臭いがする」と言ったのだった。

「人権の臭いがする」。言葉として奇妙だが、それより、人権が大事なのは当然と思っていた僕は驚くことになる。問うと彼は「俺は国がやることに反対したりしない。だから国が俺を守るのはわかるけど、国がやることに反対している奴らの人権をなぜ国が守らなければならない？」と言ったのだ。

　当時の僕は、こんな人もいるのだな、と思った程度だった。その言葉の恐ろしさをはっきり自覚したのはもっと後のことになる。

　その後東京でフリーターになった。バイトなどいくらでもある、と楽観した僕は甘かった。コンビニのバイト採用ですら倍率が八倍。僕がたまたま経験者だから採用された。時給八百五十円。特別高いわけでもない。

　そのコンビニは直営店で、本社がそのまま経営する体制。本社勤務の正社員達も売り場にいた。

　正社員達には「特権階級」の意識があったのだろう。叱る時に容赦《ようしゃ》はなかった。バイトの女の子が「正社員を舐めるなよ」と怒鳴られていた場面に遭遇した時は本当に驚いた。フリーターはちょっと「外れた」人生を歩む夢追い人ではもはやなく、社会では「負け組」のように定義されていた。

　派遣のバイトもしたが、そこでは社員が「できない」バイトを見つけいじめていた。では正社員達はみな幸福だったのか？　同じコンビニで働く正社員の男性が、客として家電量販店におり、そこの店員を相手に怒鳴り散らしているのを見たことがあった。コンビニで客から怒鳴られた後、彼は別の店で怒鳴っていたのである。不景気であるほど客は王に近づき、働く者は奴隷《どれい》に近づいていく。

　その頃バイト仲間に一冊の本を渡された。題は伏せるが右派の本で第二次大戦の日本を美化していた。僕が色々言うと、その彼も僕を嫌そうに見た。そして「お前在日？」と言ったのだった。

僕は「在日」ではないが、そう言うのも億劫《おっくう》で黙った。彼はそれを認めたと思ったのか、色々言いふらしたらしい。放っておいたが、あの時も「こんな人もいるのだな」と思った程度だった。時代はどんどん格差が広がる傾向にあった。


僕が小説家になって約一年半後の〇四年、「イラク人質事件」が起きる。三人の日本人がイラクで誘拐され、犯行グループが自衛隊の撤退を要求。あの時、世論は彼らの救出をまず考えると思った。

なぜなら、それが従来の日本人の姿だったから。自衛隊が撤退するかどうかは難しい問題だが、まずは彼らの命の有無を心配し、その家族達に同情し、何とか救出する手段はないものか憂うだろうと思った。だが（被害者達に対して）バッシングの嵐だった。「国の邪魔をするな」。国が持つ自国民保護の原則も考えず、およそ先進国では考えられない無残な状態を目の当たりにし、僕は先に書いた二人のことを思い出したのだった。

不景気などで自信をなくした人々が「日本人である」アイデンティティに目覚める。それは別にいいのだが「日本人としての誇り」を持ちたいがため、過去の汚点《おてん》、第二次大戦での日本の愚《おろ》かなふるまいをなかったことにしようとする。「日本は間違っていた」と言われてきたのに「日本は正しかった」と言われたら気持ちがいいだろう。その気持ちよさに人は弱いのである。

そして格差を広げる政策で自身の生活が苦しめられているのに、その人々がなぜか「強い政府」を肯定しようとする場合がある。これは日本だけでなく歴史・世界的に見られる大きな現象で、フロイトは、経済的に「弱い立場」の人々が、その原因をつくった政府を攻撃するのではなく、「強い政府」と自己同一化を図ることで自己の自信を回復しようとする心理が働く流れを指摘している。

経済的に大丈夫でも「自信を持ち、強くなりたい」時、人は自己を肯定するため誰かを差別し、さらに「強い政府」を求めやすい。当然現在の右傾化の流れはそれだけでないが、多くの理由の一つにこれもあるということだ。今の日本の状態は、あまりにも歴史学的な典型の一つにある。いつの間にか息苦しい国になっていた。

イラク人質事件は、日本の根底でずっと動いていたものが表に出た瞬間だった。政府側から「自己責任」という凄い言葉が流れたのもあの頃。政策で格差がさらに広がっていく中、落ちた人々を切り捨てられる便利な言葉としてもその後機能していくことになる。時代はブレーキを失っていく。

昨年急に目立つようになったのはメディアでの「両論併記」というものだ。政府のやることに厳しい目を向けるのがマスコミとして当然なのに、「多様な意見を紹介しろ」という「善的」な理由で「政府への批判」が巧妙に弱められる仕組み。

否定意見に肯定意見を加えれば、政府への批判は「印象として」プラマイゼロとなり、批判がムーブメントを起こすほどの過熱に結びつかなくなる。実に上手い戦略である。それに甘んじているマスコミの態度は驚愕《きょうがく》に値《あたい》する。

たとえば悪い政治家が何かやろうとし、その部下が「でも先生、そんなことしたらマスコミが黙ってないですよ」と言い、その政治家が「うーん。そうだよな……」と言うような、ほのぼのとした古き良き場面はいずれもうなくなるかもしれない。

ネットも今の流れを後押ししていた。人は自分の顔が隠れる時、躊躇なく内面の攻撃性を解放する。だが、自分の正体を隠し人を攻撃する癖をつけるのは、その本人にとってよくない。攻撃される相手が可哀想とかいう善悪の問題というより、これは正体を隠す側のプライドの問題だ。僕の人格は酷く褒められたものじゃないが、せめてそんな格好悪いことだけはしないようにしている。今すぐやめた方が、無理なら徐々にやめた方が本人にとっていい。人間の攻撃性は違う良いエネルギーに転化することもできるから、他のことにその力を注いだ方がきっと楽しい。

この格差や息苦しさ、ブレーキのなさの果てに何があるだろうか。僕は憲法改正と戦争と思っている。こう書けば、自分の考えを述べねばならないから少し書く。

僕は九条は守らなければならないと考える。日本人による憲法研究会の草案が土台として使われているのは言うまでもなく、現憲法は単純な押し付け憲法ではない。そもそもどんな憲法も他国の憲法に影響されたりして作られる。

自衛隊は、国際社会における軍隊が持つ意味での戦力ではない。違憲ではない。こじつけ感があるが、現実の中で平和の理想を守るのは容易《ようい》でなく、自衛隊は存在しなければならない。平和論は困難だ。だが現実に翻弄《ほんろう》されながらも、何とかギリギリのところで踏み止《とど》まってきたのがこれまでの日本の姿でなかったか。それもこの流れの中、昨年の安保関連法でとうとう一線を越えた。

九条を失えば、僕達日本人はいよいよ決定的なアイデンティティを失う。あの悲惨を経験した直後、世界も平和を希求《ききゅう》したあの空気の中で生まれたあの文言《もんごん》は大変貴重なものだ。全てを忘れ、裏で様々な利権が絡み合う戦争という醜さに、距離を取ることなく突っ込む「普通の国」。現代の悪は善の殻を被る。その奥の正体を見極めなければならない。日本はあの戦争の加害者であるが、原爆・空襲などの民間人大量虐殺の被害者でもある。そんな特殊な経験をした日本人のオリジナリティを失っていいのだろうか。これは遠い未来をも含む人類史全体の問題だ。

僕達は今、世界史の中で、一つの国が格差などの果てに平和の理想を着々と放棄し、いずれ有無を言わせない形で戦争に巻き込まれ暴発する過程を目の当たりにしている。政府への批判は弱いが他国との対立だけは喜々として煽《あお》る危険なメディア、格差を生む今の経済、この巨大な流れの中で、僕達は個々として本来の自分を保つことができるだろうか。大きな出来事が起きた時、その表面だけを見て感情的になるのではなく、あらゆる方向からその事柄を見つめ、裏には何があり、誰が得をするかまで見極める必要がある。歴史の流れは全て自然発生的に動くのではなく、意図的に誘導されることが多々ある。いずれにしろ、今年は決定的な一年になるだろう。

最後に一つ。現与党が危機感から良くなるためにも、今最も必要なのは確かな中道左派政党だと考える。民主党内の保守派は現与党の改憲保守派を利すること以外何をしたいのかわからないので、党から出て参院選に臨《のぞ》めばいかがだろうか。その方がわかりやすい。

こういう時代の苦肉の策

――産経新聞／「断」／二〇〇七年五月二十七日

「こうのとりのゆりかご」に三歳ぐらいの男児が入れられていたという報道があった。熊本の慈恵《じけい》病院は、予期せぬ事態に大変だっただろうと思う。

以前に僕は「ゆりかご」の試みを支持すると書いたが、こういう事態が起きたとしても、その考えに少しも変わりはない。

今回の親がどういう気持ちで「ゆりかご」を利用したのかはわからないが、何か止《や》むに止まれぬ事情があったのではなく、もしも、子どもがいらない、捨てたいという安易な理由であったとしたらどうだろうか。そういう親元に子どもがいること自体、それは同時にその子どもが危険であることを意味するのではないだろうか。

乳幼児のためのものであるから今回は本来の目的とは異なるが、親に置き去りにされた悲劇の中でも、せめてこの子どもが安全な場所に無事に保護されたこと自体は、評価すべきではないだろうか。

そもそも、日本は児童相談所の数が、諸外国に比べ非常に少ない。専門のスタッフの数も非常に少なく、職員達は日々大変な激務の中にいる。そういった行政面での不備がずっと問題になっていて、数々の悲劇がある中での民間が試みた制度である。こういう事例があったからといって、安易にこの制度自体を批判するのはおかしい。

相談することが一番であるのは当然だが、親の中には、残念ながら相談することもせずに育児を放棄する人がいる。先日も神奈川で、乳幼児が死んだ。虐待の可能性があるという。前にも書いたが、「ゆりかご」はこういう時代の苦肉の策なのだ。

これからも予期せぬことが起こるかもしれないが、慈恵病院には今の姿勢を貫いてもらいたい。

文化も救ってくれる

――産経新聞／「断」／二〇〇九年二月二十一日

なかなか考え込む性質にあるので、生きることをしんどいと思うことも多い。こういう自分が今こうやって生きているのは、大袈裟《おおげさ》にではなく、小説のおかげだと思っている。人によっては、それが素晴らしい漫画であったり、演劇であったり、音楽だったり、映画だったりもするだろう。

僕は常に空腹であるように言葉を求めて、その言葉を自分の中に入れ、そこから自分なりに考え、言葉によって自分を守るように生きてきた。それは何も僕に言語センスがあったとか、頭が良かったとかいうわけではなく、わからないものは繰り返し読んできたからである。学生の時は、背伸びして色々なものに触れた。そうしないと、逆に生きていけない気がした。

学生の自殺の報道や、破滅を選んでしまう人達の報道を見る度に、色々思う。人生に絶望を感じるのは仕方ないと思う。誰もが明るく生きられるわけではない。家族も友人も学校も会社も助けにならない場合、しかしこの世界には、文化というものがある。文化は、すべての人間に対して、平等に開かれている。商業ベースに乗った安易なものが溢れているからなかなか見つけにくい世の中だけど、自分を強く揺さぶり、救ってくれるようなものに出会えた時、もう一回生きてみようと思うことは、確かにある。

この国では、毎年三万人以上が自殺している。自分の人生を早急に判断する前に、できれば立ち止まってほしいと願うのである。

二〇一一年三月　福島民報への寄稿文

——福島民報／二〇一一年三月二十三日

被災にあわれた方々のことを思うと、胸が苦しいです。言葉の表現ではなく、実際に、胸を強く押されるようで、無力な自分を思い知ります。

僕は出身は愛知県ですが、一九九六年から、福島大学で四年間学びました。住んでいた場所は、福島市太田町《おおたまち》です。福島駅から電車に乗り、金谷川《かなやがわ》駅で降りて大学に通いました。この四年間は、僕にとって本当に大きかったです。昔から思い悩む傾向にあり、人間不信でもあった僕を、変えてくれたのが福島でした。

人が、温かかった。僕の負の感情で固まっていた精神を、少しずつ、ほぐしてくれた土地でした。友人達と遊び、学び、阿武隈川《あぶくま》の付近をほぼ毎日散歩し、近所の惣菜《そうざい》屋《や》さんでよく買い物をしました。とても大きなチキンカツが八十円で、お金のなかった僕にはありがたかった。中通り《なかどお》だけでなく、会津《あいづ》にも行ったし、海を見に浜通り《はまどお》にも行きました。ゆっくりと流れる時間の中で、本もたくさん読みました。

この四年間がなければ、今の僕はありません。

作家という職業は、どのような時も、冷静な文章を書かなければならないです。でも、今の僕は、それができません。作家として、未熟な証拠だと思います。「言葉にできない」というよく使われる表現も、作家にとっては禁句なのです。なぜなら、作家には言葉しかないからです。

今、日本人の全ての心が、被災地の方々と共にあります。届かない物資の報道にも、皆が歯がゆい思いをしながら、テレビやラジオの前で祈っています。

この文章が新聞に掲載される頃には、一人でも多くの方が、救出されているでしょうか。

連絡のつかなかった方とは、会えているでしょうか。

薬や、ミルクは、十分に届いているでしょうか。

飲料や、食料や、燃料や、暖房器具は、十分に届いているでしょうか。

電気や、水道は、復旧しているでしょうか。今の僕には、祈ることしかできません。

作家としては失格な、このような感情的な言葉しか言うことができません。

日本はこれまで、何度でも、再生してきました。戦争からも、数々の天災からも、何度でも再生してきました。日本は強いのだと、僕は思っています。戦争だとか、外交的な駆け引きだとか、そんなものは苦手だけれど、こういうことには強いのだと、思っています。

日本人の全てが、被災地のことを思っています。毎日、毎日、思っています。このような言葉しか言えない自分にも、今歯がゆさを感じます。

――中日新聞／二〇一一年五月十日

国は目を覚ますべき時

福島大学に四年間通った。

それまで僕は、何というか、暗い人間で、人を信用せず、表面だけは周囲を「騙す」みたいに明るく振る舞《ふるま》うような人間だった。『生きてて意味はあるのか？』という内面の声にも悩まされていた。なかなか重症である。愛知出身なのに福島大学を選んだ理由は「遠くへ行きたい」という思いが強かった。自分を誰も知らない土地。普通こう「遠く」を目指しても失望するのが世の常だけど、ラッキーだったのだろう。

福島県は僕の再生の土地になった。

まず、同じ学生の女性から、「目を見て話さないね」と言われ、はっとする。「わかるよー、何か緊張するもんねえ」。自分の対人関係の核心を、僕は入学一日目にして見破られてしまう。「愛知から来た」と言うと、「それは珍しい！」とまるでお客でも迎えるかのように囲んでくる。「田舎でしょー」「でも食べ物は美味しいよー」。何だかみな善良で、のんびりしている。ここでなら、もしかしたら無理をしなくても、内面を壁で固めなくても、やっていけるのではないかとぼんやり思った。

一年後、駅前に住んでいた僕は、終電を逃した友人達のために部屋の鍵をいつも開けたまま寝るというくらい（そして目が覚めると大抵三人くらいは勝手に絨毯《じゅうたん》で寝ているというくらい）、心を開いて人と接していた。土地柄なのか、時間がゆっくり流れ、何だか全体がのんびりしていた。

暇な喫茶店でバイトしていたのだけど、あまりにもお客が来ないので、マスターが「今から街に出て女の子をナンパして、お客として連れてきてくれないか」と真顔で僕に頼むほどのんびりしていた。本も大量に読んだ。就職活動をせず、原稿用紙に何やら怪しげな文章を書き始めた僕を白い目で見る者もいなかった。「小説家を目指す」という僕の無謀《むぼう》な宣言を笑う人間もいなかった。

その福島が、悲劇の中にいる。

福島だけでなく、日本全体が。

原発は、生命をもつような、怪物と言っていい。人は怪物を飼いならしながら生きている。そういう場合、人間の側は、一瞬の隙も見せてはならないはずだった。でも、隙だらけだった。現場の人間がではない。方向性を決める者、管理する者、指導する者達がだ。要するにずっと昔から、いかにも日本的に、大丈夫大丈夫と言い合いながら、政官民で馴れ合っていたわけだ。

東京電力の幹部達が、福島の避難所に行った時の報道を目にする。報道は、「怒号《どごう》が飛び交《か》う」とまとめていたけど、注意深く見ると、頭を下げる東電の幹部達に対して、頭を下げて返す県民の方々の姿があった。絶対に許せない相手であっても、頭を下げてきた人間に対しては、人間の礼儀として、頭を下げて返す。冷えた避難所の中で、厚着をした方々が善良にも頭を下げて返す映像を見ながら、何だか泣けてきた。

あの県民達の姿を見て、国は目を覚ますべきだと思う。さまざまな報道を食い入るように見ながら、考え込んでしまう。そもそも、今の与党（当時は民主党）が国民から政権を与えられた理由は、国民が、当時の閉塞《へいそく》感の中で、こういったずっと昔からの政官民のべったりとした馴れ合いの構造へ、メスを入れることを望んだからではないだろうか。これまで、一体何をしていたのだろう。間違っても、「復興＝すぐ増税」という安易なことはしないで欲しい。まずは、今も税金を垂れ流している、国の無駄な事業や無駄な機関の財源の全てを、復興に注げと言いたい。もうそんなことをしている場合ではないだろう。これからも続く国難の中で、日本は生まれ変わらなければならないのだから。

党利党略もどうでもいいのではないだろうか。しがらみも、利権も、面子《メンツ》も、もうどうでもいいのではないだろうか。今変わらなければ、日本は大変なことになってしまう。今は歴史の転換点にある。善良な被災地の方々の姿を思い浮かべながら、悲しみの中、切に望む。

震災の時

——早稲田文学／ウエッブサイト／二〇一一年五月二十七日

三月十一日の震災の時、僕は東京の自分の部屋で仕事をしていた。

揺れを感じた時、大きいと思い、出窓に置いてあるスピーカーを取りあえず押さえた。でも途中から、有りえないと感じるほどに揺れ、これは物が壊れたらどうしようというレベルのものではなく、命に関わるものだと思った。こんな揺れは、経験したことがない。マンションが壊れるのではないか。外に出ようとしてドアを開けると、風景の全てが揺れている。

その固いコンクリートに囲まれた激しい音の渦の中で、人間である自分の身体が、酷く柔らかく、もろいものであるのを感じた。僕はただ、何とか立っていることしかできなかった。慣れ親しんでいたはずのマンションから見える風景が、あまりにも他者的な、暴走していく風景に見えた。このまま揺れが激しくなるかどうかという、この現象の成り行きから、自分の意志や思いが完全に疎外されている。自分の命は、ただこの揺れが大きくなるか、収まっていくか、それのみにかかっている。地震にしては長過ぎたあの時間は、あまりにも無造作な現実に思えた。

揺れが収まり、テレビをつける。僕は、関東大震災だと思っていた。しかし、地震の震源は宮城県沖とある。尖《とが》った重い何かで、胸を突かれるような感覚があった。震源からこれだけ離れた東京であの揺れであるのなら、現地は大変なことになっているはずだった。

情報が集まるにつれ、僕が柔らかい自分の身体を感じているしかなかったあの激しい揺れの数分という時間が、大勢の人間の命が亡くなった時間であり、さらに大勢の人間の命を失わせることになる、津波という巨大なエネルギーの誕生の時間であり、人間に飼い慣らされている振りをしていた、原発という、まるで生命をもつような怪物が、暴走を開始した時間であったことも知る。

僕は、仕事をし続けた。僕は生まれは愛知県だけど福島大学出身で、東北は、憂鬱で人間不信であった自分を温かく迎えてくれた、僕の再生の土地だった。「言葉は無力だ」と言いながら、うなだれているわけにはいかなかった。福島県の新聞から依頼され、避難所の方々への言葉を悩みながら書き、東京の新聞などにも、震災に関連して必要だと自分なりに思ったことを、様々に書いた。東北には、友人がたくさんいる。連絡のついた友人達はひとまずは無事だったけれど、仕事をしながら、何度か泣けてきた。

そういった目まぐるしい日々の中で、なぜだかわからないけれど、僕は極度の空腹を常に感じていた。

身体が緊張していて、その症状の一つなのだろうか？　僕の無意識が、被災地を思えば申し訳ないと思うほど安全な東京にいるにもかかわらず、生命の危機のようなものを感じていたのだろうか？　わからない。ただ僕は空腹で、空腹で、仕方がなかった。スーパーでは、食料や水が不足していたから、買い溜めは控えなければならない。だから、普段僕が食べる分だけで、食事は済ませていた。もしかしたら、あの時期に東京を覆った買い溜めの現象は、少なからず、皆が原因のわからない空腹を感じたこともあったのだろうか。

周囲に聞けば、不意にどうしようもなく、眠くなる人もいた。しっかりと睡眠は取っているはずなのに、眠くて、眠くて、どうしようもなくなるということだった。また別の人は、揺れていないのに、なぜか揺れているような感覚を常に感じているということだった。

　地震というものは、言うまでもなく、地面が揺れる現象である。人間が、自分の意志に反して、生命の危機を思いながら、存在としての自身の身体の全てを、根底から揺らされるということだった。僕達は、身体を揺らされてしまっていた。多くの人達を、殺害した揺れと同じ揺れで。この事実は、もう消えることがない。

　日本全体を、存在への不安で包むことにもなったあの巨大なエネルギーに対して、個々としての人間は、どう対峙すればいいのだろう？　これは地震だけのことではないのかもしれない。戦争であっても、伝染するウイルスであっても、独裁者であっても、その他の天災であっても、そういった巨大なものに対して、個々としての人間は、どう対峙すればいいのだろう？

　僕はまだ、あの震災を整理できていないらしい。これまでの僕が、自分の人生のあらゆる問題を整理できていないのと同じように。二ヶ月という時間は、何かを整理するには短すぎる。生きていくということは、このように整理できない悲しみを、抱えていくことなのかもしれない。

　しかしながら、共に生きましょうと、言いたいと思う。無理やり明るくなる必要はないし、世間からの「頑張ろう」という言葉を、プレッシャーのように感じる必要もない。それぞれのペースで生きていけばいい。残された僕達には生きることしかないのだから、どのような形であれ、生きていくしかない。今は何とか、そう思う。

福島に

――福島中央テレビ／「タイムテーブル」／二〇一二年十月号

八月十六日から十七日にかけて、福島県へ行った。

東日本大震災から約一年半が過ぎた、福島の「現在」を知りたいと思った。

僕は出身は愛知県だけど、福島大学で四年間を過ごした。なぜ愛知県を離れたかというと、遠くへ行きたかったからである。当時僕は鬱々としていて、人間関係も苦手であり、自分の中にある暗部に、怖さを感じていた。福島は、そのような僕を迎えてくれた土地だった。

人々が温かかった。僕は次第に心を開くようになり、のんびりした時間の中で、たくさん本を読むようになり、卒業する頃には、大勢の友人達に囲まれる日々を過ごすことになった。作家になろう、と思ったのも、この土地においてだった。阿武隈川の雄大な流れや、福島大学を囲む圧倒的に豊かな森林を眺める日々の中で、なんというか、自分はなんにでもなれると思ったのだ。

当時のことを思い出しながら、まずいわきの海岸へ向かう。津波被害から時が経つが、その跡は残酷なまでにそこにあった。

民家のコンクリートの土台だけが残された場が、いくつもあった。近くに寄ると、その土台には幾本ものヒビが入っており、その隙間から、無数の草が無造作に突き出ていた。家がもしここにあったなら、床の下から草が生えているような状況にある。海に近づこうと土の地面を歩き、ふと気づく。その下は地面ではなく、またも民家の土台だった。民家の土台だったコンクリートの上に、大量の土や砂が堆積し、「地面」をつくり、草が生い茂《しげ》っている。そこをさらに進もうとすると、草は徐々に歩くのが困難なほど増えていき、次第に僕の背丈ほどまで高くなっていく。人々の生活のあった場所が「地面」に覆われている。無数の草の生態系の下に、人々の生活の痕跡《こんせき》が埋まってしまっている。

「洗面所」と書かれたシールのついた、電気スイッチのカバーが落ちていた。当然のことながら、それはかつて民家の壁にあったものに違いなかった。このスイッチがどの電気をつけるものかいつも迷うから、家族の誰かが、恐らく父か母にあたる人が、わかるように貼り付けたのだろう。生活の跡があるのに、そうであるのに、そこには家と、人の姿がない。

無数の草の中に、二本のひまわりを見た。花が植えられた、新しいプランターもあった。この草ばかりの光景があまりにも寂しいから、誰かが添えたのかもしれない。同行したスタッフと共に、手を合わせてその場を離れた。移動の車中から、まだ行く場のない瓦礫《がれき》の山も見ることにもなった。

気分が沈んでいく中、次は福島第一原子力発電所の方角へ向かう。ゲートなどで入れなくなるまで、近づきながら町々の様子を見ようと思った。向かえば向かうほど、人の姿が少なくなっていく。走っている自動車も、明らかに減っていく。

森林の美しい広大な眺めも、濃く深みのある青い空も、伸びやかなアスファルトの道路も、何も変わらないのに、人の「不在」だけが感じられていく。人のいない風景はあまりにも広く、静かだった。微かな風などが立てるささやかな音も、すぐ広大な風景の中に吸い込まれていく。牛への注意を促《うなが》す看板もある。やがて道路は、原子力発電所で働く作業員達を乗せた、中型のバスしか通らなくなっていく。

国は、福島第一原子力発電所の完全廃炉まで云十年、などと言っていないで、完全廃炉にする「速度」を速めるための「技術革新／研究」に、全力を尽くすべきだ。

現在の技術だけで進めてはならない。事故の収束への技術、廃炉にするための「速度」を上げる技術を、革新的に飛躍させるべきだ。一体、そのための研究や投資を、国はどれだけしているというのだろう？　口だけで希望といっても現実は変わらない。

のんびりしている暇は一瞬もない。問題は「速度」なのだから。

当初、広野町《ひろのまち》までで行き止まりと思っていた行路は、楢葉町《ならはまち》まで入ることができた。それはつまり、立ち入り禁止のゲートが、そこまで後退していったことを意味する。福島が、県土を、その分だけ着実に「取り戻した」ことを意味する。そのことは嬉しかったが、でも問題は変わらない。楢葉町も現在、「避難指示解除準備区域」である。

マスクをした警察官達に止められ、迷惑をかけないように、引き返すことになる。帰りの車中で自問する。果たして、僕のような人間に、何ができるのかということを。

僕は今福島に来たけど、やがて帰る人間である。生活の場は東京にあり、東京で暮らす人間である。そのような僕に、原発の問題に苦しむそこで生活している人々の、何がわかるというのだろう？　自分達の生活を、ずっと積み上げてきた仕事を原発で損なわれ、奪われた人達の、何がわかるというのだろう？　励ましや希望の言葉を、僕のような人間が言ってもいいのだろうか。

それは震災後、僕がずっと考え続けていたことだった。考え続けながらも、様々な媒体《ばいたい》に、震災関連の文章をこれまでにずっと書いてきた。

安易な言葉は吐《は》けない。当然だ。でも、僕のような仕事だからこそ、福島に対してできることがあると思ってきた。でもそれは、傲慢《ごうまん》なのではないだろうか。

ホテルに着いても、そのことを考え続けた。当然のことながら、あまり眠れない。

翌日、福島市や郡山《こおりやま》市の公園を回る。日常の中に、モニタリングポストがある。市街地にいけば、大勢の人達が行き交い、交通も多い。それは僕がずっと知っている福島そのものだったけど、少し離れた場所には、やはりモニタリングポストがある。

歩いていく福島の人達の姿をずっと見つめながら、体に力を入れ直す。自分なりに、これからも、もっと福島についての文章を書いていこうと思った。自分のような人間には資格がないだとか、そんな僕の内面などどうでもいいことに気づく。少しでも、それが福島のためになるのなら、何でもやるべきだ。そんな当然のことを、改めて思うことになった。

モニタリングポストの前に立ちながら、これが撤去される日のことを思い浮かべる。一つずつ撤去されていき、遂に最後のモニタリングポストが撤去される日のことを思い浮かべる。大勢の福島の人達の前で、クレーン車のような重機か、作業員達による手作業か、わからないが、最後のモニタリングポストが撤去される日。その時は、様々な困難の上に立って生きてみせた福島の人達の、悲しみを乗り越えた拍手の音が強く響くのではないだろうか。その日が早く来てくれることを、今は切に願う。

立ち入り禁止のゲートが楢葉町を越え富岡町《とみおかまち》の手前まで移動したように、福島は確かに、着実に前進している。その速度を一日でも早くするために、日々声を上げなければならないと改めて感じる。

お金の価値が反映されない

——毎日新聞地方版／「虹のパレット」／二〇一三年八月五日

作家になる前、東京でフリーターをしていた時、なんともお金がなかった。電気、ガス、水道、全部止まったこともあった。水道が止まった瞬間は今でもよく覚えている。蛇口をひねると「シュッ」と空気が出て、そのまま何も出ない。部屋に静寂が広がる。なかなかシュールな情景なのである。

貯金が1000円を切ると、ATMで現金が下ろせなくなる。なので、印鑑と通帳を持ち銀行へ行くことになる。全額、つまり900円を引き出すのはなかなか恥ずかしいのだけど、それより900円が手に入ることの方が嬉しかった。

仕事は主にコンビニでのアルバイトだった。一食200円と決めていたので、とてもじゃないが500円くらいするコンビニ弁当は買えない。一番辛かったのは、コンビニでその弁当を「廃棄」する仕事だった。

消費期限が近づけば商品は捨てなければならない。大きなビニール袋に弁当を、つまり食料を捨てていく。もったいない気持ちや、世界の飢餓《きが》問題なども頭をよぎるが、それに加え、「自分が買えないものを捨てている」という奇妙な感覚に悩まされた。

弁当が大きな袋の中に落ちていく「ドサ」「ドサ」というあの感覚は、今でもはっきり覚えている。その袋を持ち上げる時の重さも。食料はとても重いのである。

そしてそれらはすべて、自分には買えないものだった。

あの頃のことを振り返る度に、お金の価値、について考える。

同じ金額でも、それを所持する人間によって「喜びの大きさ」は異なる。たとえばフリーターだった頃の僕のような、月収12万円以下の人が持つ1万円と、その10倍の、月収１２０万円の人の持つ1万円は、全く意味合いが異なる。同じ1万円でも、年収の少ない人が持った方が、その喜びは大きい。

世の中はお金じゃない、というし、それはその通りなのだが、でもお金がないと気持ちが塞《ふさ》ぐのも確かである。実際、フリーターだった頃は気持ちがずっと沈んでいた。

日本は今、格差が広がる方向へ動いている。お金というものを、金額だけで判断せずに、そのお金が与える喜びの大きさまで考慮すると、格差社会というのは「（お金による）喜びの少ない社会」を意味してしまう。

年収の多い人の月収が1万円増えたとしても、その喜びは小さい。反対に、年収の少ない人の月収が1万円減ったとしたら、その悲しみは年収の多い人の月収が1万円減った時より大きい。お金にはそういう側面がある。

つまり、格差が広がるほど、社会全体の喜びは少なく、悲しみは大きくなってしまう。極端なことをいえば、年収５０００万円の人間の年収が６０００万円になったとして、そこに大きな意味があるとは言いがたい。お金の価値がきちんと反映されない社会。それが格差社会ということになる。

非正規社員の割合が38・２%にまで増えているらしい。限定正社員などという言葉が聞こえてくる理由は、簡単に言えば正社員にしたくないから。若い人にしわ寄せがいっている。これからの日本を支えるのは若者であるのだが。

いま、雇用と格差について社会全体で考える瀬戸際《せとぎわ》にきていると思うのだが。

批判するより励ます時

――毎日新聞地方版／「虹のパレット」／二〇一四年四月二十八日

韓国南西部・珍島《チンド》沖で起きた客船沈没事故は、誠に痛ましい（27日昼までに確認された死者は１８７人）。そして、日本側のこの事故に対する反応に、違和感を覚える。

人命がかかっている時であるのに、さまざまな形で、韓国を貶めようとする人々がいる。そのうちの一つが、韓国側が日本の援助打診を拒否した、という言及である。

報道によると、日本の打診について、韓国側は、「申し出はありがたいが、現在、特段支援を要請する事項はない」と回答したという。このことが、「韓国が面子のために日本の援助打診を拒否した」と受け止められている。これはネットの反応だけではない。報道でも、「日本の打診を韓国が受け入れていれば、事態は違ったのでは」という意見が見られる。

韓国の救助作業は全くうまくいっていないので、もちろんその可能性はある。しかし、冷静に考えてほしいのだけど、救助に当たる潜水士達は、それこそ命がけで作業をしなければならない。潜水士達の命と、乗客達の命を同時に考える、かなり難しい作業が常に要求されている。潮の流れが速く、視界が悪く、ロープは切れ、酸素を吸うためのマスクも引き剝《は》がされてしまう状況だという。そんな時、日本の潜水士、つまりは他国の潜水士が来たらどうなるだろうか。

韓国側は、かなり日本の潜水士達に気を遣うことになるだろう。他国の人間に命をかけてもらうことを、避けようとするだろう。ただでさえ混乱し緊張している現場が、政治的な物事まで入り込み、より混乱することになる可能性が高い。

もちろんそれでも日本に救助を求めるべきだ、という考え方もあるだろうが、まずは多角的に、しっかりと考えてから、物事を見るべきではないだろうか。韓国はそもそも先進国である。それに韓国が最初に他国の援助を求めるのは、恐らく軍事訓練なども常に共同で行っている米国だろう。

報道で「真っ先に逃げた」とされる船長などや、その企業の体質を、韓国の国民性のように言う人達もいる。とにかく、何でも韓国批判と結びつけてものを語ろうとする人がこれほど多いとは思わなかった。あれは個人の資質、会社の資質であって、民族性云々という話ではない。

なら日本の企業は全て安全に対する考え方が万全であるとでもいうのだろうか。107人が死亡した福知山線の脱線事故はどうだったろうか。原発事故は。このことから受けなければならない教訓は、安全ということをもう一度考え直すことであって、他国をいちいち「感情的に」批判することではない。

行方不明者の家族達の反応を批判する言及も散見するが、これも想像力が足りないと言わざるをえない。自分の家族が、今、沈没している船の中にいるという状況で、冷静でいられるとでも？　僕達がしなければならないことは、とにかく彼らが一人でも多く助かるのを祈ることだ。韓国が好きだろうが嫌いだろうがそんなことはどうでもいい。同じ人間であるのだから、今は韓国を励ます時ではないだろうか。

「テロとの戦い」という安易な言葉

――毎日新聞地方版／「虹のパレット」／二〇一五年十二月二十一日

世界各地で、テロが頻発《ひんぱつ》している。

テロのニュースを見る度に悲しい思いに沈む。そしてテロが残酷であると同時に、空爆も残酷であることを思う。

誤爆、という言葉がある。「間違えて爆破した（殺した）」という意味だ。でも誰一人民間人を殺さず、完璧に関連施設だけ空爆できることはあり得ない。「空爆する」という決断には「民間人も幾人か死ぬ」ことは織り込み済みなのだ。綺麗事を並べその真実を隠すわけにはいかない。

今、一人のテロリストを想像してみる。シリアやイラクで、無人機の「空爆」で自身の家が破壊された。妻や子供が、新聞では書けないほどの残酷さで亡くなる。それを目の前に見た時、人は正常ではいられない。「誤爆でした」の言葉は彼に通じない。なぜなら、こういうことが起こるとわかりきっているのに、彼らはそれをやったのだから。

そういう人間から、空爆する国々の人々はどう映るだろう。自分達の政府が我々を空爆しているというのに、彼らはそれぞれの幸福を楽しんでいる、と映るかもしれない。だからといって復讐していいわけがない。テロは許されない。しかしながらその彼の精神状態は、自分の大切な人間が殺された状態のまま停止している。「よくあんな残酷なことを」と僕も含め人々はテロリストに対して思うのだが、そもそもその彼らの精神は日常生活を送る人々の精神と同じではない。仮に彼が先進国の繁華街にいたとしても、脳内は戦場のままなのである。脳内には繰り返し自分の妻や子供の遺体の映像が流れ続けているかもしれない。

さらに、自爆テロを行わせるための洗脳の方法も多数あるという。洗脳する相手が、さっき想像したような復讐を望む人物だとどうだろうか。加えて死後の世界を信じ、自爆テロ、つまり「戦士」として戦えば天国に行ける思想を持っていれば、さらに洗脳される度合いは高まるだろう。そしてそういう個人をまず「隔離」するのだそうだ。

同じ考えを持つ者達に囲まれ、ずっと共同生活をさせる。空爆を行う国々、それを許している（と彼らには映る）その国の人々への憎しみを毎日高めていく。ポイントは、それ以外の他者との接触を極力避けさせることと言われている。外部の風を入れてはならないのだ。そして「仲間意識」を持たせる。自爆テロをしなければ「仲間の中での裏切り者」となるようにする。あの彼は勇《いさ》ましく自爆した。別の彼も。なのに俺は逃げるのか？　という心理を起こさせる。その共同体は友情より強い仲間意識で包まれている。さらに、もう自爆テロをすることが既成事実のようにもっていくらしい。遺言ビデオを撮り、自爆テロ後の残された親族への援助も確約する。というか、もうその援助も始めてしまう。導師のような「権威」にも会わせ、その彼からも熱烈に自爆テロ計画を褒められる。直前に逃げないよう、実行当日は薬物を摂取する。

こう考えていくと、テロリストは元々私達と同じ市民生活を営《いとな》む「人間」であるとわかる。「テロとの戦い」は、現状の空爆のやり方を改めない限り続く。

もちろん、それでもテロは続くだろう。世界には様々な勢力があり、中には自身が大して悲劇的体験をしていないのにテロをする者もいる。だが空爆はそういったテロの数を「格段と」増やす結果に繋がる。空爆するほどその予備軍を増やすのだから。

テロに対して勝利はない。でも減らすことはできる。「テロとの戦い」という安易な言葉はもう一度考え直した方がいい。

イカリングでも食べてろ

——毎日新聞地方版／「虹のパレット」／二〇一六年五月九日

よく何気なく、という感じで、女性を触ろうとする男がいる。あからさまなセクハラとのギリギリを狙う感じで。

例えば飲み会の席。横並びの椅子で、男女が座っていたとする。男の方が、その女性の背もたれに手をかけている。まるで肩を組む代わりに背もたれに対しそうするように。そして足を広げて座り、女性の足にふれようとする。女性が気づき、足を何気なく離そうとするが、男はもっと足を広げ近づこうとする。何であんなことをするのだろう?

ちょっと酔ってしまった女性に対し、歩ける? 大丈夫? などと言いながら、身体をいちいち支えようとする男もいる。見た感じ、女性は全然歩けるし迷惑がってる。そういう男を見ると、僕はいつも具合が悪くなる。別に真面目ぶってるわけではない。何というか、触りたいならちゃんと口説《くど》け、と妙なことを思ってしまうのだ。断られたらきっぱり諦めろ。

例えば部下の女性がふらつくほど飲んでしまった時は、別の部下の女性に「○○さん支えてあげて」と言うのが上司としていいのではないか。そっちの方が、逆に好感度ポイントが上がるのではないか。まあ、好感度ポイントのためにそうした方がいい、と言ってるわけではないのだが、そうでも言わないと、こういう男性は減りそうにない。

ホテルで缶詰めになって仕事をしていた時、気分を変えたくなり、朝まで営業する喫茶店に向かった。その途中、路上でこんな男女を見た。深夜2時。

「いいじゃん」

「私も揺れてますよ？　でも……、いけないことだと思うんです」

何だこの会話は？　恐らく結婚している男が女性を口説いている。もしくは会社の上司が部下を。言葉の感じから、女性が「揺れている」というのは、男を傷つけないためと思われる。

男の手が何気なくというふうに女性の手に近づく。女性がさりげなくよける。その繰り返し。「おいおい諦めろ」と後ろから言いたくなるのを我慢する。とうとう女性がハンドバッグを持つ手を変える。男との間にバッグを挟む感じ。これで男はもう手を繋げない。

だがこともあろうに、男は「バッグ持つよ」と言うのだ。女性が断る。「もうやめとけ」と思う。「もう限界だ。家に帰ってイカリングでも食べて寝ろ」と言いたくなる。男が女性の背に手を添える。「おいおい」と思った瞬間、女性が急に立ち止まる。ハイヒールを気にするそぶり。

そこは交番の前だった。なるほど。もしかしたら、女性はさりげなくというふうに、この場所に男を誘導したのかもしれない。これなら男はむちゃなことはできない。男が女性の背から手を離す。女性はなにかと大変だな、と思う。僕は立ち止まった彼らを追い越すことになり、喫茶店に入った。

その後、その男が一人で喫茶店に入ってきて笑いそうになる。あれから30分経過していたから、男は交番の前でそれだけ粘ったことになる。粘り過ぎ。

ネットで悪口を書かない日

――毎日新聞地方版／「虹のパレット」／二〇一七年一月十六日

ヘイトスピーチを表現の自由だと言って擁護《ようご》したり、ヘイトスピーチはやめろという言動を、言論弾圧だと言ったりする風潮があるけど、もう今年でそういうのはやめた方がいいと思う。そうでないと、日本が幼稚になる。

表現の自由、という言葉の解釈は歴史的にも多岐《たき》にわたるが、基本的には、国家権力に検閲《けんえつ》されず、たとえ国家権力にとって都合の悪い主張でも表現できる自由を指す。だから、懐《ふところ》の狭い独裁政権には、表現の自由がない。少数派を傷つける言動を守る言葉として、本来使われるものではない。

わかりやすい例を挙げれば、それがヘイトスピーチかどうか、表現の自由かどうか判断する時、小学校の教室（幼稚園でもよい）を思い浮かべるといい。

子供Aが子供Bに対し悪口を言ったとする。その場にいる先生が「A君の言葉は表現の自由で守られるから、先生は何も言わない」となるだろうか？　「A君やめなさい」となるだろう。つまりヘイトスピーチは、表現の自由、などという高尚な言葉が本来関わるものではなく、小学生（幼稚園児でもよい）レベルの道徳の領域なのである。

しかしヘイトスピーチを発信する側も、巧妙に言ったりする。たとえば、犯罪者の名前が公表されない時、それを日本にいる「在日の人」ではないか、などと言うケース。こういう言動は一部で多い。汚い言葉を使ってないからヘイトスピーチじゃないようにも響くが、それも小学校の教室（幼稚園でもよい）を思い浮かべるといい。先生はなんと言うだろうか。「やめなさい」となるだろう。もっと正確に言えば「臆測で誤解を生むようなことを言うのはやめなさい」「特定の人たちの評判を下げようとする意思が見え見えのことをいちいちばかみたいに言うのはやめなさい」となるだろう。本当に愛国心があるのなら、自国を幼稚にすべきではない。

今からちょっと変なことを書くけど、ネットで何かの言葉を発信する時、小学校の教室を思い浮かべるとよいのだが、それ以外でも、自分の初恋を思い出してみてもよい。

憧れの女の子（男の子）を好きになったあの甘酸っぱい感覚である。自分が何かを書き、それをネットの世界にアップする前、過去に気持ちだけいったん戻ってみる。その言葉をもしその女の子が読んだとしたら、果たしてその女の子は自分のことを好きになってくれるだろうか？　と自問してみるといい。顔の見えない相手に見せるためではなく、自分の好きな女の子に、「僕はこういうことを書いている」と堂々と見せられるかどうかを自問してみるといい。

と、ちょっと変なことを書いた後でなんだけど、たとえば毎月1日を、「ネットで悪口を書かない日」と世界的に制定してみてはどうだろうか。毎月の初めを、そういう気持ちでスタートすれば、ネット環境は随分良くなるだろうし、世界もいいものになるように思う。

今世界がおかしな方向に向かっている理由の一つに、当然インターネットの存在があるので。

事実は小説より奇だ！

——毎日新聞地方版／「書斎のつぶやき」／二〇一七年五月六日

「事実は小説より奇なり」という言葉が好きではない。

なぜなら、安部公房やカフカの小説より「奇」な現実などないから。でも最近、またこの言葉を聞いてしまった。森友学園《もりともがくえん》の理事長（当時）が、証人喚問《しょうにんかんもん》の場で言ったのだ。

だから違うって……と思ったが、ん？ と思い直す。仮に今の政治状況が僕の書いた小説だったとしたら、編集者に直せと言われるんじゃないだろうか。たとえばこんな風に。

「……中村さん、小説拝読しました」

「……どうしたんですか、その表情」

「何ですかこれ……。こんなの全然現実的じゃない。書き直してください」

「ええ？」

「まず籠池《かごいけ》氏が、首相夫人（名前はあえて伏せよう。なんと私人らしいので［この問題当時、社会の驚きの中そう閣議決定された。著者註］）から100万円を『安倍晋三《あべしんぞう》からです』と受け取ったと発言した後、首相夫人の言葉が出るシーンがありますよね？」

「ええ」

「渡していたなら、渡しましたと言います。渡していないなら、渡していませんって言うでしょう？」

「その通りです」

「なのに夫人は『寄付金を渡したなら覚えているはずだ。全く覚えていない』と言ったと伝えられた。何ですかこの逃げ場を残した微妙な言い回しは」

「確かに、変ですねこのシーン」

「そしてその後沈黙して、籠池氏が証人喚問で同じことを言った後、今度はフェイスブックで、以前より少し断定口調になりますが、これはまるで、証人喚問で籠池氏から絶対的証拠が出るか、それまで見極めてたみたいじゃないですか。しかもこの文面、以前の夫人と書き方が違う。まるで役人が書いたみたいな文章。土地取得に関しても、こんなめちゃくちゃな言い訳で政府が押し通すわけないですよ」

「本当だ。……これは現実的じゃない」

「しかも私人の籠池氏を証人喚問、役人たちを参考人招致、夫人は私人に変身してフェイスブックって、こんな人権軽視の先進国……」

「ないですね。恥ずかしいです」

「そして加計学園《かけがくえん》の問題。なぜマスコミはもっと大々的に報じないのですか？〔この時はまだそうだった。著者註〕首相の友人のその理事長が長年試みてかなわなかった獣医学部の新設が、閣議と特区諮問《しもん》会議（議長はなんと首相）のトップダウンで決まり、これからものすごい額の税金が投入される。大・大・大問題で、典型的な公私混同政治ですよ？　つまりマスコミが舐められてるってことですよね？　周辺は追及できても、どうせ首相は追及できないだろうって。そんな政府から舐められてるマスコミ、日本にありませんよ。こんな利権が通るのは発展途上国の独裁政権だけです。日本のマスコミは週刊誌だけですか？　もっとしっかりしてますよ」

「……ええ。これじゃみっともないですよね」

「あと何ですか『テロ等《とう》準備罪』って名前。こんなテロの恐怖をあおって他のことがやりたいのが見え見えの法案、国民をばかにしてるとしか思えない。こんな法案、作るわけないでしょう？　文部科学副大臣が、朝礼で子供たちが教育勅語《きょういくちょくご》を朗読することについて、『教育基本法に反しない限りは問題のない行為であろうと思います』なんて言うわけないでしょう？　教育基本法に反しない教育勅語の朝礼での朗読？　はあ？　何ですかこの小説。直してください」

「直します。こんな小説、リアリティーがないって言われますよね……」

なんてこった！　事実は小説より奇だ！

歴史には後戻りがきかなくなる「ノー・リターンポイント」があると言われるが、恐らくそれは、今である。

テロ等準備罪に反対

——毎日新聞地方版／「書斎のつぶやき」／二〇一七年六月三日

テロ等準備罪。施行《しこう》されたら大変なことになる。一人の作家として反対する。

現在の法律にも重大犯罪には予備罪があり、実はさらに陰謀罪も共謀罪もある。外国で時々テロを未然に防いだ報道があるが、現在の日本の法律で可能である。

なら現在でも国民の内面に踏み込む法律があって問題だ！　となるが、これらは刑法における「内面には入らない。行動してから罰する」原則のいわば「例外」としてある。だから警察も、予備罪は例えばテロはもちろん、殺人や強盗などの重大時にだけ適用する（時に拡大解釈もする）。実はこの「予備罪の拡大解釈」で、ぬれぎぬを着せられた事例も既にあるが、その数がまだ少なくて済んでいるのは「基本的には例外」の姿勢があるからだ。今でも本当にテロを事前に察知したら、警察は予備罪だけでなく、陰謀罪も共謀罪も使って当然逮捕する。特に破壊活動防止法の陰謀の罪は「本当の緊急事態なら」はっきり言って何でも事前に逮捕できる。

　では何のために「テロ等準備罪」をつくるのか。このテロなどに限った例外を「一般的なもの」にするためだ。

　これは危ない。戦後初めて刑法の根幹が変わる。そして、警察という組織の性格も徐々に変わる。

　力や権力を持つと、人間の性格が変わるのは多くの心理実験で明らかにされている。そして、この法律が最大限に効果を発揮するのは有事。例えばこの国が戦争をする時だ。

　安保関連法の改正で、実は日本は今、無理やりやろうと思えば中東のＩＳ掃討《そうとう》作戦にも参加できる。数年後、アメリカ絡みで何かの戦争に日本がいよいよ参加しようとする時、政府はさまざまなことをでっち上げることになるが、その会議などの記録は特定秘密保護法で隠す。そして国民の反対運動を抑える時、この法律がすさまじい威力を発揮する。

政治に関心がない、どちらかといえば政権を支持していたAさんがいたとする。だがAさんは、日本が戦争に参加しようとすることに、さすがに危機感を覚え始めた。デモの呼びかけのビラを見つけ「近くだし行こうかな」と迷う。だがその後すぐ「デモの主催者5人が、道路封鎖をもくろみ逮捕」の報道が出る。

実は現在の法律でも、デモの主催者を「無理やり」事前に逮捕するのは可能だ。色々方法はあるが「内乱予備／陰謀罪」を適用すればいい。でもさすがに国民から「は？」と思われるし、国際社会の目もあるし、例外過ぎてやらない。だが今回の法律があればどうか。僕は277の対象犯罪と聞いた時、あの法律があると思い見てみたらやはりあった。「道路運送法」の「往来危険」。車の往来に危険を生じさせる行為。

デモの主催者の家に警察がやって来る。

「君達が届け出と違うコースを通る情報を得たのですが」「そんなことは考えてません」「道路の封鎖も考えてるという噂が。逮捕もできるんですが」「え？　準備行為はまだしてませんよ」「下見してるでしょ？　デモの」

つまり、準備行為は既にデモの下見で終えており、あとは彼らが内面でそれを考え、話したかどうかでテロ等準備罪が成立する。彼らは自分達が「そんなことは話してないし、考えてもいない」ということを、何と警察に「証明」しなければならない。至難の業《わざ》だ。逮捕とは罪の確定ではない。「嫌疑《けんぎ》」があるから、逮捕するのだ。

そこでこんな噂がネットに流れる。他に共謀していた者がいるか、彼らのツイッターのフォロワーを中心に、内偵が始められたらしいと。そんなことを聞けば、皆フォロワーをやめる。主催者達が嫌疑不十分で釈放、不起訴となっても、逮捕され取り調べを受けるだけですさまじい精神のダメージだ。そして社会には、デモをやろうとする人間には近づかない方がいい、もっと言えば、政権の悪口を言う人間には近づかない方がいい、という空気が出来上がる。まさに「一般人は関係ない」とされていた戦中の悪法、治安維持法である。

まだ間に合う。未来のことを考えてほしい。

誰もが納得できる説明を

――毎日新聞地方版／「書斎のつぶやき」／二〇一七年七月一日

本を出版するのは、大変なことである。

自分だけのことではない。出版社も膨大な準備をするし、お金もかかる。もし本が出来上がった状態で出版見合わせになれば、損害は計り知れない。

その観点からも疑問に思う出来事があった。ジャーナリストの「詩織《しおり》」氏（ご本人の家族の希望のため、名字は伏せられている〔この時はまだそうだった。著者註〕）が、ジャーナリストの山口敬之《やまぐちのりゆき》氏に強姦《ごうかん》被害を受け、その逮捕状が取り消されたと記者会見をしたあの事案。何が疑問かというと、山口氏の『総理』という本が、２０１６年６月９日に刊行されていること。この日付は首をかしげる。まず「事件」の概要を振り返る。

詩織氏は、山口氏と飲食をしている途中で意識を失い、気がつくとホテルで山口氏から被害を受けていたという。彼女はお酒に強く、これまで記憶を失ったこともなく、薬を盛られたのではと語っている。山口氏は行為は同意の上だったと主張し、疑惑を否定。だが防犯カメラの映像、タクシー運転手、ホテルの従業員による部屋の様子の証言などがあり、所轄《しょかつ》は逮捕状を取る。

山口氏が帰国したとき空港で逮捕するため刑事たちは張り込んでいたが、電話が入り、逮捕が取りやめになる。そして捜査は所轄ではなく捜査１課がやることになり、山口氏は書類送検の後に不起訴となる。逮捕を止めたのは当時の警視庁の刑事部長であり「指揮として当然だと思います」と語っている。事件の中身を見て、判断したという。だが、所轄が逮捕状を取ったのに、それを執行の直前に本部の刑事部長が取りやめにするのは異例であると、数々の司法関係者が疑問を呈《てい》している。

山口氏が、首相と親しい人物であったこと、この刑事部長が、現官房長官の元秘書官であったことなどで、上の力で事件がもみ消されたのでは、と疑念が広がっている。状況だけ見ればそう取れるが、しかし絶対そうだと判断される決定的な証拠はない。でも、山口氏の『総理』という本が16年6月9日に刊行されているのは事実で、これは奇妙なのだ。なぜなら、このとき彼はまだ書類送検中だから。

しかもその13日後は、参議院選挙の公示日だった。だからこの『総理』という本は、選挙を意識した出版で、首相と山口氏の関係を考えれば、応援も兼ねていたはず。そんなデリケートな本を、なぜ山口氏は、書類送検中で、自分が起訴されるかもしれない状態で刊行することができたのか。そもそも、首相の写真が大きく表紙に使われており、写真の使用許可が必要なので、少なくとも首相周辺は確実にこの出版を知っている（しかも選挙直前）。首相を礼賛《らいさん》する本が選挙前に出て、もしその著者が強姦で起訴されたとなれば、目前の選挙に影響が出る。首相と親しい山口氏からすれば、もしそうなったら不本意だろう。選挙後に起訴されたとしても出版社は迷惑だし、強姦事件で起訴されたジャーナリストと関係が深いとなると、首相のイメージにも悪いだろう。なぜあの時期にこんな出版ができたのだろう？　山口氏が、絶対に自分は起訴されないと、なぜか前もって確実に知っていたように思えてならない。それとも、起訴にならない自信があった、ということだろうか。でも冤罪《えんざい》で起訴されることもあるから、一度は所轄が逮捕状まで取った事案なのだから、少なくとも、自分の不起訴処分が決定するまで、この種の本の刊行は普通できないのではないだろうか。

参議院選挙が終わった後、彼は不起訴になっている。書類送検からなぜか約11カ月もたっての不起訴。これも異例。どういうことなのだろう。

異例ずくめの事案で、正直驚いている。状況だけ見ると奇妙なことばかりなので、誰もが納得できる説明が望まれる。詩織氏は今、検察審査会に不服申し立てをしている。

性犯罪は加害者の問題

——毎日新聞地方版／「書斎のつぶやき」／二〇一七年十二月二日

「Black Box」（伊藤詩織著）を読む。この本は、多くの人に読まれるべき一冊だと感じた。

見知らぬ者から強姦被害を受ければ犯罪とすぐ認識できるが、伊藤氏のケースのように、相手が知人で、しかも記憶の一部がない場合（伊藤氏は、薬により意識を失ったと主張している。目が覚めた時、すでに男性が体の上に乗っていたという）、自分に起こったことを正確に理解するまで時間を必要とする。「なかったことにしたい」強烈な意識も働き、受けた精神のダメージは当然すさまじく、事件化するための身体検査等まですぐ思いが及ばないことがある。

だが著作にある通り予備知識があれば、ぼうぜんとした自我でも行動できる。伊藤氏は、自分が十分にできなかったことも、これから被害に遭うかもしれない人たちに対し、懸命に伝えようとしている。知識があれば、もし近親者が同じ被害を受け相談された場合も対応できる。

望まない性行為をされた場合、相手がどう感じ、その後どのような感情を抱くのか。全ての男性が知っておくべきだろう（当然男女逆、同性のケースもある）。性犯罪についてタブー視せず、社会認識、制度も含め広く議論を喚起することで、少しでも今後の性犯罪を減らしたいという意思にこの本は貫かれている。この本が広く読まれ認識されるほど、この国から性犯罪は間違いなく減るだろう。

そして改めて、この件で所轄の逮捕状が取り消された経緯、そして不起訴の経緯はやはりおかしいと感じた。詳しくは本を読んでほしいが、かなり驚くべき事柄が多数、相当リアルに描かれている。

この本の発売後に、相手側の山口敬之氏（山口氏は強姦行為を否定。不起訴処分となっている）が雑誌に手記を発表したが、先に出た伊藤氏の著作が、後に出た山口氏の手記の主張のほとんどを崩す結果となっている。山口氏が伊藤氏の著作を読まずに手記を書いてしまっていることが一つの原因と思われる。山口氏が新事実のように書いていることが、既に伊藤氏の著作に書かれているので、両者の文章を実際に読み比べてみると、伊藤氏への人格攻撃なども含め、山口氏は結果的にかなり分が悪い印象を受ける。

一つだけ書いておくと、山口氏の手記に、現場のホテル名が書かれ、そのホテルは車寄せからエレベーターホールまで100メートルほどあり、意識のない女性を連れていくのは物理的に不可能とあるが、あのホテルはタクシーを降りてエレベーターホールまで、100メートルも絶対にない。近くはないが、100メートルはさすがに盛り過ぎで、誰でもすぐわかることだ。いずれにしろこの件は民事裁判になるというから、そこで一つ一つ、開かれた形で検証されていくだろう。

この件とは直接関係ない話だが、中学生の頃の僕は、たとえば痴漢という犯罪がわからなかった。触られたら、声を出せばいいと思っていた。

でも高校生のとき男性から痴漢に遭い、声が全く出なかった。相手は、けんかをしたら僕が勝ちそうな、弱々しい感じの中年の男性だった。でも、声が出なかった。僕は完全にあの時、体が固まった。同じく高校生の時、中年の女性からも痴漢に遭い、その時も動けなかった。被害者の「構図」に入った瞬間、人は思う通りにできないことがある。

よく性犯罪の話になると、被害者側がうんぬん、みたいな話になる傾向が日本にはあるが、性犯罪は根本的に、加害者側の問題である。加害者が相手の望まないことをしなければ、そもそも事件は起きないので。

底が抜けている

——毎日新聞地方版／「書斎のつぶやき」／二〇一八年五月五日

日本の政治から、恥の文化は失われたのかもしれない。

恥には周囲の目を気にする概念と、自分で自分を見つめた時にどう思うか、の概念があるが、今の政治には二つともないのかもしれない。

森友問題にしろ、加計問題にしろ、首相や首相周辺を守るために役人がうその答弁を国会で吐き続け、文書を隠し、時に改ざんしていると多くの人にみられている。そんな状態の国会へ、首相は一体どんな気持ちで行くのだろうか。昔の日本人なら、周囲の目を思い、また自分自身を省《かえり》みて潔《いさぎよ》く辞任しているように思う。一番驚いたのは、最近首相が連発する「膿《うみ》を出し切る」というフレーズを、財務省の文書改ざん、さらにはこともあろうに、加計学園の愛媛文書でも使ったこと。首相を守るために、元首相秘書官は記憶がないと何度も言ったのではないか。それを「膿」と呼んでいるのだろうか。自分は関係ないという印象操作発言なら、それこそ恥は極まってしまう。そうでないことを望む。

国家＝首相と勘違いしている人がいる。首相は国家の一部に過ぎない。首相は保守を自任していると思うが、国の統治機構をこれほど損ない、自分の長年の友人をひいきし、加計学園の計画を「２０１７年1月20日に知った」などなど、誰も信じることができない言葉を「国会で」何度も何度も言うのであれば、国家機構に対する敬意も謙虚さもないと思えてしまう。政権が国家をないがしろにする、底が抜けたものすごい事態となっている。

だがしかし、現憲法の国民主権を、脳内で首相主権に改ざんすれば全て説明がつく。実際、首相を熱烈に支持する団体の中には、現憲法の国民主権は間違っていると堂々と述べる者もいる。今の日本の状態は、首相主権の国と思えてならない。実際、首相を批判するだけで売国奴《ばいこくど》と呼ぶ者もいる。「選挙で選ばれた首相を支持するのは国民主権」などの意見を聞くが、この国は、一度選挙で選ばれた政治家は、次の選挙まで何をしてもよく、批判してはならない国なのか。日本はそんな三流国家ではない。

あの歴史的な韓国と北朝鮮の南北首脳会談に対しても、首相は産経新聞によるインタビューで、途中までは別に普通だったのに「まさに日本が国際社会をリードしてきた成果ではないですか」と「余計な一言」をつけてしまった。日本がリード？　さすがにそれはない。こんな失言を、せめて中枢《ちゅうすう》で今動いている米中韓の首脳に直接言わないことを切に願う。日本の外交が不安で仕方ない。

当時の財務事務次官のセクハラ問題（ああいうセクハラ男性は多く、恥の概念が欠《けつ》如《じょ》している）の財務省の対応も無残《むざん》だった。ああいう時、どう対処するのが最善かも分からないくらい、もう既に劣化しているのだろう。セクハラに関し愚かな発言をし、取り消して謝罪した政治家もちらほらいる。全ては政治の劣化が根本原因と思えてならない。ちなみに今の政治家をさまざまに思い浮かべてみてほしい。そもそも「知性」、あるいは「社会的立場の弱い存在に対する優しさ」のうち、どちらか片方も感じられない人間を政治家にしてはならない。

付け加えるが、強姦被害を訴えたジャーナリストの伊藤詩織氏や、今回のテレビ朝日の記者をバッシングする人は、一度自分が「そもそも男の言うことを聞かない女が嫌い」という性格を持っていないかどうか、考えてみてほしい。そういう性格は生きることを難しくするし、直した方が生きやすい。ああいう批判の根底には、論というよりそういった情念が強く作用してしまう。この情念も、日本が精神的に先進国になれない要素の一つだ。

でも人は絶対変わることができる。そして国も変えることができる。

死の厳粛さ踏み越えた日

――毎日新聞地方版／「書斎のつぶやき」／二〇一八年八月四日

一枚の写真がある。教祖を含むオウム真理教の七人が死刑になった前日、上川陽子《かみかわようこ》法務大臣が親指を立て、笑顔で「グー」ポーズで写っている写真である。

僕は元々死刑制度に反対だが、そのことは今回触れない。死刑というものが、どうやって行われるかを書こうと思う。当然のことながら、自動的に死刑囚が勝手に死ぬわけではない。実際に人の手により、つまり刑務官たちの手によって行われる。

死刑囚の首に縄をかけ、床の穴が開く複数のボタンを刑務官たちが同時に押す。なぜボタンが複数あるのかは、床が開くボタンを誰が押したかわからないようにするためであり、刑務官たちへの心理負担が考慮されている。

死刑囚が抵抗した場合、どうなるか。刑務官たちが、必死に押さえつける。反撃を受け、負傷することもある。死刑囚の体を押さえつけ、何とか首に縄をかけ、死刑を執行する。これはすさまじい任務だ。死刑囚が抵抗しなかった場合でも、無抵抗の人間の首に縄をかける行為は、警察や軍隊でもやらない非常に特殊なものである。

この任務を、免除《めんじょ》される条件はあまり知られていない。拘置所によって違うかもしれないが、僕の知る限りで言うと、その刑務官が喪中《もちゅう》の時、その刑務官、もしくはその子供が近々結婚予定の時、その刑務官の妻や娘が妊娠中の時、家族が入院中の時などには、死刑を執行する任務を免除されるといわれている。

つまりそれくらい、デリケートということだ。縁起という領域まで考慮されている。七人が死刑に処されたのだから、それだけ各拘置所で、執行任務に当たった刑務官の数は多かっただろう。任務に当たる前日、彼ら刑務官はどのような心情だったろうか。緊張していたと思う。死刑の執行は通常リハーサルが行われ、万全の態勢で臨む。

法務大臣とはつまり、彼ら刑務官の上司になる。死刑が執行される前日、大勢の刑務官が覚悟を決め、緊張していただろうその夜、その執行を決めたこの法務大臣は「赤坂自民亭」と称する宴会で酒を飲み、笑顔で「グー」ポーズをし、写真に収められている。法務大臣の隣では総理大臣までもが、同じ「グー」ポーズで笑顔で写っている。翌日は、国家が命と対峙する日だというのに。

法務大臣本人の気持ちは、吹っ切れていたのかもしれない。でも、一人で勝手に吹っ切れてもらっては困る。これから、あなたの部下たちが、実際に死刑囚に刑を執行するのだ。

これは死刑制度の根幹に関わる。絶対に認められない。あの写真を部下たちが見たらどう思うか。少なくとも、長く死刑制度について考え、細かく知った人間なら全員が、あの法務大臣の写真に驚がくしたはずだ。

執行に立ち会ったある検察庁の幹部は、職場に戻った時に足元に塩を振ってもらい、その日は仕事をせず、自宅に帰ったという。当然だ。人が死ぬ場面は、それが極悪人だろうと何だろうと、厳粛な場面なのだ。

完全に、たがが外れている。壊れている。しかも刑の執行が前もってメディアに漏れたことで、リアルタイムでテレビが死刑経過を中継してしまった。死刑囚の写真を並べ、執行の度に「執行」シールを貼っていく番組まであった。

はっきり言う。どうかしている。人が死に、その作業が、厳粛に人の手によって行われたのだ。

一連のオウム事件は最悪であり、オウムそのものも最悪だった。ではその結末はどうか。これも最悪だった。

ちなみにその時彼らがやっていた「赤坂自民亭」がどういう会だったかというと、参加者の政治家の言葉を借りれば「酒飲んでワァーッというだけです」ということらしい。第4次酒飲んでワァー内閣とでも改名したらどうか。

僕はあの日を、日本がとうとう死の厳粛さまで踏み越えた日として、永久に忘れない。

おごれる人、久しからず

——毎日新聞地方版／「書斎のつぶやき」／二〇一八年十月六日

平家物語に、盛者必衰《じょうしゃひっすい》、おごれる人も久しからず、と有名な言及がある。栄えた者も必ず衰えるのだし、地位や財力に思い上がっている人間は、いつか終わる。

日本の感覚の中に、これらの言葉は自然にあるように思う。だがもう終わるべきタイミングにあることが、いつまでも終わらず続いている。不当な法案の強行採決の連続、モリカケ問題、データの捏造、公文書改ざん・破棄、外交の失敗の連続。あらゆることをしても終わろうとせず、自民党総裁は2期とのルールまで変え3期目まで始めている。しかしここにきて、さすがに無理が現れている。

総裁選で、対抗馬の石破茂《いしばしげる》氏が、党員票の45％を獲得した。前回の総裁選より安倍首相は党員票を伸ばしたとの言説があるが、その時は安倍氏は総理大臣ではない。現役の総理大臣が、あれだけの締め付けを党員に課したにもかかわらず、45％も対抗馬に取られている。さらに深刻なのは、党員の投票率が61・74％なので、事実上、自民党員で現役総理大臣に投票したのは約3割しかいない。

「新潮45」の件もある。問題の原稿を書いた杉田水脈《すぎたみお》議員は、比例中国ブロックの、比例単独候補者としては名簿の最上位にあった。つまり、良識のある自民党支持者にとっても、あの地区で比例で自民党に入れればかなりの確率で彼女を当選させてしまう仕組み。だから比例名簿の順位の付け方は有権者が納得できるものでなければならない。だが同ブロックの石破氏は、このことを改選当日に知ったという。杉田氏は安倍氏から目をかけられている存在であるから、比例名簿でこうなったと多くの人が思っているし、実際そうとしか思えない。

安倍首相は杉田氏を「まだ若いから」と大きな問題にしていない。ちなみに杉田氏は51歳であり、国会議員であるのに、自分の吐いた言葉の説明すらせず、この件でカメラを向けられても逃げ回っている。

そして杉田氏を擁護する形で同じく「新潮45」で低劣な原稿を書いた小川榮太郎《おがわえいたろう》氏は、安倍首相の礼賛本を出版し、それを安倍首相の資金管理団体が大量に購入し、さらにモリカケ問題は朝日新聞の捏造だという著作まであり（この本は当然、朝日新聞から訴えられている）、これを自民党が大量に購入し支部などに配られたと報道が出ている。どのような人間たちに今の政権が支えられているのかの一つの大きな事例を、多くの人が目の当たりにしたことになる。

ちなみに小川氏の「新潮45」の文章を読みながら、僕が連想したのは透明のバケツに入った汚物である。異臭漂う汚物が、表現の自由だと叫びながら美術館の一つのブースに展示されてしまい、皆が苦痛に顔をゆがめている情景。

沖縄知事選で、辺野古《へのこ》への基地移設に反対である玉城《たまき》デニー氏が、過去の沖縄知事選における最多得票で当選した。沖縄の創価学会は基地移設に反対なのに、賛成としか思えない佐喜眞淳《さきまあつし》候補を応援させた公明党（支持母体が創価学会）はさすがに無理があり、案の定、玉城氏に投票した学会員が続出したという。これで憲法改正まで平和主義者である学会員たちに強制するならば、公明党は崩壊の危機に陥るのではないか。何事にも限度がある。

そして終わるべき政権が、またスタートした。「熱烈なファン」から100万円を事務所で受け取ったが不起訴になった首相の友人の甘利明《あまりあきら》氏が党四役に入り、加計学園との関係の説明も不十分な下村博文《しもむらはくぶん》氏が憲法改正推進本部長となり、生活保護バッシングの中心にいた片山《かたやま》さつき氏が地方創生相に就くという。地方に寄り添う優しさや想像力がある政治家なのか。西日本豪雨の時の自民党の飲み会「赤坂自民亭」において「楽しい！」などのツイートを思い出す。

おごれる人も久しからず。内閣で一番おごっているように見える財務大臣は、日本の保守的な美的感覚に逆らってまで、なぜかまだやろうとしている。こういうのが、終わりの始まりなのだろう。

外国人差別、なくすには

——毎日新聞地方版／「書斎のつぶやき」／二〇一八年十一月三日

深夜のコンビニでレジに向かった時、会計していた男性が急に怒鳴った。

「お前さ、ちゃんとポイント入れた？」

レジのカウンターでは、外国人と思われる、褐色の肌の男性店員が困惑している。

「だからさ、日本語わかる？ 今俺が出したカードに、ちゃんと今のポイントがたまったのか聞いてんだよ」

コンビニでも使える、何かのポイントカードだろう。なんてことだ。ポイントカードとは、人々を幸せにするものだ。でも今、国際的な不幸を呼んでいる。

「ふざけんなよ。お前の国と——」

男性の商品を見る。ポイントがたまっても、10円か20円だ。いや、だからいいわけじゃない。僕がフリーターだった頃、財布の10円や20円は金塊に等しく、一度500円玉を自動販売機に入れたのに商品もお釣りも出てこなかった時、自分の全存在がコイン投入口に吸い込まれたような気がした。反応のないお釣り返却レバーを動かしながら、その場で膝から崩れ落ちそうになった。

でも、言い方ってあるだろう。この客は、何でこんなに偉そうなんだ？

僕は彼の後ろ姿を見ながら考える。今から彼を止めるのはいいとして、でもこういう人は残念ながらたくさんいる。この手のタイプを変えるには、一体どうしたらいいのだろうか。ちなみに彼は20代後半に見えた。僕みたいな知らないおっさんが言っても、恐らく治らない。

仮に今、彼の隣に彼が好きでたまらない女性がいたとする。その女性が言えば治るだろうか。

「ねえ、何でそんなに偉そうなの？　相手が店員さんだから、刃向《はむ》かってこないからいばってるの？　そういうの、私すごく格好悪いって思うの。あと、言葉の端々に、俺は日本人だから偉いみたいな感じ出てるけど、そういうのも、すごく気持ち悪いと思う。知らないかもしれないけど、彼らを日本が働かせてあげてるわけじゃないんだよ。事態はもっと深刻なの。少子高齢化で、労働人口が今、日本では絶対的に不足してるの。欧州だけじゃなくて、中国も韓国も台湾も似た状況になってきているから、こういう働いてくれる方々の『奪い合い』がアジアでもう始まってるんだよ。わかる？　彼らがいないと、もう日本の経済は回っていかないの」

いや、彼が「性的には女性を求めるのに、女性嫌い」という、最近日本で増えてきている女性差別タイプだと、女性に言われても効果がない。外国人差別タイプには、女性差別タイプも多かったりするからだ。

ちなみに学生時代、男子はクラスの女子からの評価でヒエラルキーが形成される傾向もあり、思春期では面倒だったり傷ついたりもして、かまってくれなかった女性たちに対する恨みを大人まで持ち越す「ひがみ女性嫌い」が世の中には存在する。マザコンから来る女性嫌いもある。束縛《そくばく》する母親に原因があったりもする。

彼はオタク風の感じでは全くないのだが、リュックにアニメ女性のバッジがさりげなく二つ、ついていた。

こういう場合、アニメの女性が言えば治るのだろうか。どうなのだろう。通常は男にとって都合のいいことばかり言いがちな、たとえば美少女ゲームの美少女に説教してもらえば効果があるだろうか。まあ、ああいう文化も、あんまり男を甘やかさないでほしい。

いや関係ない。ここには僕しかいないのだから、僕がやるしかない。ひとまず止めようと間に入ると、彼は驚くくらいすぐ抗議をやめ、無言で足早に出て行った。少し酔っていたのかもしれない。相手が店員でなく、同じ日本人で、顔を突き合わすとやめるらしい。ネットのこういうのも、大抵顔を隠した匿名《とくめい》だ。何だか考え込んでしまった。

外国人労働者からすると、日本は外国。外国にいるとき現地で何があったかは、強く記憶に残る。その彼／彼女たちの人生の、「良い記憶」の中に収まりたい。

差別扇動《せんどう》、危険な言論

——毎日新聞地方版／「書斎のつぶやき」／二〇一八年十二月一日

僕が大学生だった頃、「なぜ人を殺してはならないのか」という問いが社会を騒がせたことがあった。１９９７年の神戸児童連続殺傷事件の後、少年たちによる模倣《もほう》犯罪が続いた社会状況だった。

「ダメなものはダメ」だが、問いそのものが善悪の前提に立っておらず、極論すれば「なぜ人類は滅んだら駄目なのか」の問いになった。頭ですぐ思いつく反論をしても「ではなぜそれでは駄目なのか」と永遠に続く種類のもの。宗教の概念が薄く、神という絶対的なものを持たない国で「なぜ悪であってはならないのか」の問いが生まれたともいえる。「死刑になりたかった」など本人が犯罪後の死を望む場合、死刑の抑止も効かない。当時哲学者たちなどの言論人が答えようとし、少数だったが作家たちも答えようとした。

僕はそれらの答えにあまり満足できず（大変参考にはなった）、作家になってから、物語につながりはない隠れ三部作のような感じで、自分なりの答えを書いたりもした［『悪意の手記』『最後の命』『悪と仮面のルール』著者註］。そして今現在、どうやら「差別も言論／表現の自由だろ」つまり「なぜ差別してはいけないのか」の答えが必要になっているようだ。

でもこの問いは、善悪の基準に立つので答えは難しくない。差別する側も、自分を悪と思っていないので、善悪の言葉で語ることができる。差別の可否は基本的なことだし「相手が嫌がることは駄目」でいいのだが「でも表現の自由が」の要素が加わり、どうも深刻な状況である。残念ながら、もう少し踏み込んで書いた方がいいかもしれない。

なぜ差別は駄目か。理由の一つは、それを禁止することが、社会的動物としての人間の知恵だからだ。

1994年、メディアにあおられたフツ族が、ツチ族を大量に殺害したルワンダ虐殺。1923年、日本人による朝鮮人へのリンチが多発した関東大震災朝鮮人虐殺事件。ナチス・ドイツにおけるユダヤ人虐殺。こういう事例は歴史に無数にある。

人間は社会的動物で、社会的動物は群れを成す習性があり、縄張り意識もあり、集団で他集団を攻撃する性質がある。集団をつくるので団結を要求し「異質」なものを排除する性質もある。人間はこの時、恐らく本能を基盤とする快楽を感じてしまう。歴史的に、人間のこの社会的動物としての性質のために、あらゆる惨劇が繰り返されてきた。

人間は、でも歴史を振り返る学習能力と理性を持つから、自分たちのこの危険な性質を把握《はあく》し、制御することができる。自分たちの集団性が暴走しないように。

差別とは、人種や国籍など、その人間の変えられない、変えることの難しい属性で、その人間を否定的に判断し選別すること。その個人を見ないし、人柄も努力も関係ない。過去の大量虐殺は、その個人を見て行われたものでは当然ない。「ユダヤ人だから」「ツチ族だから」と属性のみで憎悪するから「大量」虐殺／リンチが可能となる。だから駄目なのだ。

差別はあおられると増大する傾向がある。だから社会的動物としての私たちは、その点に敏感になる必要があり、社会に何か発言する人は特に「繊細《せんさい》さ」が要求される。自分の言葉が「予期せぬ差別扇動」となる可能性があるからだ。トランプ大統領だって、何もヘイトクライムの増加は望んでいないはず。でもいま米社会は相当まずいことになっている。社会はそういうものなのだ。

人と人が争う地獄の未来を望む言論人が差別発言をするなら、間違ってはいるが「筋は通っている」。だが彼らの多くはその未来を望んでいないと言い、もし現実がそう発展――人間の集団差別心理が暴走する時、かなりの速度で進行するのは歴史が実証している――した時「そんなつもりはなかった」と語るのは言論における責任の欠如となる。でも現状では、自分たちとは違うものを侮蔑《ぶべつ》／揶揄《やゆ》することや、自分たちを他国民より優秀と思いたい感情や、嫌韓など、他集団への攻撃性などの人間の性質を、その社会的動物の暗い本能欲望をあおることで商売する者たちが増えている。そのような文章を読む時はその商売意図を意識し、注意が必要だ。誰だって多少はあおられる。できるだけ読まない方が、人格にとってもいい。つまりジャンクなのだ。

そしてそういうジャンク商売は、そろそろやめた方がいい。みっともない。数年後にまずいことにもなる。そのようにあおられた感情は、社会の中で蓄積《ちくせき》されてしまうので。

「美しい国」の夢

——毎日新聞地方版／「書斎のつぶやき」／二〇一九年二月二日

幼稚園児の頃、僕は将来の夢にダンゴ虫になりたいと書いたことがあるのだが、今の日本政府は、どんな子供を望んでいるだろう。

たとえば将来の夢で、どんなことを書く子供を望むだろう。こんな子供だろうか。

「僕は、将来は官僚になりたいです。

国民を見るのではなく、政権の顔色ばかりうかがうようになりたいです。そのためにはデータを隠蔽し、捏造し、時には男らしく破棄し、強気にうそをつき、そのことで政権に気に入られ、出世していく官僚になりたいです。退職後の天下《あまくだ》り先も、今から大変楽しみにしています。よだれが出そうです」

もしくは、こんな子供かもしれない。

「僕は、マスコミで働きたいです。

目標は出世です。政権批判をする青臭い若い記者がいたら、萎縮させたいです。政権批判は絶対に控えめに抑えます。僕は政権の犬になりたいのです。首輪をつけてください。スクープよりドッグフードが食べたいです。

もし菅官房長官様の、定例記者会見に行けるなら光栄です。あの女性の記者（東京新聞、望月記者）が、官房長官様の嫌う質問を鋭くして孤軍奮闘《こぐんふんとう》している中で、自分は無言でカタカタひたすらキーボードをたたき続け、ヘラヘラ笑う官房長官様のご機嫌を取る質問しかしないような、そんな立派な記者になりたいです。そして、家に帰って自分の子供を抱きかかえ『パパみたいになるんだぞ』と言える何だかすごい大人を目指します」

あるいは、こんな子供かもしれない。

「僕は、将来は立派な国民になりたいです。

政権批判は一切せず、政権にうそをつかれ続けても、どんな不祥事があっても、つまりはバカにされ続けても、絶対に政権を支持するドMな国民になりたいです。

沖縄の危険な普天間《ふてんま》飛行場は、敷地で言えば沖縄の全米軍基地の約２・６％であり、そのたった2・6％ですら返してくれないのか、何でその代わりまた新たに海と土地を潰し、約2・5兆円も国民の税金を使い、完成まで13年もかかるといわれる辺野古に基地をつくるのか、何でそんなばかなことをするのか、という沖縄の人たちの至極まっとうな切実な声に、絶対に耳を貸さないクールな大人になりたいです。

雨ニモ負ケズ、風ニモ負ケズ、東に被害者があれば、君が悪いと言い、西にセクハラがあれば、女性が悪いと言い、南に捕まったジャーナリストがあれば、自己責任と言い、北に声を上げる芸能人があれば、生意気だと言い、強い政権には絶対怒りは向けないが、芸能人の不倫には目をむいて怒りを覚えるような、そういう者に、私はなりたい。要するに、強き側に立ち、弱きをいじめたいのです。

政権側に立って言葉を発する時の、あの何だか自分はクールで強くなったような気分を、ずっと味わっていたいです。韓国と中国は心の底から憎みますが、アメリカ様にはいつでも土下座《どげざ》できる柔軟な二面性を目指します。今から先生には媚びへつらい、女児たちをいじめることで練習します。原発も大好きです。僕の頭の上につくってください」

あるいは、こんな子供だろうか。

「僕はテレビのコメンテーターになりたいです。政権を全面的に支持しているわけではない、と中立を装《よそお》いながら、実は政府中枢や官僚たちと一緒にご飯も食べちゃうくらい政権が大好きで、すしを食らい、中華を食らい、さりげなく政権を支持する発言を……」

こういうのを、美しい国と言うんだろうか。

［「美しい国」は、当時の安倍政権が掲げたキャッチコピー。著者註］

——単行本書き下ろし（二〇一九年）

この国の「空気」

「公正世界仮説」という心理学用語がある。

基本的に人は、この世界は安全で、公正な世界であって欲しいと望む心理のことになる。何も悪いことをしていないのに不幸になったり、理不尽な目に遭う社会では不安で仕方ない。だからそうではない、と願いたくなる。

これが行き過ぎると、被害者批判、に結びつくと言われている。この世界は公正で安全だと思いたいから、社会は大丈夫だと思いたいから、何かの被害者が発生すると、それはあなたにも落ち度があったのでは、と思う心理。社会制度などのせいではなく、個人の過失に還元してしまう心理と言われている。これでは社会の改善に繋がらないので、その国は衰退していく。

いま日本を覆っている不吉な空気の一つに、これがあるように思う（この「公正世界仮説」は、実は物語論とも結びつく。現在《二〇一九年五月》、この物語論も踏まえた小説を連載している。「逃亡者」という小説）。被害者批判も増え、強い側に立ち物事を語る人も増えている。

「正常性バイアス」という用語もある。公正世界仮説と似ているが、元々は、災害などで、大丈夫と思いたい心理から、避難が遅れる現象を指す。現在の政権や社会状況に対しても、「公正世界仮説」と「正常性バイアス」が作用しているように思う。

なぜか。理由は色々あると思うが、その一つは二〇一一年の東日本大震災にあるように感じる。人々の「公正世界仮説」も「正常性バイアス」も、完全に崩すことになった震災だった。その時の「ストレス」がまだ社会に尾を引いていて、原発問題をきっかけに社会問題に関わる人が増えた一方、それ以上に、「もう考えたくない」という心理も増えたように感じる。気持ちはよくわかる。

沖縄の辺野古の基地建設は、沖縄県の試算で完成までに十三年、費用は約２・５兆円になるという。消費税が８％から10％に上がった時に見込まれる、その年間の増収の半分近くが辺野古の基地となってしまう。どう考えても中止すべきと僕は思うが、テレビで基地問題をやると視聴率が悪いらしい。「考えても無理だから考えたくない」の心理があると思われる。沖縄に対し無意識に罪悪感を感じ、それゆえに見たくない人もいれば、罪悪感を感じるからこそ、あれは間違っていない、基地は賛成だとなる人もいるかもしれない。

いずれ自衛隊がアメリカの戦争に本格的に付き合い、自衛隊員が他国で人を殺害し、また自衛隊員も殺害される状況が来た時、日本は彼らに「誇り」や「名誉」を与え、自分達の罪悪感を消そうとするかもしれない。そして沖縄に対してと同じように、考えることにストレスを感じ、その問題にそっと目を閉じるかもしれない。アメリカにおける帰還兵の問題は、今も昔も大変なことになっている。

スマホを僕もついつい見てしまうのだが、ある研究によると、スマホを見ている時、人間はぼうっとしている時よりも、前頭葉《ぜんとうよう》の働きが抑制的になるという。これはテレビやゲームでも同じことが起こるとされているが（前にドラクエⅤをやっていた時、プレイ時間が一〇〇時間と表示され驚いた。最近のドラクエはわからないけど、僕は特にⅢが好きだった。このエッセイと関係ないけど、あれは本当に最高だった）、部屋の外にいる時でさえ――しかも歩いている時でさえ――スマホを人々は見るから、人類は歴史上、最も前頭葉を抑制的にする時間が長くなった時代に入ったことになる。

前頭葉が抑制的になるのに脳過労を起こすという、何とも不気味な状態らしい。ちなみに前頭葉の働きは多岐にわたり、脳の最重要箇所とでもいうか、この部分が発達していることが人間と他の動物との違い、とも言われている。

スマホを眺めていても、実はそんなに面白いわけでもないのに僕も含めついつい見てしまうのは、もしかしたら、スマホに対し中毒になってるのではなく、前頭葉を抑制すること自体に中毒になっている可能性もあるかもしれない。そう考えると、何だか恐ろしい。

ネット上の言葉に劣化したものが多い理由の一つは、前頭葉が抑制的になっている時の言葉だから、という理由もあるかもしれない。その抑制に対する耐久性には当然、個人差もあるだろう。もしそうなら、人類は、前頭葉が抑制的になっている状態での自分達の言葉に、自分達が影響されていることにもなる。

ネットでヘイトスピーチなどに扇動されるのも、前頭葉が抑制的な状態だからその危険が増している可能性はないだろうか。ちなみに前頭葉を損傷すると、様々な影響はもちろんあるのだが、その中の一つに、他者への関心が薄くなることもあるらしい。

ちなみに僕は様々な媒体で選挙に行こうと言ったり書いたりしているけど、告白すると、実は昔は選挙に行かなかった。理由は特になく、何となく行きたくなかったからだった。僕が選挙に行くようになったのは、小泉《こいずみ》政権が誕生してからになる。どうも僕はあの方が信用できなくて、社会がこれからまずくなる予感がして、初めて選挙に行った。それからはずっと行っている。

たとえ有権者が選挙に興味がなくても、選挙は有権者に興味を持っている。僕はこのことを以前、たとえあなたが選挙に興味がなくても、選挙はあなたに興味を持っている、と書いたことがある。ある一人の有権者Aさんの投票日の行動を、政治家がモニターでずっと監視している状況があったとする。組織票に強い政党は、投票率は低ければ低いほどいい。だからAさんが選挙に行かず、部屋にずっといれば、彼らは大変嬉しい。皆が選挙に興味がないほど、彼らは嬉しい。投票率が低ければ、言葉では残念と言いながら、彼らはニヤニヤが止まらないほど嬉しい。有権者の政治への興味を失わせたことで、作戦成功とも思うかもしれない［思想家のルソーは、自分のことだけでなく、「他者にとってこの社会はいい社会だろうか」と考える感覚がないと、民主主義は機能しないと言う。言い換えると、選挙に行かない選択は、同時に、自分は他者のことは考えない、の宣言になってしまう。なんてことだ、と思うけど、優しい人でも、結果的に、行為としてそうなってしまう。選挙権を得ると私達は巻き込まれざるを得ず、つまりそれが、大人になる（なってしまう）、ということになる。なんてことだ。著者註］。

僕は何党も支持してないし（選挙のたび悩む）、普通の政治をしてくれているなら、別に何党だって何でもいい。でも僕は、現在の酷い政権（二〇一九年五月現在）とその背後と周辺にあるものに、とても危機感を持っているから選挙に行く。入れる政党がない場合は、嫌いな政党が一番困りそうな相手に入れたらいいかもしれない。白票を入れるような運動をしている人がいたけど、机上《きじょう》では意味があるし気持ちはわかるが、現在のような状況では、組織票に強い政党を大喜びさせるだけで、実際的な意味は何一つない（投票率を上げ、政治に緊張を与えないと、政治は腐り、社会は貧しくなっていく）。

ちなみに前頭葉をとても活性化させるのは読書だと言われている。そう考えると、読書好きで良かったと改めて思う。僕のエッセイ集を読んでいる方はほぼ100％読書好き（しかも重度な）だと思うので、僕達はある意味ラッキーかもしれない。

最後に念のため、当然のことを書くけど、もしこれを読んでいる人で現政権を支持している人がいたら、当然現政権に入れるために投票に行くべきだ。何もそんなことで嫌いになるとか、驚いたりなんて当然しない。文学とはそもそも、そんな狭いものではないので。

虚偽まみれの虚言癖政権

――毎日新聞地方版／「書斎のつぶやき」／二〇一九年三月二日

「二＋二＝四」だが、「五」と党から言われれば、それは五に見えなければならない。ジョージ・オーウェルの全体主義国家を描いた小説『一九八四年』に出てくるモチーフである。

今の日本政府はどうかというと、さすがに「二＋二＝五」を国民に強制はしていない。だが「五」という結果を見せたいがために、本来「二＋二」だったものを、どうやら「二＋三」や「一＋四」などと、何だか変えているらしい。

勤労統計などの信頼が失われているが、今話題の本、明石順平《あかしじゅんぺい》著『データが語る日本財政の未来』（集英社インターナショナル）を読むと、事態はさらに深刻と思わされる。

アベノミクスは、データで見てもやはり壮絶に失敗している。2016年末、内閣府はGDP（国内総生産）の算出方法を変更しているが、それに伴い、1994年以降の全てのGDPを改定して発表した。その結果なんと、データ上アベノミクスの失敗を示す六つの大きなデータのうち四つが、綺麗に消えているという。忖度《そんたく》ではなく「偶然」と言う人は言うかもしれない。だが現在の勤労統計の「惨劇」を見る限り、これが果たして「偶然」かどうか。

日銀が政府のGDPなどの基幹統計に不信感を募《つの》らせ、独自に算出するため元データの提出を政府に迫っているという衝撃のニュースが出たのは昨年11月のこと。恐らく、この国の政治はもう末期である。

明石氏の本を読むと、アベノミクスが机上の空論であると思わされる。本当にこんなことで、景気が良くなると考えたのか疑いたくもなる。失業率の改善はアベノミクスと関係なく、少子高齢化だからであり、旧民主党時代から既に改善が始まっているのはデータを見れば誰がどう見ても明らかだ。

普通、常識的に考えて、将来への不安が減る＝景気がよくなっていく、ではないのだろうか。将来どうなるかもわからず、お金をたくさん使えるだろうか。年金がヤバイだの財政がヤバイだの、生活保護は我慢しろだのという政策を取りながら、金だけ使えと言われ使うだろうか。やっていることが逆過ぎる。

ただはっきりしているのは、アベノミクスなどの一連の政策と今の日本の税制は、優良株を大量に保有する「超富裕層」たちの資産を莫大に上昇させるということ。国というシステムを悪用した一部の壮大な金もうけのように僕は感じてしまった。国民はその「おこぼれ」でも拾えという政策なんだろうけど、だがそのおこぼれすら落ちてこなかったという現実がある。現在の株価はこともあろうに日銀が買い支えており、我々の年金まで大量にぶち込まれている大変危険な虚像となっている。

しかしそれでも、まるで政権の犬としか思えないマスコミ関係者たちが（本当にびっくりするのだが）一定数おり、国民にも一定の「消極的支持層」と「無関心層」がいるのだから、今の与党と超富裕層とその周辺の人たちは、毎日が楽しくて仕方ないと思われる。こんな「ちょろい」マスコミも国民もないだろう。国が徐々に滅んでいく時は、こういう感じなのかもしれない。明石氏の著書には予想される未来が書かれているが、知りたい方は本を手に取ってほしい。僕は明石氏の主張の全てに賛同したわけではないが、未来は変えられると願わずにいられない。

この件に限らず、まるで虚偽《きょぎ》に覆われた、虚言癖の政権のように見える。前代未聞であり、本当にどうかしていると言わざるを得ない。次の時代の新元号の発表は4月1日だという。わざわざエープリルフールに発表するとは、国民をばかにし切った結果のアイデアなんだろうか。


――集英社／「すばる」／特集 17／十七歳のとき／二〇一七年一月号

エロかったので……

今でもそうなのだが、十七歳の時はとにかく暗かった。

クラスメイト達は、女子以外、一部を除いてほぼ全員嫌いで、みんな馬鹿だと思っていた（振り返ると自分も当然馬鹿だった）。でもいじめを受けるのは嫌だったので、表面だけは上手く関係を築いた。そういう器用さは（結構ギリギリだったけど）あったらしい。

なぜ女子は嫌いじゃなかったかというと、女子はそれだけで素晴らしいと思っていた。要するにエロかったのだ。大真面目に今から馬鹿みたいなことを書くけど、僕は性的にはSである。Mだったら、性的に自己内である程度満足できるのかもしれないが、Sである僕は他者が必要だったのだ。なんか今、やっぱり自分がものすごく馬鹿なことを書いてると思いながら続けると、えっと何というか、女性をムチで打ちたいとか思ってるんじゃなくて、僕はSとMはサービスのSと満足のMだと思っていて（サドとマゾッホだけど）、女性が本気で嫌がることは駄目であって、要は、本当のSは相手本意なのです（なぜか敬語になった）。

だから僕は多分、自分がエロくなかったら、引き籠《ひこ》もりになっていたと思う。身も蓋もないことを言うと、エロかったので、女子に気に入られなければならなかったから学校に行き、人と話した（まあ、高一の時は不登校にはなったのだけど）。

小説は太宰治を読んでいた。「この主人公は自分だ！」という、太宰ファンの典型的な反応を示していた（太宰はサービスの人でもあった）。クラスメイトが勧めるべストセラーを読み、「こんな本はゴミだ。ティッシュの方が価値がある」と思いながら「面白かったよ!」と言っていた(いじめられたくないので)。毎日は息苦しく、自分の中の憂鬱はもう限界で、人間が怖くて、世の中が嫌いで、自分はいつか何かをやらかして逮捕されると思っていたが、太宰の作品と音楽が救いだった。音楽はマイケル・シェンカーのイカれたギターが好きだった(特に彼がUFOというバンドにいた頃の演奏)。その年代の高校生が聴く音楽でなかったが、鬼気《きき》迫る闇と不安定な繊細さを旋律《せんりつ》にしているようで心地よかった。でもクラスメイトの女の子に「洋楽好きなんだよね? 何かお勧め貸して!」と可愛く言われ、ボーカルのゲイリー・バーデンの音程を外した絶叫が冴《さ》えわたるマイケル・シェンカー・グループの『神〜帰ってきたフライング・アロウ』を貸したのは失敗だったし、フリーター時代、とても奇麗な女子大生から「本好きなんですよね、お勧め貸してください」と言われ、ドストエフスキーの『地下室の手記』を貸したのも失敗だった。

阪神淡路大震災と、地下鉄サリン事件が起きたのも、僕が十七歳の時だった。理不尽な天災による破壊と、理不尽な人災による破壊。社会は異様な雰囲気で、その根幹が揺れているように感じて、それが僕の内面の暗い部分と呼応《こおう》するような奇妙な感覚を覚え恐ろしかった。オウム真理教を、他人事とは思えなかった。当時の僕は、自分と世界、という構図の中にいたが、オウムは、自分達と世界、という構図で、社会と上手くいかない者達があのように「集まっている」ことに衝撃を覚えた。

あの頃の自分と今の自分は、困ったことに、核みたいなところというか、暗いところは変わってなかったりする。でも作家としては、変に大人になるより、それで良かったと思っている。文学は若い時に出会うことが多く、どれだけ年齢を重ねても、その人の「若い部分」と呼応することが多いから。この感覚を失うと、もしかしたら純文学の業界はどんどん狭いものになっていくかもしれない。かといって、みんながみんな『若きウェルテルの悩み』みたいなものばかり書くのもまた問題で、要は、業界全体のバランスが必要というか、色んな作家がいてこそ業界は活性化される。だから僕は、タイプで作品を批判しないようにしている。

だからというわけではないけど、あの頃の自分には、そのままでいい、と恐らく言うと思う。このエッセイは（「すばる」のそういう特集なので）十七歳くらいの年齢の人が読む前提で書いているのだが、別に友人をつくらなければいけないわけじゃないし、悩んでいていいし、明るくなる必要もないし、変態でもいいし、内面の安らぎ（当時の僕にとっては太宰と音楽）があればいい。今だと人から「中二病」と言われるかもしれないが、それは「中二病」という何だか得体の知れない苦しみに耐えられない人達がよく言う言葉に過ぎず、気にしなくてよい。他の人がどうとか、そんなことはどうでもよい。クラスメイトとは表面だけ適当に付き合って、ラインやメールは適当に返して、マジでどうでもいいことが書かれたフェイスブックも顔をしかめながら読んで「いいね」を押して、本当の内面の対話は小説でという感じでもいい。しっかり悩めばそれだけ肥やしになるし、自分の弱さを見つめれば人の弱さにも敏感になれる。

と、太宰の亡くなった年齢を、ついこの間越えてしまった今でも思ったりしている。

饅頭《まんじゅう》と名簿が消えた夜に

——毎日新聞地方版「書斎のつぶやき」二〇一九年十二月七日を大幅に加筆

一連の安倍首相の「桜を見る会」の疑惑を、ミステリー小説の探偵、シャーロック・ホームズやポアロが推理したら、と想像してみたが、恐らく簡単過ぎて誰もやってくれない。

それにそれぞれのファンから「勝手なことするな！」と言われると思うので、僕の小説『あなたが消えた夜に』の刑事、中島（三十代・男性）と小橋（二十代・女性）にこの疑惑を解明してもらうことにする。

「簡単過ぎる。なんだこれ」

中島が言うと、「この政権、もう駄目では？」と小橋が言い難いことをあっさり言う。

「言論への締め付けが厳しくなってるんだ。あんまはっきり言うなよ」

「え？　だってもう明らかじゃないですか。まずこの『桜を見る会』の前夜祭パーティー、会費が五千円とありますよね」

「まあ、そうだね」

「このホテルの立食パーティーの金額は通常、一人一万千円からとあります。何で首相関連なら、一人五千円でできるんですか？　この時点で便宜を図ってもらってるから、アウトじゃないですか」

「はっきり言うなよ」

「だってこのホテルは、即位の礼（天皇が即位した時の式典）に参列した外国の要人達を招いた晩餐会（主催は首相夫妻）を受注してるじゃないですか。予算が一億七千二百万円とあります」

「言うなって」

「大丈夫です。共同通信などの記事で、大学教授から既に指摘されてます」

「そうなの？　じゃあ言えるか。そうだその通り」

「しかもこの首相夫妻主催の晩餐会、当の天皇ご夫妻は参加してないやつじゃないですか。一体なんですかこの晩餐会。消費税を上げたのに、こんな予算をかけてたんですね、一晩で！」

「そうなんだよ。料理やサービスがどうであれ、通常は五千円では受け付けてない『鶴の間』を、首相達は『桜を見る会』の前夜祭で、特別な感じで使わせてもらってたことになる。そのホテルが、新聞によると入札なしで、一億七千二百万円の予算が計上された晩餐会（即位の礼関連の）を受注している。同じ『鶴の間』で。これでは賄賂《わいろ》みたいに見えるよね」

「え？　私は賄賂とまでは言ってないですよ」

「うわ、裏切ったな」

「賄賂というか、わいにょですね」

「可愛く言っても駄目だよ」

「いいなあ。私は税金でゲームセンターに行きたい」

「それくらいなら自分で払えよ。あと、『桜を見る会』の名簿が破棄された件は？　あれ、それ俺の饅頭じゃないか」

「えっと、やましい名簿だから破棄したわけですよね。……モグモグ、資料を請求された直後に破棄したんだから、モグ、いかにも隠蔽です。……え？　シュレッダーが混んでて順番待ちで、たまたまその日に破棄したって言ってます」

「冗談はいらない。本当の政府の言い訳は？」

「いや、この記事に……モグモグ、ほら」

「うわ、……まじか、もう滅茶苦茶だな。というか飲み込めよ」

「こんな話飲み込めませんよ！」

「饅頭の話だろ。わざと言うなよ。……あ、飲み込んだか。名簿も消えたし、俺の饅頭も消えた。饅頭のために、コーヒーも用意してたのに」

「このあいだ知り合いに、中島さんのこと占ってもらったんです」

「は？　勝手なことすんなよ」

「奇数の日に気をつけろ、と言われました」

「ほとんど毎日じゃねーか」

「……いずれにしろ、明細書は出さないとまずいですね。やましいことがないと証明するためにも。健全なら出せますから」

「今さらだけど、やっぱりはっきり言うなよ」

「大丈夫ですよ。私達は普通のことを言ってるだけです。それにベテランの吉原さんや係長が守ってくれます。……マスコミは萎縮してますけど、そういう上司はいないんですかね」

回復に向けて——「新潮45」問題から考える

新潮社／「新潮」／特集　差別と想像力——「新潮45」問題から考える／二〇一八年十二月号

『新潮45』の休刊で、「言論には言論で」という言葉を時々聞く。通常はその通りだが、それはその言葉なり文章なりが、議論に値する「言論」となっている時に限られる。

たとえば、ひたすら「馬鹿」とだけ繰り返し書かれた駄文があったとする。これに対しては、何やってんだやめろ、となるだけであり、言論には言論で、とはならない。一九九四年のルワンダ虐殺時において、ツチ族への殺害を煽り続けたあのラジオ放送はどうだろう。その放送を一時止めるボタンを、あなたが持っていたとする。煽られたフツ族がツチ族を次々殺していく中、「これも言論の自由」とあなたは認めるだろうか。そんなはずはあるまい。街頭で行われている、耳を覆いたくなる醜いヘイトスピーチも同様だ。

ではあの『新潮45』に掲載された小川氏の文章がどうだったかというと、僕は言論に値すると思わなかった。人間には「XXの雌かXYの雄しかない」と事実誤認をし、性的嗜好《しこう》と性的指向を混同し、LGBTと犯罪の痴漢を同列に扱い、しかもそんな言葉を吐いているのに、LGBTという概念について詳細を知らないし知るつもりもないと書いている。差別的であるだけでなく、論理の飛躍も多過ぎ、質が酷い。バーコードをつけて売る文章のレベルになく、意図的に腐ったおかずを売った弁当屋を思わせる。しかも本人が、ＬＧＢＴの概念に乗って議論する事自体を私は拒絶すると書いているから、そもそもこの原稿自体が、「言論には言論で」の立場から遠い。

なぜ『新潮45』は休刊になったのか。雑誌の休刊とは、赤字か黒字かとか、そういう問題ではなく、出版社にとって物凄く大きなことだ。雑誌は読者にとっても、編集者にとっても、書き手にとっても、物凄く大切なものだ。「自分の何かの行為」で雑誌が休刊・廃刊になるのは編集者にとってもこれ以上ない恥だ。減給や降格や免職より、編集者という存在にとって重い。

つまりあの小川氏の差別的な原稿は、一つの雑誌を潰すくらいの原稿だったということだ。『新潮45』には、素晴らしい執筆陣も名を連ねていた。そんな人達の発表の場を奪うくらいのことを、あの原稿はやってしまったことになる。

何が言いたいかというと、言論には常に責任が付きまとうということ。何かの言葉を雑誌に載せる行為は、それくらい重いことで、ヒリヒリとした責任と緊張をまとうものであり、そのような質の高い言論と言論のぶつかり合いだからこそ、言論空間は刺激的で面白く、時に学びの場ともなる。「知らない」という態度で、ＬＧＢＴという、不変更（変える必要もない）の属性、不変更である場合も多い属性、つまり人間の存在に関わる属性（他にも人種、民族、出身国など色々ある）に対し、事実誤認をしながらあのような言葉を投げつけるとは、社会の基本である他者の存在を舐めているだけでなく、言論という場を舐めている。それを「言論には言論で」というのは、甘え過ぎている。先日は、障碍者《しょうがいしゃ》に対し障碍を揶揄する暴言を吐いた議員もいた。

アジア人に対する酷い差別の言説を、欧米諸国などの出版物で読んだとする。通常の悪口とはまた違う、内面の負担を感じはしないか。自分の性格や努力、人間性がどうであったとしても、存在そのものが理不尽に選別され、否定される感覚。憎悪が存在そのものに侵入してくるように響き、なぜそんなことを言う人間がいるのかと悲しくなり、選別され否定される恐怖の感覚を抱きはしないか。

あの原稿はネット上や新聞記事などで、一部が切り取られ紹介されている。だが多くの人が、あまりに酷過ぎて引用を控えていると推測される箇所がある。その箇所を今引用しようとしても、僕にはできない。自分の性に悩む思春期のインターセクシャル（多様な意味を含むが、例えば性染色体がXである方など）の一人の人間の姿が浮かぶからだ。その想定される人間が読んだ時どう感じるかを想像する時、反射的に引用できない（あの原稿を不幸にも読んでしまった人にだけわかるように書く。ゾウリムシのくだりだ）。あの原稿は、もうＬＧＢＴ論を超え、活字にするべきものではなかった。

擁護する者の発言として「私の知り合いのゲイの人はたくましく、今回の原稿を読んだ反応も……」というものも目にするが、そもそもそういう「タフさ」はその個人がその人生の中で獲得したものであり、それを差別の許容のあてにするな。勝手に弱いイメージを植え付けるのは当然良くないが、相手の差別への耐久性をいちいち測《はか》ってまで、そんなにしてまでわざわざ差別発言がしたいのか。

文学には、人間の傷つきやすいデリケートな部分を描写するものが多いだろう。そんな主人公と共に、悩むものも多いだろう。小川氏自身も、人生の問題として、文学の領域におけるLGBT論にふれようとした気配がある。ならなぜ、あのような低劣な言葉を吐いたのか。高橋源一郎《たかはしげんいちろう》氏も前号で鋭くふれていたが、やはり奇妙な「乖離《かいり》」が、あの文章からもうかがえる。本来はあのような書き手ではなかったのに、何かに感化されてしまった結果の原稿のように思えてならない。

文章の一部分だけ切り取って、という反論もあるが（いや、というか全体がまずいのだが）、少し想像してみて欲しい、仮にまともな文章の中に一部ヘイトスピーチを意図的に混ぜた文章があったとする。他がまともだからこのヘイトスピーチの箇所は気にするなと言うのだろうか。それを許せば、そういう意図的な原稿が多発することになりはしないか。弁当で一部おかずが完全に腐っていても、他のおかずが腐ってないから悪くないというのか。さらに想像してみて欲しい。あんな文章が、あらゆる雑誌で撒き散らかされ続けるようになった社会を。汚物のような言葉を雑誌で投げつけ続けながら、これも言論と言い続ける社会を。そんなに日本の言論界を低レベルにしたいのか。

右派や保守論壇の質が落ちたと近年よく言われる。だがそれは全く正確ではない。本来まだ語るべき能力も姿勢もない人間が、右派や保守を自称し、時に政治勢力も背景にしながら出てきているだけだ。今の彼らの多くに欠落しているのは、個人への想像力と繊細さではないか。今回の件は、彼らの一部に原稿を書かせる時、出版社は恥まで背負うリスクが大いにあることが明らかになった一つの事例だろう。これは決して、新潮社だけの問題ではない。

僕は新潮社から作家デビューし、新潮社で鍛えられた。仕事相手という意味を超え、それ以上に、僕にとって、本当に特別な出版社だ。まことに勝手ながら、僕は新潮社に当事者意識がある。『新潮45』を批判する時、これまでの僕の言動が強いものになったのは、当然LGBT、そしてIとQの方々を（勝手ながら）思ってのことだったが、そこには新潮社も回復しなければならないという、そういう気持ちも同時にあったのは確かだった。

そして言うまでもなく、新潮社以外の出版社ならいいということではない。この社会に生きる人間として、そして同じ出版に関わる人間としても、私達は他の差別的な出版物に対し反対し続けなければならない（それぞれの事情もあり、声を上げない自由もある）。これまで僕はずっと差別などに反対し意見を言ってきたつもりだったが、出版や言論の世界を、愚かな虚偽や差別から回復させなければならない。

今回の文芸誌『新潮』の、この特集の試みと姿勢を評価する。心の底から、強く評価する。

憲法9条論

——KADOKAWA／日本ペンクラブ編集『憲法についていま私が考えること』／二〇一八年九月

憲法9条について書きます。

元々護憲《ごけん》派で、学生時代に色々本を読み「変えた方がいいのかな」と思ったこともありましたが、さらに勉強していくうち、また護憲派に戻りました。9条を変えれば、日本は現実的に惨めな国になる、と思ったからです。

日本とアメリカの関係を考えると、日本は完全に主権を持っているとは言い難《がた》い（がた）。

「アメリカから真に独立するためにも平和憲法を変えるのだ」との意見も聞きますが、それこそ「お花畑」の発想だと感じます。アメリカという国を、舐めたらいけないです。文面はどうあれ、9条を少しでも変えれば、「平和憲法が変わった」という認識の下、日本の自衛隊は米軍の2軍になると思います。

多くの国は自衛の名の下に侵略戦争をするものですが、アメリカは特に、その傾向があります。アメリカの利権による戦争のため、中東などで自衛隊員が次々死んでいき、人を殺害してしまう。そんな状況に、日本人は耐えられるでしょうか。現在、多くの日本人はアメリカが基本的に好きですし、僕も好きですが、その時日本は徐々に反米に転じると思います。僕は、それも怖いです。日本人にとって、アメリカに対する想いは元々複雑なところがあります。

第二次世界大戦時の日本を、僕は単純な加害者と思っていません。アジアを侵略した加害者であると同時に、民間人に対する無差別空爆や、二度の原爆まで経験した被害者でもあると認識しています。加害者でもあり、被害者でもある、この経験から、日本は「戦争は嫌だ」と他国より強く感じる国になったのだと思っています。


9条について語る時、日米安保条約についても述べなければなりません。僕は、アメリカは自国の兵の血を流してまで、日本を助ける気はないと考えています。

では何をするかというと、日本の背後に自分達（アメリカ）がいると条約で示す「戦争抑止」と、それでも万が一戦争の危険が防げないかもしれない時は「外交による仲裁」をするのです。言葉は悪いですが、つまりそれだけです。ですがそれだけで日本にとって十分助けになるし、逆を言えば、アメリカはそれだけで、東アジアに親米政権の経済大国の仲間を持つことができる。

外交は、人情などでなく、国益の損得勘定です。アメリカに守ってもらってばかりでいいのか、との意見に対しては、別にアメリカは実際に守っているわけじゃない、米軍基地も実はあんなに絶対いらないし、そもそもその費用の大半は日本が払っている、と答えることができます。日米安保は、双方にとって絶妙なバランスで作用しています。逆を言えば、常に日本が攻撃され、その度にアメリカ軍が日本を守っている状況であったなら、憲法9条はすぐ変えなければなりません。でもそんな状況にはなりませんし、そのことは後述します。

しかしアメリカは、日本の9条を変えたいと常に考えていると思います。それはアメリカ政府、というより、周知の通り一部のシンクタンクと、日本に利権を持つ一部の政治家グループによる働きかけです。なぜ、アメリカは憲法を変えさせたいのでしょうか。憲法を無視する形で、日本を無理やり自国の戦争に本格的に巻き込まないのは、日本の世論を一応気にしているからだと思います。

アメリカにとっては、日本国民は親米であって欲しいし、その方が都合がいいからです。でももし憲法が変われば、日本国民の中でも憲法が変わった意識が広がり、アメリカの戦争に協力させやすい。でも前述しましたが、日本人はそこまで馬鹿ではありませんし、アメリカに対する感情は複雑で、そこを見誤《みあやま》ってはいけないと思います。だからアメリカの一部の人達に言いたいのは、経済や外交ではできる範囲で協力はするけど、軍事や戦争に関してはそっとしておいて欲しい、その方が日本人は親米でいられるし、その方がアメリカの国益になる、ということです。日本の憲法を変えることは、長期的に見れば、日本にとってもアメリカにとっても、デメリットしかありません。

日本が反米になる、ということは、実際にはまだある東西の緊張関係において、日本が東側陣営に入ることを意味しますが、そのことも後述します。

9条を語る時、自衛隊と文言《もんごん》についても避けて通れません。でも僕は、自衛隊を違憲と思っていません。

自衛の名の下に利権の戦争をする、他国のような「戦力」と自衛隊は違う、という意味においてです。自衛隊はそういう意味で、「戦力」ではない。そして、日本では本来集団的自衛権は認められていませんが、個別的自衛権なら、自然権として行使できると考えています。それは同時に、日本に他国が侵略してきて、実際にアメリカが軍を派遣した時（アメリカはそんなことはしませんが）、日本は米軍と共に軍事力を行使できることを意味します。「周辺事態」、つまり個別的自衛権の範囲内だからです。

確かに、これは苦しいです。そんなことは当然、わかっています。ですが、この曖昧さこそが、平和を守る努力だろうと僕は思っています。このギリギリの解釈によって万が一のための戦争を抑止し、何とかその「範囲内」に懸命に留まろうとしてきたのが、戦後の日本だったと思います。この曖昧さこそが、平和国家を守るために必要で、この曖昧さの中にしか、実は方法はないと考えています。9条を変え、文言をはっきりさせた時、この曖昧さが崩れ、日本は予期せぬ方向へ根本的に変わるでしょう。憲法を変えようとする現政府や、それの取り巻きの人達が、たとえば憲法が変わってしまった十年後「こんなはずじゃなかった」と言う姿が僕には目に浮かびます。

北朝鮮に対して、憲法9条を変え軍事力で対処しろ、との意見も、意味がわかりません。戦争が可能な韓国が北朝鮮に「できたこと」は、圧力と対話で、先制攻撃ではありません。戦争はママゴトではありません。そもそも実際現代では、本格的な戦争はどんどん難しくなっています。兵器が発達したからです［大国が全力で本格的な戦争をすれば、核をつけたICBMなどが飛び交い、戦争は国を滅ぼして一瞬で終わります。近年行われているのは、アメリカとイラク、ロシアとウクライナの戦争のように、大国側が核を使わず「手加減」をする、消耗戦型の戦争です。もちろん、ロシアなどがいずれ、核を使う未来はあり得ます。著者註］。

資源（特に石油）の少ない経済大国の日本を侵略するメリットは、他国にありません。現在、経済大国同士の全面戦争は行われていません。無理だからです。中国が尖《せん》閣《かく》諸島を得るため攻めてくる、などと言う人もいますが、軍事衝突となれば、局地的な諍《いさか》いになるでしょう。あの周辺の歴史・交渉の経緯は実は日本が完全に正しいとは言い難いので、平和の意志として共同開発が理想ですが、日本には個別的自衛権があるので、尖閣諸島を守ることに9条改正は関係ありません。局地的に緊張が高まることはあるかもしれませんが、本格的に中国が、実際に大軍で攻めてくることはあり得ません。なぜなら戦局が拡大し、それは現代では初の事例となる、そして不可能な経済大国同士の全面戦争を意味するからです。

背後に一応アメリカがいる状況で、いや、たとえ相手が日本単独でも、中国がそこまでするメリットはありません。中国と日本の全面戦争なら、中国は最終的には核によって（国際社会の大批判の中）日本に勝利するでしょうが、日本と激闘を繰り広げることで、国家として瀕死《ひんし》の損害を負います。あの島を取るために、自国の何分の一かを壊滅させる選択をするほど、中国は愚かではありません。怯えるなら、オーストラリアが攻めてくるとか、フランスが攻めてくるとか、一応何でも怯えることは可能です［中国が日本を攻める時は、日本が中国の実際の脅威になるほど軍備を大きく増強し、アメリカに焚き付けられ中国を軍事で威嚇した時でしょう。この考えに納得できない方は、P279の「ロシアとウクライナの戦争と、日本の未来」もあわせて読んでみてください。著者註］。

では仮にアメリカがもう日本を守らない、となぜか宣言したとしたら、その時は、日本は東側に入ることになります。実際、日本から米軍基地が「完全に」なくなることは、ロシアや中国からすれば悲願です。でもそれは、世界のパワーバランスを激変させることを意味します。アメリカにとっても国益を損ないます。

日本が憲法を変えて米軍の2軍になっても、日本人は実はプライドも高く反米になるので、アメリカにとって最適なのは、日本の現状維持です。僕は日本に米軍基地があった方が今はいいと一応思っていますが、でも数と敷地はもっともっと、特に沖縄は抜本的に減らすべきだとも思っています。他国と海を挟むという日本の立地、そして現代の戦争においてはそれで十分だからです［現在の僕は、もう米軍基地はいらないとすら思っています。近年の米は、背後で緊張を煽り過ぎるので。著者註］。

そして重要なことですが、仮に日本が憲法9条を改正し、アメリカの戦争に血を流しながら付き合ったとしても、いざ日本が攻められた時、アメリカは理由をつけて派《は》兵《へい》をしぶることも頭に入れておいた方がいいです。外交は損得勘定で、人情ではありません［日本ではほとんど知られていませんが、日米安保条約は、アメリカは日本への派兵を実は拒否することができます。著者註］。

愚かにも東アジア諸国と敵対し続け、アメリカに守ってもらうためにアメリカの戦争に協力し、血を流し続ける。そしていざ攻められた時に、守ってもらえない。これほど惨めなことはありません。ですから日本は、普段から他国と緊張状態にならないよう、親密な外交が絶対に必要なのです。

よって、9条を変える理由を、僕は見つけることができません。そして忘れてならないのは、あの憲法は、第二次世界大戦の終結した世界の、平和を希求した当時の時代の空気を反映していることです。その後世界はまた戦争へ流れますが、少なくともあの時は(短かったですが)、強い反戦の気運を人類は持ったのです。

僕は、この世界は基本的に醜いと思っています。私達のような「大国」の経済活動が、実は世界の貧困を生んでいることは、少しでも勉強すればわかることです。戦争も大義名分を並べますが、裏を見れば利権にまみれ、多国籍企業がチョロチョロ動いていることも、少しでも海外のメディアに注目していればすぐわかることです。戦争が、政治家の発表する理由だけで起こると考えるのは、さすがに純朴過ぎます。

この現在の世界を、だから僕は肯定できないのです。一つだけ肯定できるとしたら、それはこの世界が、理想に向かっている、それに向かって努力している、と意識できる時だけです。今は世界は醜いが、未来は少しは、今よりマシになるのではないかと。憲法9条は、その理想を掲げている。理想を失った世界に、僕は生きる価値を見出《みいだ》すことができません。なぜわざわざ、必要もないのに、人類史に生まれたこの9条という理想を捨てるのか。これは日本だけでなく、後の未来の人類史全体の問題です。

最後に、学者の人達に多いのですが、自分で憲法の試案を考え、自衛隊を明記した形での平和国家をつくろうとしている人達に伝えたいことがあります。恐らく、その出来上がった文面は素晴らしいものになると思います。ですが、あなたのその憲法試案が、百パーセント新憲法に反映されることがないことは、おわかりだと思います。そして言葉とは、少し変わるだけで、意味が大きく変わります。

そういった方々が平和憲法を新たに机上でつくり、発表する行為は、結局のところ、現在の政権のように憲法を別の意味で変えたい勢力に、「憲法を変えよう」という世論の流れの後押しの要素の一つとして利用されるだけです。日本が本当に平和を追求するには、「今の憲法を変えたくない」という国民の意識が必要で、実際には、それしかないのが現実だと思っています。

でも日本が、平和を一国だけで享受《きょうじゅ》するのは違うとも思っています。日本は戦争をしない代わりに、紛争を事前に防ぐ働きかけ、仲裁という側面で世界に貢献《こうけん》するべきだと僕は思っています。それが日本の進むべき道だと。でもまだ、世界全体も未成熟であり、その日本の状態を見るのは大分先になりそうです。

先の大戦で、日本は三百万人以上の死者を出しました。その尊い死者達に対し、私達は、彼らを死なせてしまった戦争というものに、反対し続ける責任があると僕は考えています。現在の日本という国の土台には、彼らの死があるとも僕は思っています。そして、その経験から私達は平和憲法を受け入れた。意地でも、何とか、これまでは戦争に加担することを避け続けてきました。

これは日本人のアイデンティティです。憲法9条を変えれば、私達日本人は決定的なアイデンティティを失う。僕はそう思っています。

——カタログハウス／「通販生活」／二〇二二年夏号

政治とマゾヒズム

歴史には、数々の謎がある。

その一つに、なぜ第二次世界大戦前後のロシアの人々は、厳密に言えば外国人だった独裁者・スターリンに跪いたのか、というものがある。

スターリンは、当時ロシアの支配地域だったジョージアの出身だった。ちなみにあのヒトラーも、出身はドイツではなく、オーストリア＝ハンガリー領の人物になる。

あるロシアの専門家は、ロシア社会は政治を汚いものと思っているので、外国人に任せたかったのでは、と分析している。

スターリンもヒトラーも、他国を侵略したり、残酷な行為を様々にした。彼らが元々「外国人」であることは、そのような人物をトップに置くことの国民の罪悪感を、無意識に軽減させる効果もあったかもしれない。「彼は外国人だ。残酷な行為をしたのは我々ではない」というような。

歴史的な独裁者が二人とも外国出身なのは、偶然だろうか。ここには、人間の精神の秘密があるのだろうか。人間が社会的な動物であることも影響し、他所から来たものに従いたいという、本能的な何かが、無意識下にあったりもするのだろうか。

例えば日本の代表的な童話『桃太郎』。川から流れて来た巨大な桃は、異世界から来た異物に違いない。そこから生まれた桃太郎は、当然「他所」から来た存在だ。そんな桃太郎は、全てを解決してくれる。鬼退治に行く時、彼は村人達に協力は求めず、動物達を仲間にする。村人達は何もしない。全て他所から来た桃太郎が努力し、解決することになる（ちなみに今のロシアの大統領・プーチン氏はロシア出身だが、元KGB〈諜報員〉という肩書には、何やら日常から離れた神秘性が含まれる）。

このことを踏まえた上で、少し話題を変えてみる。

またロシアの話だけど、現在のロシアはわからないが、少し前のロシア社会では、スターリンとゴルバチョフ氏、どちらが良かったかと質問すると、スターリンと答える人が多かったそうだ。あんなに酷かったスターリンをなぜ？　と思うけど、また別のロシアの専門家は、穏健なゴルバチョフ氏では、ロシア人のマゾヒズムを満足させられないからだ、と分析していた。

政治とマゾヒズム。僕はこれまで、この二つを結びつけたことがなかったので、この説を読んだ時は大変驚いた。

マゾヒズムとは、狭い意味だと苦痛を快楽に感じる何だか大変なことだけど、もっと広い概念でもある。規則に縛られたい、という感覚や、色々なことを委ねて任せてしまいたい、考えるのをやめたい、という意識なども含まれる。自分の代わりに、誰かに弱い者いじめをしてもらいたい、というマゾヒズムの転嫁もあったりする。

ロシアについて長く書いた理由は、色々な国に行って、一番日本社会に近いな、と僕が感じたのが実はロシアだったから。どこが似ているかは、まだ僕には正確な言語化が難しい。似ていると肌で感じたという、印象論に過ぎない。ナイーブで、他者に気を遣う、繊細な人が多い印象を受けた。十九世紀のロシアの作家・ドストエフスキーは、ロシア人は「みんな」という言葉に弱いと書いている。「みんな」と同じようにしたいという感覚。どこの国もそうではあるけど、確かにその度合いは、日本社会も強い気がする。

日本社会も、政治と広い意味でのマゾヒズムは関係しているのだろうか。わからないけど、でも日本も、厳しそうというか、弱い者いじめをしそうな空気をまとっている政治家に、なぜか人気が集まる傾向にある。

何も人々は、今の与党に跪きたい、とは思っていない。もっと漠然としたもの、つまり「お上」に任せたい、という感覚があるのかもしれない。人々が任せてしまいたいと思っている場合、つまり「お上」は変わらないことになる。

ここで冒頭の、他所から来たものに従いたい心理は人間にあるのか、という問いを踏まえてみる。日本はアメリカの言いなりの側面がある。もし政治とマゾヒズムに関係があるのなら、日本は「お上」と「アメリカ」を対象とした、二重のマゾヒズムになってしまう。戦中のロシアやドイツより、さらに強固な支配―被支配の関係が内包されていることになってしまう。もし今の日本社会がそうであるなら、これは中々大変なことだ。

弱い立場の人達を救う政治、というものが、ここ十年の間で、年々支持されなくなってきている印象を受ける。

現在は経済格差がどんどん広がっているから、本来なら、格差是正を人々は求めるはずなのに、そういう動きにはならない。「超富裕層は別世界だから仕方ない、でも自分達より『下』の存在達が得をするのは嫌だ」という人も増えている。社会がこの状態になると、超富裕層は富み続け、お金持ち達は笑いが止まらない。

そして、自分より「下」が得をするのは嫌だ、と思っている人達も、今の経済政策では超富裕層しか基本的には富まないので、結果的に少しずつ、少しずつ苦しくなっていく。超富裕層ばかりに流れる富を、本来は全体の底上げに使わなければいけない。日本の格差は限界に来ていると思う。多くの貧困を抜本的に急いで救うには、政治が最重要だと僕は思っている。でもその政治が変わらない。超富裕層の富ばかりが増え、それ以外の人達は、互いに自己責任だと罵り合う社会が続いている。

［ロシアの民話は、誰かに助けてもらうものが多い印象がある。ロシアの極寒の気候は自らで何とかするレベルを超えていて、頼りたい心理を助長させ、それは日本を含む東アジアのモンスーン気候、その圧倒的な台風等も同じかもしれない。著者註］

パンデミックについて

――毎日新聞地方版／「書斎のつぶやき」／二〇二〇年七月二日と二〇二一年八月五日のものを合わせて編集

新型コロナウイルスの流行で緊急事態宣言が出されていた時、どうしても当時言われていた言葉「ステイ・ホーム」と言えなかった。

内心では、今は皆が家にいて、活動は自粛した方がいいと思っていた。でも人々が自粛すれば、職業によっては生活できなくなる人達が出てくる。もしそういった人達が僕の読者だったらと考えた。「ステイ・ホーム」という「正しい言葉」に、彼女ら、彼らが追いつめられてしまう恐れがあると思ったのだった。

大学を卒業し、東京でフリーターをしていた頃、僕の月収は大体十一〜十二万円弱ほどだった。当時、もしコロナの流行があったらどうなっていたか。

職場はコンビニだったので、休業はなさそうという意味では「幸運」だったのかもしれない。でも都心の店舗で、お客さんは近くの大学の学生や会社員、飲食店の店員達で、住民は少なかった。大学は休講で会社もリモート、飲食店も休業だから、恐らく暇になっただろう。勤務日は減ったと思う。余分な人件費は発生させない店だった。

当時お金がなくなると、コンビニ以外に単発のバイトを入れた。企業などへの荷物搬入や、飲食店の料理の写真を撮りサイトに載せる仕事だった。恐らくこれらのバイトも、一時的になくなっていただろう。僕は生活できなくなっていた可能性がある。借りていたワンルームのオーナーは、家賃の振り込みが一日でも遅れるとプラス五千円を要求する人だった。

では「ステイ・ホーム」をせず、いつコロナに感染するかわからない状態で活動すべきかといえば、それも違う。もし当時の自分がコロナに感染したら、最短でも二週間以上は働けず、経済的にかなり追いつめられたはずだ。無自覚なまま感染すれば、誰かに感染させその誰かの仕事も停止させてしまう。当然命の危険もある。

だから僕は「ステイ・ホーム」をした方がいいと思いながら「ステイ・ホーム」と言えず、かといって当然「出かけよう」と言うはずもなく、頼むから困窮者にちゃんと補償してくれ、そもそもまともなコロナ対策をしてくれと政府への意見を書くことになった。早急な補償が遅れずに十分になされていれば、「ステイ・ホーム」と言うこともできたのだから。

そんな中、困窮した企業や飲食店などに使われるはずの給付金事業のお金が、中抜きされていたという。このことは、追及されずにうやむやになっている。


［当時の政府のコロナ対策は、まず感染者を出したクルーズ船に不十分な分離のまま人々を閉じ込め感染を拡大させ、死者を出した。小池都知事は感染源を「夜の街」と名指しし、敵を作って批判をかわす政治手法をコロナ禍においても実行した。

数百億円をかけ、コロナには不十分とされるガーゼ布マスク（アベノマスク）を配る伝説も残し（あのお金があれば、どれだけの事業者が助かっただろう）、医療機関に十分な支援もないまま、医療従事者を励ますために、自衛隊のブルーインパルスの航空ショウを行った。

東京五輪を開催し感染を拡大させ、その開催のために感染者数を少なく見せたかったのか、医療関連利権かの理由で、コロナのＰＣＲ検査数を絞るという、先進国の政策と逆行する愚行を行い続けた（これはある時から、普段政権をさりげなく擁護するコメンテーター達が一斉に「検査数を絞れ」と言い始めた。何かの号令があったと思われるが、彼らは現在〈二〇二四年〉でも、何食わぬ顔でコメンテーターを続けている）。政府の隠蔽体質は感染者数にまで、つまり国民の命の領域にまで及び、この間もずっと、多くのマスコミは政権を擁護し続けた。著者註」

ちなみに、疫病の感染拡大を描く文学で名高いものに、デフォーの『ペスト』とカミュの『ペスト』がある。

デフォーのものは、一六六五年のロンドンで発生したペストを、作者が調査し小説として表現したもので、カミュの方は、架空だが、ペストと奮闘する医師リウーを中心とした物語になる。カミュの方は文学性が高いが、デフォーの方は史実に近い。

たとえば当時、感染者が出ると家族ごと家に閉じ込める「家屋閉鎖」という政策があった（監視人が買い出しなどを行う）。今で言う自宅療養に近いが、家族感染が多発し被害が拡大したという。閉鎖された家屋には赤い十字が印され、その上に「主よ、憐れみ給え」と書かれていたというから恐ろしい。

デフォーの小説で疫病に苦しむ人々の姿や、カミュの小説で、ペストと戦う医師リウーの極度の疲労を読みながら、もしこの物語内の政府が日本と同じことをやったら、登場人物達は驚きでスッ転ぶだろうし、読者も仰天するだろうと思ってしまった。

日本政府やマスコミ、政府を擁護するコメンテーターに、カミュの『ペスト』で感染拡大に抵抗する、医師リウーの言葉を紹介したいと思う。
「ペストと戦う唯一の方法は、誠実さということです」

安倍元首相の、銃撃事件後

——文庫書き下ろし（二〇二四年）

安倍元首相が、旧統一教会の、信者の二世だった山上徹也容疑者に殺害された。安倍政権の総括等を様々な媒体で求められ、その件で書いたり話したことを、ここに少しまとめてみる。

安倍政権は特別な政権ではなく、本来は、第一次安倍政権が滅茶苦茶なことをやりすぐ退陣したように、第二次安倍政権も、すぐ終わるはずのものだったと思う。特殊だったのはマスコミで、安倍政権に忖度し媚びへつらったことで、あれほどの失政を続けた政権が、強大な権力を持つに至った。

昔、ある場所で偶然、安倍元首相の知り合いと同席したことがあった。彼は（僕が安倍政権を批判していると知っていたので）安倍氏を褒め、僕は批判し、穏やかで建設的な議論になった。その時の彼が言った言葉が、安倍元首相が銃撃されてから、僕は忘れられない。

「安倍さんも（妻の）昭恵さんもいい人だ。でも（安倍さんの）周りはクズばかりだ」

　彼は酔っていて、強い言葉を使った。彼はもちろん安倍氏の全ての知人を知っているわけではないし、さすがに全員ではないはずだが、彼から見ると、安倍氏の周囲にはよくない人達が多いと映ったのだろう。権力には、よくない人間達も当然群がる。付き合うか決めるのは、安倍元首相自身ではあるけれど。

　安倍氏は「桜を見る会」の前夜祭の疑惑等で辞職することになったけど、周囲がイエスマンばかりでなく、安倍氏を諫める人がいれば、あんな法に触れた疑いが強いことをしなかったはず。失政もなく、もっと長く政権をやっていたかもしれない。皮肉なことだけど、安倍政権を批判する人達の声を一応聞き、自身の行為にもう少し慎重になっていれば、安倍氏は今でも、政治家として第一線にいたと思う。

　そして取り巻きの誰かが、旧統一教会との深い関係を見直すべきと、安倍元首相を説得していれば。誰かが、説得していれば。旧統一教会に恨みを持つ者に、その総裁の代わりに狙われるなどの危険な状態に、自らを置くこともなかったはずだった。そのことが悔やまれる。

　報道によれば、旧統一教会は、朝鮮半島を男性器、日本を女性器と表現し「日本はすべての物質を収拾して、本然の夫であるアダム国家韓国に捧げなければならないのです」とし、日本の信者達の莫大な献金を、韓国等に送金していた。また報道を見て驚いたのだが、日本の天皇に信者が扮し、教団の総裁に跪く儀式をしたり、教団の創始者が、日本の拉致被害の最大の責任者、北朝鮮の金日成国家主席と義兄弟の契りを交わし、莫大な金を渡したという。

そのような教団と、「日本を守る」「拉致被害者を救出する」と言っていた自民党の右派派閥（安倍派）の多くが深い関係を築いていた。日本の右派政治家の正体は、つまりこんな風だった。右派の論客とされる人達の中にも（嫌韓などを売りにしている連中の中にも）、旧統一教会と関わっていた者達がいるという。つまり彼らはビジネスで「右派」をやっていたわけだけど、ほとぼりが冷めたように見える現在（二〇二四年）、まだ同じビジネスを続けている。

ビジネス右派を支持する人達も、ショックだったろうし、もう支持はやめた方がいいのでは、と思う。誰だって黒歴史はあるし、人は変われる。

平和で、差別のない、格差を減らす社会を目指した方が、きっと自分を誇ることができる。もう一度言うけれど、人は変わることができるのだから。

ロシアとウクライナの戦争と、日本の未来

――カタログハウス／「通販生活」／二〇二三年春号掲載のものを大幅に加筆

『教団X』執筆のため、世界の軍需産業について様々に調べ、愕然としたことがある。戦争の度、彼らが莫大な利益を得る構図がある。政治家と深い関係を築き、例えば世論に危機を煽るだけでも、防衛費は跳ね上がる。そして戦争の背後には、かなりの確率でエネルギー利権（パイプライン関連も含む）があるのだった。

人間の脳は、二元論になりやすい。どちらかが悪で、どちらかが善というように。でも当然、物事はもっと複雑だったりする。戦争の当事者達は、大切な人が殺されているのだから、感情的になるのは当然だ。でも周辺の国まで感情的になれば、もう誰も戦争を止められず、さらに死者が増えてしまう。

ロシアとウクライナは現在戦争中だが、ロシアが突然ウクライナを攻めた、みたいに報道しているのは日本くらいで、あの戦争には、かなり長い経緯がある。もうずっと、いつ全面戦争になるか、という状態だった。

これまで何人もの外国の人と話す機会があったが、皆ほぼ同じことを言う。「ロシアは間違ってる。そして米とEUも間違ってる。ロシア兵とウクライナの人々があまりにも気の毒だ」というもの。僕も同意見だ。今回の戦争には米が深く絡んでいて、

日本は世界で最も米寄りの報道をする国で（米国内よりも遥かに米寄りという異常）、ほとんど知られていないことが多くある。

まず現在の二〇二四年から十年以上前、今ロシアが実効支配しているウクライナ東部の、莫大な天然ガスの存在に注目が集まる。その採掘権を西側の企業が得るのだが、将来的に、この天然ガスをウクライナがもしEUに輸出するようになると、同じく天然ガスなどをEUに輸出することで自国の対EUの安全保障を確保していたロシアの、その生命線を奪うことになる（ロシアはずっと米とEUを恐れている）。その時に起こったのが、二〇一四年のウクライナの革命。ウクライナで親露政権が倒れ親米政権が誕生し、この背後で米が動いていたと多くの専門家が指摘している。当時の米はオバマ政権で、その副大統領は現在のバイデン大統領。バイデン氏は、当時からウクライナとロシアの緊張に加担していたと見られている（ちなみに、バイデン氏の次男は、ウクライナのエネルギー会社の役員だった）。

これを敵対行為と考えたロシアはすぐ、ウクライナのクリミアと、そのガスがあるとされる東部を占領することになる。いくら米が背後で動き親米政権ができようと、占領したロシアが当然悪い。だが西側がらみであういう状況になればロシアが攻めてくることは、これまでのロシアの政策を見れば、誰にでもわかることだった。

そして一旦、争いは中断される。しかしある時から、ウクライナは自衛のため、N

ATO入りの希望を加速させ、それに反対するロシアと緊張が高まることになる。ウクライナの軍事力はどんどん上がり、NATOと合同軍事演習を繰り返すことになる。ロシアは、これ以上ウクライナが強くなる前に、さらにNATOに加入する前に（NATOにウクライナが入ると、ウクライナと戦争をすれば自動的にNATO加盟国とも戦争することになる）、ウクライナから奪った（ガスのある）東部を完全に自分達のものにすると決めた、というのが今回の戦争になる。ウクライナは、戦争をしないために抑止として軍備を増強し、NATO入りを望んだのだが、そのことが逆にロシアの脅威に映った。歴史的に、悲しいがよくあることではある。

とはいっても、ロシアが悪い。しかし理不尽な自然災害のようによく戦争する国（この場合はロシア。中東諸国からすると米だろう）と対峙する時は、慎重なバランス外交が必要になる。だが米もEUも、将来的にウクライナの天然ガスが欲しいのだろう。彼らは自分達の手を汚さずロシア政府の弱体化を狙い、かつEUはロシアから天然ガスを未だに輸入し続けていて（ちなみに日本も同じ）、つまりロシアにお金を渡しながら、ロシアを利する国は許さないと意味不明なことを言っている。ウクライナに軍事援助はするが、その兵器でロシアの国土は限定的にしか攻めるなと言い（ロシアの国土を本格的に攻めると、核戦争の可能性があるから）、だから現在ウクライナはほぼ自国の領土内だけで戦争しなければならず、だからロシア国土から新しい兵力が次々来るのを止められず、どんどん兵士を失う戦争を余儀なくされている。西側諸国はこの戦争でプーチン大統領を失脚させることも目標だったようだけど、二年以上経った今もプーチン氏は居座り続け、その間、膨大な人々が犠牲になった。この戦争の結果がもうどうなろうと、勝利と犠牲は釣り合わない。プーチン氏がいなくなったとしても、膨大に亡くなった命はもう帰ってこない。世界の軍需産業は、いま空前の特需になっている。

ちなみに日本も、北方領土をロシアに不当に占拠されているので、ウクライナと同じことをすれば、ロシアと戦争することになる。

経緯を見れば明らかだが、これを止められなかった戦争、と言う専門家は恐らく一人もいない。僕はロシア政府も米政府も、EUの各国政府も最悪な決断をしたと思う。ウクライナの人々が気の毒でならない。そしてこれは他人事ではない。

米は近年、自国の軍を使わず、他国の軍を使って戦争をする傾向にある。米が日本を中国にけしかける動きが年々強まっているが、このままいくと危険が増す。日本はこれから軍備をさらに増強するし、二〇二二年の閣議決定で敵基地攻撃まで可能になったため、ウクライナと似た状況に近づいている。抑止のために軍備を増強し、逆に緊張が生まれ戦争になる歴史の繰り返し。でも日本は投票率も低く、つまり自分達の国の行く末を自分達で決めないし、自公政権はもはや米の下請けなので、つまり私達の未来は米次第という最悪な状況にある。開戦の時は、何かが起こり私達は敵国を憎まざるを得ない状況にされているだろうし、メディアも憎悪を煽るだろう。そうなれば、もう止められない。この戦争の背後を見るべきだと叫んでも、もう誰も聞かない。

このエッセイの最後に海外の本を紹介したい。『戦争プロパガンダ10の法則』（アンヌ・モレリ著　永田千奈訳　草思社文庫）という著名な本。そこで紹介される、昔から使われ続ける戦争宣伝の「10の法則」は、このようなものだ。以下引用する。

①「われわれは戦争をしたくはない」
②「しかし敵側が一方的に戦争を望んだ」
③「敵の指導者は悪魔のような人間だ」
④「われわれは領土や覇権のためではなく、偉大な使命のために戦う」
⑤「われわれも意図せざる犠牲を出すことがある。だが敵はわざと残虐行為におよんでいる」
⑥「敵は卑劣な兵器や戦略を用いている」
⑦「われわれの受けた被害は小さく、敵に与えた被害は甚大」
⑧「芸術家や知識人も正義の戦いを支持している」
⑨「われわれの大義は神聖なものである」
⑩「この正義に疑問を投げかける者は裏切り者である」

この報道戦略はかなり強力で、戦争は巧妙だ。冷静にならなければ悲劇しかない。でも冷静になるのは難しいから、今後も人は戦争をし続ける。

様々な国のブックフェスティバル

——単行本書き下ろし（二〇一九年）

様々な国のブックフェスティバルやイベントに参加したエッセイを、色々な媒体に多く書いていた。でも読み返すとそれぞれ内容が所々被っていたりするので、ここでそれらをまとめて書いてみようと思う。（韓国、中国、ロシアについては、関連の独立したエッセイが収録されています）

ロサンゼルスタイムズ・ブックフェスティバルは、二日間で十五万人が集まるとても大きなものだった。作家のイベントだけでなく、車の試乗会やヒーローショウ、出店などもあり、地元の祭りとなっている。本を特別視するのではなく、日常に溶け込ませる形で本を紹介しているのが魅力的で、だからこそ、たくさんの人が来るのだろうと思う。日本のブックフェスティバルも真似《まね》するといいかもしれない。

トロント・ブックフェスティバルは、お洒落な会場が特徴的だった。一緒にイベントをしたヨーロッパのある国の作家が、自分の本がイスラム圏のある国で刊行された時、売春婦だった登場人物が、縫子《ぬいこ》の女性に変わっていたと発言していた。そして、いわゆる「男性のそれを女性の口であれする行為」が、女性が縫物をしているシーンに変わっていたと。驚いたが、彼が会場で何度も「Blow job」（つまり、男性のそれを女性の口であれする行為の英語）を聴衆《ちようしゆう》の前で連呼していたのも驚いた。落ち着いたオレンジの光が灯る、お洒落な会場なのに。つまり自由だった。ちなみに僕の『掏摸《スリ》』のペルシャ語版は、なぜか舞台が上海《シャンハイ》になっているらしい。『教団X』は、確か香港でR18指定になっている。

僕がデイビッド・L・グッディズ賞を頂いたフィラデルフィアの「ノアール・コンフェレンス」は、会場もノアールっぽい場所を選んだり、ユニークだった。授賞式も、壇上のステージの脇にジャズバンドがいて、合間を盛り上げたりする。これはロサンゼルスの時もそうで、アメリカでは一般的なのかもしれない。同じくアメリカのバシャ・コンフェレンスは、世界のミステリー作家の祭典で、毎年開催地を変え、観光地で行われている。会場に来る人は、作家のイベントに行くだけでなく、観光もできる仕組み。僕が参加した時はロサンゼルスのロングビーチで、会のタイトルは「海辺の殺人」だった。ちなみにここの水族館で偶然見たアシカショウは、僕がこれまで見た中で、最もやる気のないアシカ達によるショウだった。あんなに気だるくジャンプするアシカ達を初めて見た。「はいはい、飛びましたよ、エサください」みたいな感じで、逆に見入った。むしろとてもよかった。

イベントで手違いがあり通訳者がおらず、僕のアメリカの出版社の担当編集者・ジュリエットさんが急遽《きゅうきょ》通訳するアクシデントもあった。彼女は日本に留学経験があり、日本語が凄く上手い。でも聴衆からのある質問に対し、彼女が凄い真顔で「どう日本語に訳したらいいかわからない」と言ったことがあった。だから僕が、「じゃあ今から僕が適当に言うから、それを、僕が言いそうな答えとして、ジュリエットさんのオリジナルでしゃべって」と言うと、彼女は満面の笑みで「グー」ポーズをした。そしてジュリエットさんが発言した結果、会場が大爆笑になった。あの時彼女が僕の言葉として何を言ったのか、未だに教えてくれない。

ちなみにアメリカでは、カナダを含め一ヵ月で十都市回る過酷なツアーをしたのだけど、向こうの作家はそれが当り前で、むしろ楽な部類らしい。

台湾のブックフェスティバルでは、日本では全然知られていない人の経済本に「日本で大人気！」と書かれていたりした。それに参加した後に行ったサイン会で、僕のサイン会に来たわけではないけど本屋にはいる、というお客さんにもアピールしようと思ったのか、同行してくれた台湾のある詩人が、「この中村の『掏摸《スリ》』は、湊《みなと》かなえさんの『告白』より日本で売れている！」と堂々と嘘を叫び始め、慌ててやめてもらった。

シンガポールのブックフェスティバルは、日本の作家が初めてだったようで（そういうのが多い）、大変な歓迎だった。そこに他国から参加していた作家と話す機会があり、彼は自国で（シンガポールではない）五作、自作が発禁になったという。「日本はいい」と彼は言う。「書くべきことを書けるだろう?」。でも僕は上手く返事ができなかった。日本ではまだ小説は大丈夫だ。しかしあらゆるメディア内で、政権批判に対する締め付けが実際にある。彼は表現の自由のために戦っているのだが、今の日本のメディアはそれを自ら放棄しようとしている。そのことを考え、気分が重くなった。

生まれて初めてカジノをやり、少し勝ってしまい、換金したかったのにやり方がわからず、近くの人に「これをどうすればお金に換えられますか?」と聞くところを間違え「俺はお前の金が欲しい」と言いギョッとされた。

ロンドンでは書店「フォイルズ」でイベントをした。ここでも日本人は初めて（当時）ということだった。イベントの司会をしてくれた人が、「君の小説『銃』はノアールだ。その理由を、私がイベントで話そう」と言っていたので楽しみにしていたら、理由は「え?　だって、銃が出て来るじゃないか!」というものだった。

パリでは、僕の本を出してくれているフランスの出版社の社長とイベントをしたのだけど、彼が『去年の冬、きみと別れ』を紹介している時、ほぼ全てネタバレをしたことに度胆《どぎも》を抜かれ、我慢していたが途中で笑ってしまった。テロが多発していた時で、シャンゼリゼ通りは車が通れず、通行人も荷物検査があった。でも十七時あたりから、なんとそれがなくなる。フランスにいる人は働かないと聞いていたけど、これだと意味ないんじゃ……と密かに思った。ルーブル美術館に行ったのだが、その五日後、ルーブル美術館で刃物によるテロがあった。

スイス、ドイツ、オーストリア、とドイツ語圏の国を回った時に、ケルン文学祭に参加した。ヨーロッパ最大の文学祭で、ここも物凄い人だった。ドイツ語圏の文学イベントでは、朗読が重視される。僕が日本語で朗読した後、プロの役者が朗読する。三ヵ国、全てのイベントで朗読があった。

ここでベルンハルト・シュリンク氏に会った。ドイツ語の出版社が同じで、僕が好きであることを、編集者が伝えていたようで、ホテルのエレベーターでばったり会った時、少し話ができた。こういうのも、ブックフェスティバルのいいところだと思う。

アラブ首長国連邦（UAE）のシャルジャのブックフェスティバルでは、日本がその年の招待国だったので、複数の作家と参加した。女性は、チャードル（黒い布で顔だけ出し、全身を覆う）を着る人が多かった。一般的に中東の女性は大人しいイメージがあるが、全然そんなことはない。わずかに見える手首に物凄い宝石がついてたり、お化粧が凄かったり、香水が凄かったりする。見えない分、可能な範囲での自己主張に長《た》けていて、こんなことを言ったら怒られるかもしれないけど、すごくセクシーに感じた。女性作家に対しては、「私、うちではこんな格好してるのよ」と言って、自分のセクシー写真を見せたりしていたらしい。

砂漠ツアーというものに参加したのだけど、内容は、４ＷＤの車で砂漠を激走――車内は軽快なアラビア音楽――した後、砂漠でディナーを食べる、というシュールなものだった。

世界が排他的《はいたてき》になっていると言われ、実際にそうではあるけど、しかし様々な国の文学イベントに参加した時、そのように感じたことは実は一度もない。

小説には大抵、主人公がいる。僕達は主人公に同化し、時に客観視しながら小説を読むけど、「個人」に着目して読んでいることに変わりない。テレビなどでは人間を「外側」から見るけど、小説の多くは「内面」から見ることになる。人間の内面描写に最も適しているメディアは、小説であると僕は思っている。

そして、小説を読む、つまり個人の内面を見、それに寄り添う習慣を持っている人は、排外主義者や、差別主義者などにはなり得ない。人を外側から一方的に見るのではなく、個人の内面に寄り添う想像力が、小説を読む人には養《やしな》われていることが多いからだ。

海外のイベントで、差別的な扱いを受けたことも一度もない。それは恐らく、そういうイベントには、文学を愛する人達が集まってきているからだと思う。個人の内面に想いを馳《は》せる習慣を持ち、あらゆる国の文学を読んでいる人達が、集まってきてくれているからだと思う。

そういった場所では、世界は自然と融和《ゆうわ》へ向かう。だから世界で文学を愛好する人達がもっと増えれば、世界はより平和になるのではないか、と僕は思っていたりする。文学は国境を超え、人と人を結びつける。

Ⅲ

歯医者が嫌い

——共同通信／「深呼吸」／二〇〇六年八月二十五日配信

昔から、歯医者が苦手である。

もちろん「歯医者大好き。あの歯をぐりぐりされる感触がたまらない」なんて言う人はあまりいないだろうから、みんなある程度は苦手だと思う。

幼稚園に通っていたころ、いつも引きずられるようにして歯医者に連れていかれた。医者や助手に押さえられながら、椅子に寝かされる。そこは終わったあと、子ども向けにボールをプレゼントするシステムがあった。

「おとなしくしてたらボールあげるからねー」と助手が猫なで声を出す。「うるせえ」と僕は叫んだ。「どうせスーパーで百円の代物《しろもの》じゃないか」

僕は暴れて先生を蹴ろうとし、助手に噛みつこうとした。しかし、彼らは笑顔を崩そうとしない。今考えればプロだなと思うのだけど、当時は、ニコニコしながら人を痛めつける変態としか思えなかった。

「離せ、人殺しー」と叫んでいる僕を、彼らはニコニコしながらネットでぐるぐると椅子に縛り付けた。暴れる子ども用の、その歯科医院の秘密兵器だった。

僕は動けない身体で抵抗しようと医者につばを吐き続けたが、今度は歯を強制的に開けさせる奇妙な器具を口に入れられた。口を開けていると、つばを飛ばすことができない。「ここまでしたのは初めてだ。この子はすごい」と感心までされてしまった。

彼らは号泣している僕の歯を削り、実際の作業は数分で終わった。終わってしまうとあっけないもので、ボールをもらって、僕はニコニコしていた。何とも勝手な子どもである。

先月虫歯になった親知らずを抜かれたとき、さすがに暴れるわけにはいかないのでおとなしくしていた。でも一応「痛くしないでください」と情けないことを言った。「痛かったら手を挙げて」と言われ、僕はずっと手を挙げていた。「それじゃできないでしょ」と注意され、結局無視される。子どもと違い、大人には厳しい。

終わると、もう嫌だ、今度はひどくなる前に行こうと思うのだけど、結局似たようなことを繰り返してしまう。今も何だか奥歯が少し痛いが、そのままにしている。

犬被害

――中日新聞／「紙つぶて」／二〇〇六年一月二十日

先日散歩をしていたら、やたらと長いリードで犬の散歩をしているおばあさんがいた。

リードの長さは五メートル以上あったと思う。これでは、ほとんど放し飼いに近い。しかも、番犬として出てきそうな、黒く巨大な犬だ。僕は小さいころ犬に追いかけられたことがあり、嫌いではないし、見ている分にはかわいいのだけど、どちらかといえば苦手だ。そのおばあさんの手元はおぼつかなく、犬に引っ張られているようにも見えた。大丈夫かなあ、と思っていると、案の定、僕の方へ近づいてきた。その表情は僕に喧嘩を売るみたいに険しく、足取りは速くなり、喉を鳴らしている。

何とかしてくれ、と願いを込めてそのおばあさんを見ると、彼女は「マルコ、だあめ」と優しく言うだけだった。なるほど、彼女とマルコの間には信頼関係が成立していて、マルコは絶対に人を噛まない、という確信があるのだ。だけど、見ず知らずの僕から言わせれば、初めて会うマルコを信頼できないのである。第一、マルコという名前にしては、この犬は恐すぎるしでかすぎる。おばあさんはリードを引くこともしない。逃げたら余計に刺激すると思い普通に歩いていたら、抱きつかれてジーンズをベロベロと舐められた。おばあさんは「食べ物じゃないのよ」と凄いことを言う。結局、ジーンズは汚れてしまい、おばあさんは謝らずに遠くへ行ってしまった。おばあさんの考えでは、マルコの涎《よだれ》は汚くない、ということになるのかもしれない。夕日が辺りをとても奇麗に照らしていた。

成人式

——毎日新聞地方版／「プリズム」／テーマ＝成人式／二〇〇七年一月十二日

二十歳《はたち》になる年に友人から、「成人式出る？」と聞かれ、「何で？」と答えた記憶がある。

僕が全然行こうとしないので、友人はあきらめて会話を終わらせた。僕は、何で二十歳になったからといって成人式に出なければならないのか、わからなかった。別に誰かに認められなくても、年齢が来れば勝手に二十歳になる。元々人の多い場所は嫌いだし、椅子に座って、偉い人の話をずっと聞くのも苦手である。自分に向いていないものには、参加しない。だから成人式の日は、部屋で寝転んで過ごした。

成人式で暴れている人達の映像をテレビで見る度に、「だったら出なけりゃいいのに」と思う。「若者の反抗なんじゃないか」などと言っていた知識人もいたけど、そんなわけはない。彼らはご丁寧に袴《はかま》まで着て、暴れているのである。大人の作った成人式という行事に合わせて正装して出席しているのだから、反抗というより、むしろかわいいのではないかと思う。それより、暴れるのを期待して待っているテレビ局の人をがっかりさせるために、わざとおとなしくしてる方が面白いんじゃないだろうか。

バレンタインデー

——毎日新聞地方版／「プリズム」／テーマ＝バレンタインデー／二〇〇七年二月九日

バレンタインデーというのは、お菓子業界が、お菓子の売り上げの落ちる二月の販売戦略の一環として、つくり出したイベントだと聞いたことがある。お菓子というものに、「恋愛」を結びつけたのが、成功の要因なんだと思う。考えた人は、実に頭がいい。

義理チョコ、本命チョコなんて言葉もある。「義理チョコ」という概念を加えたことにより、購買客の絶対数が増え、さらに売り上げが伸びることになる。全く、考えた人は頭がいい。今までもらった中で一番面白かった義理チョコは、高校の時、クラスメイトの女の子から「あー、渡し忘れてた。キャッチしろ」と、直径三センチほどの袋のチョコレートを投げ渡された時。チョコレート業界の策略、しかもあまりにも適当な渡され方だったけど、ちょっと嬉しいのが何とも不思議だ。

その頃付き合っていた女の子から、人の形をした、手作りチョコレートをもらったことがあった。つまり、僕とその女性をかたどった、人形のチョコレートである。このように歪んでしまった僕のような人間にも、確かに青春はあったのだ。非常に照れくさいのだけど、嬉しかったことを覚えている。まだ付き合って間もない状態であったから少し緊張し、女の子の前で箱を開けた。そして、ちょっと驚いた。

暖房の効いた場所に長い間置いてあったので、チョコ人形はドロドロになっていた。しかも、なぜか僕をかたどった方のドロドロ具合が顕著《けんちょ》で、僕は苦しみにもだえるエイリアンみたいになっていた。開けた瞬間「すごい、ありがとう」と言うと決めていたのだけど、一瞬、まさかの展開に言葉が出ないでいた。女の子の方は、何だかばつの悪そうな、残念そうな顔をしている。何とかしなければ、と思った僕は、「いや、俺は、どちらかというと、普通の人間よりこっちの方が好きだから」とわけのわからないことを言った。

懐かしい。チョコレート業界は自分達の売り上げをアップさせ、買った人には思い出というか、エピソードが残る。やはり考えた人は本当に頭がいい。

お茶目な左腕

――集英社／「小説すばる」／特集 僕たちは、野球が大好きだ。／二〇一四年七月号

内海哲也《うつみてつや》投手は巨人のエースだが、お茶目なところがある（以下選手の敬称略）。尊敬する高橋尚成《たかはしひさのり》投手（現・横浜）がベンチ内で打球を顔に受け入院した時、彼の分まで、という思いで内海は尚成の背番号を帽子のひさしの裏に書き、登板した。そこまではいいのだが、彼はピンチになる度帽子を脱ぎ、その裏に書かれた尚成の背番号を見ながら「尚さん、頼む」と呟いていたらしい。でもこれはおかしい。なぜなら尚成は何も死んだわけではなく、ただ病院で痛い痛いと寝転んでいるだけであり、生きている彼に何もそんな超自然的な力などないからである。

ある日のピンチの時、三塁から小笠原道大《おがさわらみちひろ》選手（現・中日）がマウンドに駆け寄り、内海に声をかけた。「自分の一番自信のあるボールを思い切り投げ込め」。これは要は励ましだったのだけど、内海は「うん！」と素直に頷《うなず》き一番自信のあるチェンジアップを投げ、それを見事に打たれ逆転され敗戦投手になった。「小笠原の余計な一言」と僕は密かにあの事件を名付けている。

プロ野球の名場面、といえば昔を思い出すが、最近でも結構ある。今から書くのは間違いなくその一つ。内海投手はその主役ではないが準主役を担っている。

２０１１年、レギュラーシーズン最終戦、内海はこの試合で勝てば最多勝のタイトルを獲ることになっていた。１対２で負けている９回裏、しかしノーアウト満塁。チームがサヨナラ勝ちすれば内海は勝利投手になる。

そこで何と代打で長野久義《ちょうのひさよし》選手がコールされる。長野は何もしなければそのまま首位打者を獲れる打率だったため、その日は出てなかったのである。ここで打てば内海は最多勝投手、自身は文句なしの首位打者。しかし打てなければ内海はタイトルは獲れず、自身の首位打者も危ない。原辰徳《はらたつのり》監督特有の鬼采配《おにさいはい》。満員の球場に地鳴りのような歓声が沸き起こった。

カウント２Ｂ—０Ｓ。普通の打者なら次は振らない。四球で出れば打率は維持され、１点入って同点で後は次の打者に任せられる。だが長野は振る。結果はファウル。球場に悲鳴のようなどよめきが起こる。次はボールで３Ｂ—１Ｓ。次こそ普通なら振らない。四球率は著《いちじる》しく高い。だが長野は振った——。

結果は逆転サヨナラ満塁ホームラン。ベンチを飛び出した内海は泣いていた。お茶目な投手なのだけど、巨人の左投手では四十二年ぶりの最多勝投手になった瞬間だった。

北京《ペキン》で見た紅葉《こうよう》

――毎日新聞地方版／「プリズム」／テーマ＝紅葉／二〇〇八年十一月二十日

紅葉を美しいと思うようになったのは歳《とし》を取ってからで（といっても、まだ31歳だけど）、子供の頃なんかは、あまり意識して考えたことがなかった。年齢と共に否応なく蓄積される、子供時代とはまた違った精神的な疲労が、枯れていく木々の色合いに反応するのかもしれない。

赤やオレンジに彩《いろど》られた木々の群れは、本当に美しい。木々は枯れていく過程で、鮮やかな美しさを周囲に放つ。しかしそれは死への過程ではなく、また春に緑を色づかせるための、再生の過程である。人間も同じで、疲れていても、また再生することができる。こんなことを考えるのは、僕が今何だか疲れているからなのかもしれない。

紅葉の思い出で印象深かったのは、中国に行った時。日中青年作家会議というイベントで、日本の若手作家と中国の若手作家が北京に集まった。お互いに討論したり交流したりする有意義なイベントだったのだけど、一日だけ、観光する時間があった。北京の中心街から数時間バスで揺られてようやく到着する、ある小さな村。そこは明《ミン》の時代からの建物が残る、歴史的な観光地になっている。

古く頑丈《がんじょう》な民家が建ち並ぶ風景を眺めながら、一本の美しく紅葉した木を見た。

「奇麗だ」「建物によく合う」と話していたのだけど、どうも、なんだかおかしい。もう、クリスマス直前の、真冬なのである。北京の冬は寒く、そこは山中で、冷気も一段と厳しい。この季節に紅葉か？　皆で近づくと、紅葉した葉が木に針金で留められていた。その葉も、よく見ると紙である。

なんだこれは嘘じゃないか！　となったのだけど、さすがは作家の集まりで、別の見方が広がった。これは優しさだ、という結論になった。

せっかく来てくれた観光客を喜ばせるために、村人の誰かが一枚一枚葉をつくったのだ。それは相当な労力で、実際の紅葉に負けない美しさがあった。葉の形の紙にただ色を塗っただけでなく、一枚一枚細かな色を混ぜ、巧みな色彩をつくっていた。

「いい紅葉を見た」。お互いに言いながら、村を後にした。

紅葉といえば京都などの観光地を思い浮かべるのだけど、自分の近所にも、意識して見ると美しい紅葉が広がっていたりもする。

石油と休日

——毎日新聞地方版／「プリズム」／テーマ＝予定／二〇〇九年一月二十二日

小学生の頃、空き地で穴を掘ってるおっさんがいて、「何してるの？」と聞いたら、

「石油を掘ってる」と言われた。

「こいつやべえ」と思ったのだけど、子供の好奇心から、しばらく見ていた。おっさんは、「俺はいずれ東海市を征服する」と言い、完全に酔っ払っていて、「石油、石油」と大声で歌いながら、警察に連れて行かれるまで穴を掘っていた。

当時の僕は好きな女の子がいて、もしおっさんの言う通りここから石油が出たらこいつを気絶させて縛り上げ、石油を奪い、その◯◯ちゃんにお金をチラつかせて結婚し、城かどこかで優雅《ゆうが》に暮らそうとぼんやり思った。だけど現実は当然つまらないもので、石油は出ないし、現在の僕も城ではなくマンションの一室に座り、原稿に埋もれ、長編小説の執筆に追われ肌まで荒れている。

この紙面に今年の予定を書き、それが現実になったらどんなにいいか。ドラえもんは、人々の希望が具現化した青い結晶なのかもしれない。今年はあれをして、これをして、と非現実的な野望が色々湧いてくる。

でも、もう今年の予定はほとんど決まっている。3冊本が出るので、なかなか大変だったりする。3月に『何もかも憂鬱な夜に』という小説が刊行されて、5月には『世界の果て』という、初めての短編集が刊行される。今年のもう1冊は、今書いているのでまだタイトルが決まっていない。たとえば今ここで、世界一周旅行をしたい、と希望を込めた予定を書いても、絶対にそんな暇は取れないし、いざ行くとなると色々な弊害《へいがい》が出るだろうし、書いても虚《むな》しいから書かない。でも、本が出るのはやっぱり嬉しいので、今年はなかなか面白い一年になる予感がする。

あのおっさんが今何をしているのか、ちょっと気になってきた。

ダンゴ虫

——毎日新聞地方版／「プリズム」／テーマ＝太陽／二〇〇九年七月十六日

大学の時、ゼミか何かの遊びのアンケートで、太陽が似合わない男第一位、に選ばれたことがある。

確かに、似合わないかもしれない。そういえば、あの時同時に、自転車に乗れなそうな男第一位、にも選ばれた。

太陽よりも、日陰が好きである。春や夏よりも、秋や冬が好きだ。大人数で騒ぐより少人数が、遊園地より公園が、蝶《チョウ》よりダンゴ虫が好きである。

ダンゴ虫は、暗い場所でジメジメ動き、誰にも迷惑をかけず、敵に襲われたら丸まって防ぐ、あの感覚がいい。幼い頃、目の前で丸まるダンゴ虫を見て「これだ！」と思った。自分はこうやって生きていこう。日陰で動き、恐怖の対象が現れたら丸まってやり過ごす。人間は恐ろしい。日向にいるとろくなことがない。日陰に限る。日陰にいる人間同士で、小さく仲良くしていこう。そう思った。

　僕は何というか、押し付けがましい明るさが嫌いである。ほっとけよ、と思う。教室で一人でじっとしていて「文則君、みんなと遊ぼうよ」と言われた時も、「ちら」と見るだけで何も言わなかった。声をかけてくれたクラスメートはきっといい奴で、僕が仲間に入れないと思ったのだろうが、間違っていた。仲間に入れないのではなく、僕が皆を嫌っていたのである。放課後、どいつもこいつもボールを蹴っている。彼らは漫画のキャプテン翼に憧れているに過ぎず、そのような夢見る少年は、来世《らいせ》でボールにでも生まれ変わって逆に蹴られてしまえばいい。そう思っていた。

　しかし、いつの頃からか、僕は少しずつ人と話すようになった。それは、自分の暗さで他人に迷惑をかけるのは、できる範囲でいいからひかえようと思ったからだった。妙な言い方だけど、暗さとは非難されるものではなく、世界に対して疑問を持つことと同義であり、その暗さを内面にしっかり持って、大切なものにしようと思ったのだった。トークショーなどで、中村が明るくてびっくりした、という感想をよく聞くが、実はそれはウルトラマンの三分タイマーみたいなもので、一時間しかもたない明るさだったりする。本当はダンゴ虫なので、トークショーが終われば手足の関節を外し丸まって、コロコロ転がりながらマンホールの下を通り帰宅していくのである。僕の本当の内面は小説に書くことにしている。

しかしながら、太陽の最も偉大なのは、このような僕にでも平等に光を注いでくれるところだ。太陽には贔屓《ひいき》も差別もない。

「トカトントン」

――早稲田文学／「WB」VOL.21／現代作家が選ぶ世界の名作リターンズ／太宰治『トカトントン』について／二〇一〇年十一月二十五日

最近、どうも気分が滅入ってならない。

そんな時、元気が出る明るい本を読む健全な心は持ち合わせていないので、暗い本を読んで徹底的に浸る。大体、読めば元気になるよ！　的な本を読み、「元気出た！」とか本気で言ってる人は変態だと思う。こんな時は太宰治がいい。低いテンションが上手く合い、浸れるのだ。

太宰治の文章は本当に天才的で、短編にも優《すぐ》れた作品が多い。「渡り鳥」や「ア、秋」とかも好きだけれど、この「トカトントン」も秀逸だ。タイトルから凄い。

人生に熱意を持って関わろうとする度にトカトントンと音が聞こえ、虚無に包まれる男の話。文学史的な系譜でいうと、幻の出現のたびに人生への道が塞がれるという意味で、三島由紀夫の『金閣寺』にも影響を与えている（三島は何だかんだ太宰を気にしてる)。何かをするたび虚無に襲われるなんて、今の自分がまさにそう。さっきも電話をかけてきた編集者に、もう小説は大分出来たと堂々と嘘をついた。全然書けてないことがバレたら、逃げようと思う。どこかの場末の旅館に行き、未亡人の女将《おかみ》を見つけ、駆け落ちしようと思っている。何だか最近、ヤケクソなのである。

「トカトントン」はある作家に送られた悩み相談の手紙、という体裁の小説だけど、その作家からの返信の部分を読む度、なんというか、ハイヒールで踏まれた気分になる。

「十指の指差すところ、十目の見るところの、いかなる弁明も成立しない醜態を、君はまだ避けているようですね」

あー……。確かに、そこまでいけば虚無は止むだろうけど……。太宰治は、そこから最終的に自殺しているのである。僕は何とか自殺しないで生きる方法が知りたいんだよと思うけど、恐らくそれは太宰の作品や生き様を参考に自分で考えろってことなんだろう。まあそうなんだが……、仕方ないので、考えてみることにする。とりあえず、小説書かないと。

タクシー運転手

——毎日新聞地方版／「虹のパレット」／二〇一三年四月二十九日

ある深夜、友人の女性をタクシーで彼女の自宅まで送り、「じゃあまた今度」と別れた直後、運転手さんに「……お客さん、今のじゃ女性は口説けませんよ」と突然言われた。

「え？　いや、彼女とは友達で」

「恥ずかしがらなくても。女性を口説こうとして見事に失敗した。……そうでしょう？」

僕にそんな気はもちろんなかった。何だこの運転手はと呆然としていると、彼はさらに言葉を続ける。

「お客さん、あんな気のない態度を取れば、女性だっていい気はしませんよ。そりゃあ帰りますよ」

「いや、だから」

「もっと積極的にいかないと。駄目ですね今の若者は。……駄目ですね」

彼はいつまでも僕の話を聞こうとしない。ごくまれに、こんなふうに人の話を聞かない人がいる。

「しかしね、私はもう何十年もタクシーをやってきて、これまでに数百人、タクシーの中で女性を口説こうとする男性たちを見てきました。つまり、『部屋に行ってもいい?』という男性たちです。私の統計ではね、その成功率は大体1割といったところです」

1割なのか……、と一瞬興味が湧いたが、感心してる場合じゃない。何とか誤解をとかないと。でも運転手はいつまでも会話の主導権を握り続ける。

「だけどね、タクシー運転手の私から言わせれば」

バックミラー越しに運転手と目が合う。

「女性を口説くなら、タクシーに乗る前に口説いておけってことですよ! 聞いてる方は結構迷惑なのです!」

「いや、だから僕は」

「ははは。いいのです。失敗したお客を見るとすっきりしますので」

「え?」

「ストレス解消になります」

そして料金を100円おまけされた。

ほっぺに悪が入っている

――毎日新聞地方版／「虹のパレット」／二〇一三年七月一日

何度目かわからぬダイエットを始めた。

元々ほっぺがプックリしており、小さい頃、授業中に学校の先生から「文則君、口の中のものを出しなさい」と言われたこともある。

「……何も入れてません」

「いいから出しなさい。お菓子ですか」

「……何も入れてません」

悲しい記憶だ。さすがに最近は、たとえば編集者から「中村さん、何か口に入れてます？」とは聞かれないが、やはりほっぺはプックリしている。笑うとエクボまでできる。

つい先日、文庫本の「著者近影」に載せる写真を出版社で撮った時も、完成した写真を見て驚いた。お饅頭が写っていたのである。

なぜお饅頭が写ってるんだろう？　なぜお饅頭が手に顎《あご》を乗せ、こちらをキリッと見てるんだろう？　もちろんすぐ自分であると気づいたが、とにかくこれでは駄目だと思いダイエットを始めた。

世の中には「〇〇ダイエット」という呼び名のものが無数にある。でも僕はあまり何かを信用するタイプでないので、自分で考えることにした。「いつの間にかダイエット」と名づける。

要するに、ダイエットと構えず、日々の生活の中で少しだけ意識するのである。食事は変えないが、量を少しだけ減らす。趣味の散歩をする時、背を伸ばして歩くようにする。何か間食したくなっても食べない。ポイントはその食べない方法で、寝転がってテレビを見ながら間食を我慢するのは難しい。だから集中できることをする。掃除とか読書とか。つまり、間食を我慢するのではなく、間食したいという自分の欲望を忘れる。これがなかなか上手くいった。

そういう小さい積み重ねを毎日続けていたら、徐々に痩せた。でも問題はほっぺである。ほっぺを痩せさせるのは難しい。

ほっぺを、つまり顎を使えばいいと思いガムを噛んでいたが、なかなか痩せない。むしろガムによって鍛えられ、ほっぺが威厳《いげん》を持ちムキムキになっていく。

行きつけの美容院で何気なくその話をすると、そっと器具を渡された。ローラーがついていて、これで頬をグリグリやると痩せるという。貸してくれたので家でやってみると気持ちいい。頬にローラーが吸いつき、確かに何かを奪われていく感覚がある。グリグリ、グリグリ、打ち合わせに来た編集者の前でもやっていたら、悲しい目で見られた。

「……中村さん。悪を描く作家ですよね?」

「……ええ」

「悪を描く作家が、ほっぺを気にして小顔ローラーなんてやらないでください」

思わずはっとする。「このほっぺに悪が入ってるんです」と言ってもウケなかった。作家のイメージは置いておいても、そもそもこれは美を気にする女性のやることで、目の下にクマのある35歳の男がすることではないのでは?

そう思い、使用をやめる。最近は男性用の美容商品もメジャーになっているけど、どうも僕には違和感があるらしい。小顔ローラーに未練《みれん》はあるけど。

蚊が殺せない

——毎日新聞地方版/「虹のパレット」/二〇一四年五月二十六日

蚊が嫌いである。そろそろ季節柄、蚊たちがやってくる。

もちろん、「蚊が好き、大好き、刺されるのがたまらない」という人は少ないと思うけど、とにかく、蚊にはいいところが何もないと思う。

血を吸う。しかも吸った後、相手を痒くする。血を分けてもらったのだから、普通感謝を示さないといけないはずなのに、あいつらはその見返りとして私たちに痒みを与える。強盗して放火して逃げるようなものだ。悪の塊である。

それは同時に、頭が悪いことも意味する。蚊たちは対象にそっと近づかなければならないはずだが、「ウーン」と音を立てる。馬鹿としか言いようがない。しかも刺した後そっと離れれば人間をこれほど怒らせることもないのに、前述したように痒みを残していく。

この痒みは人間によるアレルギーなのだが、しかしそうなら、蚊たちももっと進化して、人間にアレルギーを起こさせないやり方を考えるべきではないだろうか。そうすれば、日本の蚊ならマラリアなどもないし共存できるかもしれない。

一説によると、血液型で蚊にやられる確率（付着率）が違うらしい。1位は可哀そうにO型で78・5％。B型が56・9％、AB型が48・0％、A型が45・3％と続く。実は僕はA型なのでそんなに怒る必要はないのかもしれないが、でも嫌なものは嫌なのだ。

しかもここ2年ほど、困ったことが起きた。小説の資料のために仏教の本を読み過ぎて、蚊を殺せなくなってしまったのである。

蚊も好きで血を吸ってるわけではなく、生物の営みとしての必然でやっていると思うと、まるで剣の道に迷った武士の刀のように、蚊を叩く手の動きが鈍る。だから去年くらいから蚊は殺していないので、つまり僕は蚊の敵ではないのだが、でもあいつらは関係なく僕からも血を奪いにくる。

本当は蚊とコミュニケーションを取れれば一番いい。「僕の血はきっとコーヒーの味しかしないから旨くはない。向かいに嫌みなくらい金持ちそうな家がある。あいつらの血を吸ってこい。あいつらならいくらでも吸っていい」。そう言えればいいのだけど、蚊と話せるはずもないし、もし話せるようになったらそれは僕の頭がとうとうおかしくなったことを意味してしまう。

前もって僕の血をペットボトルの蓋か何かに入れて置いておこうか。でももしそんな時に女性が部屋にでも来たらどうすればいいだろうか。「……これは何?」と質問されて「ああ、それは前もって僕の血を蚊に与えてるんだよ」と言ったらフラれてしまう。

蚊を叩くと見せかけて途中で寸止めし、「ほら、危なかったろ? だから向かってくるな」と蚊に言ったとしても無駄だし、そんなことをしていたらそれこそ僕の頭が正常かどうか自信がなくなる。カミュの小説ではないけど、ただでさえ夏の太陽は人間の頭をおかしくさせる。

どうしたらいいのだろうか。虫取り網が非常に有効だと聞いたことがあるが、でも蚊を捕まえるために虫取り網を買いに行く36歳の男性を世間はどう見るだろうか。部屋の中で虫取り網を振り回す小説家は正常といえるだろうか。

どこか酔狂《すいきょう》な企業が何か開発してくれないだろうか。お坊さん限定で売りに出したとしても、日本にお坊さんはたくさんいるから結構売れると思うのだけど。

満員電車

――毎日新聞地方版／「虹のパレット」／二〇一四年十一月十七日

満員電車はやはり嫌いだ。

人が集まれば、それだけ人はストレスを感じる。お笑い番組とかで客席がぎゅうぎゅうなのは、お客さんにわざとストレスを与え、そのことにより人の「何かを発散したい」欲求を潜在的に高め、より盛り上がるように、より笑いが出るようにしているそうである。だけど満員電車では誰も笑わせてくれないから、ストレスだけが溜まる。車掌《しゃしょう》さんが小話《こばなし》でも始めればいいのだけど、苛々してる時にその小話がつまらなければ余計にストレスを感じてしまう。音楽を流しても人によって好みもあるから難しい。

席に座れたとしても、たまに、足を大きく広げて座ってる人がいる。僕が隣に座っても、足を開くのをやめようとしない。苛々するけども、そこで僕が何かを言ったり、足をぶつけたりすれば喧嘩になり、僕のデビュー作みたいに拳銃で撃たれるかもしれない。だから心の中で、「この人の頭の中には脳ではない他の物質、たとえばレタスやヨーグルトが入っているのだ。人間のように見えるけども、実は人間ではなく、全く別の哺乳類かもしくは昆虫であるから、こちらの常識を押し付けてもしかたないのだ」と思いながら我慢し続ける。

満員電車というものが世の中からなくなれば、日本の全ストレスの5％はなくなる気がする。痴漢をする人間もいる。僕は男性であるが、これまで男性からも女性からも痴漢を受けたことがある。電車には基本的に、いい思い出がない。

電車の中で大声で携帯電話で話をする人もいる。「いや、だからお前、ツイッター読めって。マジそう書いてっから。アハハ」とどうでもいいことを話している。どうせなら「……本当ですか？　……火星に生物の痕跡が……？　やはり我々の先祖は火星から……」という会話ならいい退屈凌《しの》ぎになると思うのだが、大抵電車でしゃべってる人の会話はどうでもいい。この間は「でもね、タカさん。タカさんの感じる『忙しさ』とノリさんの感じる『忙しさ』は違うでしょう？　タカさんの都合ばかりノリさんに押し付けるのはよくないですよ」と話してる人がいて、とんねるずのマネージャーだろうかと思って聞いていると、どこかの工場の勤務シフトの話だった。紛《まぎ》らわしい名前の社員がいたらしい。

どうしても疲れていて座りたい時は、座席に座ってる人の前の吊り革を握って立つ。でも困ったことに、この座席の中で誰が一番先に降りるかの判断は難しい。僕は小説家なので、そこはいつも推理する。たとえば、「手に買い物袋を持っている。中に肉のパックが入っているから生ものを買ったということで、つまりこの人はそれほど遠くへ行くつもりはないはず。この女性が一番先に降りる」というふうに。でも大抵外れる。その女性はその生もののお肉を入れたまま、暖房のきいた車内でどこまでもどこまでも遠くの駅へいく。

座ってる人の後ろの窓に、自分がどの駅で降りるかを示したパネルが出るようにしてくれるといいと思う。スケッチブックのようなパネルで、めくって自分の降りる駅を示すのだ。でもうっかりそのパネルを別の駅のままにしておく人がいると台無しなので、これも難しい。

結局車内で本を読み、別世界に行くことになる。

——毎日新聞地方版/「書斎のつぶやき」/二〇一七年四月一日

部屋は静かな方がいい

自分の部屋より、ホテルの部屋の方が仕事が進むことがある。僕のマンションは住宅地にあり、都心のホテルの方が防音されていて、逆に静かなのだ。小説家の大敵は「音」だと僕は思っている。

例えば近所の焼き芋屋さんは「イモ、イモ、イモイモ！」となぜか「イモ」しか言わないので、聞こえてくると逆に気になって仕方ない。例えばシリアスな場面を書いている時に、イモイモ言われると、

「つまりあなたは（イモ！）午前二時から三時までのアリバイがない（イモ！）」

「……そんな（イモ！）」

「つまり犯人は（イモ！　イモ！）、……イモ？」

となってしまうかもしれない。だから、集中しなければいけない時、よくホテルに行く。小説家はどこでも仕事ができるので、どこでも書斎にすることができる。

でもホテルも、泊まるホテルを間違えると大変なことになる。いつも使ういくつかのホテルの予約が取れなくて、よく知らないところに泊まったら壁が薄かった。隣の部屋から男女の争いが聞こえてくる。

「なんだよ！　そのつもりで来たんだろ？」

「違う。私はお金を」

このたった二つの言葉で、悪者は男性とわかる。その後に物が落ちる音、争う音が聞こえ、焦った。助けなければ。でもどうやって？　ノックするか。まずフロントに

電話か。早くしなければ、と動いた時、すぐ何かが壁に激しくぶつかる音がして、同時に男性のうめき声が聞こえた。

続いてドアが開き、ハイヒールの靴音が廊下を歩いていく。安心したが、元々好奇心が強いので、その男性にインタビューをしたくなった。

「今のお気持ちは?」「その壁にぶつかった後頭部の痛みを、今後の人生に活かすお考えは?」「こんな時になんですが、森友学園問題どう思います?」


ちなみに静かな環境を求める作家はやはり多くて、出版社である新潮社には「新潮クラブ」という、〆切間際の作家に静かに仕事をさせる(閉じ込める)二階建ての家(!)がある。階段をそっと降り、外に逃げようとすると、下の階にいる管理人さんがその音を聞きつけ突然現れ「どちらへ?」と聞いてくるシステムになっている。

その新潮クラブには三島由紀夫と開高健《かいこうたけし》の幽霊が出る噂があって、最初に泊まった時は、実は楽しみにしていた。開高健は妻が怖くて、生前よくそこに泊まっていたらしい。彼の代表作に「パニック」という小説があるのだが、寝ている作家の耳元で、その幽霊の開高健が「パニック!」と叫ぶらしいのである。

でも僕は、まだ一度も出会ったことがない。もしかしたら幽霊ではなく、〆切に追われた作家が聴く、悲しい幻聴かもしれない。

目の下の隈《くま》について

――中央公論新社／「小説BOC」7／作家の「字」典／二〇一七年十月

悩みが二百五十個くらいあるのだが、その中の一つが目の下の隈である。中学生の頃から徐々に現れはじめ、今ではもう、実はポケットになってるんじゃないか、中から切符とかコンドームとか出てくるんじゃないか、と思うほど巨大化している。

皆はパンダを可愛いと思うだろうが、最終的に、あのように自分も目の周りが真っ黒になってしまうのではと恐怖を覚え、あまり直視できない。特にレッサーパンダはよく見ると隈模様が涙のように下に垂れており、おぞましさしか感じない。大隈重信《おおくましげのぶ》、という名前を見ても、隈の字にまず目がいってしまう。

読者さんからのプレゼントで、最も多いのが「蒸気が出るアイマスク」である。目の疲れを癒してくれる優れものだ（匂いつき）。皆さんが、僕の隈を心配してくれている。少し前までは、四葉のクローバーにまつわるプレゼントが多かった。恐らく、僕は不幸と思われていたのだと思う（あながち否定できない）。

どうしたらいいのだろう。目を閉じ、隈の部分にマジックで目を書いて、「こっちが目です」とか言えばいいのだろうか。いやそんなことはしたくない。

僕の隣に人が座らない

——毎日新聞地方版／「書斎のつぶやき」／二〇一八年二月三日

近ごろ、小さいことだけど、なかなかショックなことに気づいた。電車で、僕の隣に人が座らないのである。

前から薄々感づいていたのだけど、改めて意識してみると、やはり座らない。さすがに満員になると誰か座るのだが、僕の隣は大抵、最後まで空いている。

なぜだろう？　ジメジメしたオーラでも出しているのだろうか。いつも大体、白米についたコゲのような黒い服を着ているからだろうか。「悪霊」とか「魔の山」とか、恐ろしげな題名の本を読んでいるからだろうか。僕は目の下のクマが昔からひどいのだが、それが感染するとでも思っているのだろうか。なんなら、感染させてあげたいと思う。みなの目の下にもクマができれば、少なくとも僕は愉快である。

先日は、僕の隣と、いかつい男性の隣だけが空いていた。男性は金髪のモヒカンで、黒い革ジャンを着、「ハードロッカー」という感じだった。Tシャツにも、得体の知れない骸骨《がいこつ》がプリントされている。老人の男性がやってきて、僕とハードロッカーを一瞬、つぶらな瞳で交互に見た。老人は迷っている。プルンとした唇をなぜか動かしながら、一歩一歩、足を進めてくる。これは勝負だ、と僕は思った。ハードロッカーのモヒカンにならば、勝てるんじゃないか？　息を飲み、緊張しながら待ったが負けた。僕の隣は、次の駅まで空き続けた。

ちなみに僕は昔ハードロックバンドをしていたことがあり、彼らは見た目はいかついが、実は優しい人が多いことを知っている。

前向きに、考えようとしたこともある。たとえば、女性が二つ空いている席のうち、僕の隣を選ばず、向かい側に座った時。彼女はきっと、僕の目の下のクマを見て、昔飼っていたアライグマでも思い出し、僕のこの不思議な顔を眺めたくなったんじゃないかと。いや、これはあまり前向きな考えじゃない。

どうすればいいだろうか。見た目より安全な男です、と書いたTシャツでも着ればいいだろうか。人が寄ってくる、人気のメロンパンの匂いでもジャケットにつければいいだろうか。可愛らしさをアピールするため、髪形をツインテールにするのはどうだろう。猫の耳をつけるのはどうだろう。全部ダメだ。

でもこのことを人に話したら、隣に人が座らない方がいい、と言われた。確かに、そうかもしれない。

たとえば以前、僕の隣に座ったスーツを着た長髪の男性が、やたら首の後ろをかいていた時は不快だった。「ああ、いま彼の首の皮膚片が、恐らく僕の肩に落ちている」と思い、絶望的な気分になった。首の後ろをかいている様子を見ながら「敏感肌ならその長髪を切れ」とも言いたくなった。眠りながら頬を肩にのせてくる中年の男性にも、何回か出くわしている。その時も、彼のそったばかりのひげの間には、恐らく皮膚の脂がたまっているに違いないと思い、その無駄な脂が僕の買ったばかりのコートに染み込んでいくと想像し、目に涙がにじんだ。

何だか書きながら、人が隣に座らない方がいいと思えてきた。逆を言えば、僕のような姿を真似すると、隣に人が座らないのかもしれない。

隣に人が座るのが嫌な方、僕を真似してみてください。どう真似すればいいのかはわからないけど。

ある小説が出るまで

――毎日新聞地方版／「虹のパレット」／二〇一三年十一月十八日

約10年前、まだデビューしたばかりの駆け出しの作家だった時、一通の手紙をもらった。

幻冬舎でアルバイトをしている青年からだった。僕は当時25歳。彼は24歳。

長い手紙で、要約すると、僕のデビュー作を読み、いつか仕事がしたいと強く感じた、という内容だった。手紙の後に電話があり、会いたいと言うので、愛知県にいると答えると、彼は東京から愛知まで来た。後から知ったが、彼はアルバイトだったので、経費など当然会社から出ない。自腹で来たのだった。

小説に対して、熱い思いを語られた。「いつか正社員になるのでその時に仕事をしてください」。真っすぐな目で言われ、頷いた。当時の僕はでも、自分がこれからも作家でいられるかわからない状態だった。「僕はいずれ落ちぶれて消えていくかもしれないですよ」と言うと、「そんなことは絶対にない」と言うのだった。

その後も常に連絡があり、ついに「正社員になりました」という報告を受けた。当時は（今もだけど）、正社員になるのは簡単でないはずだった。その頃僕は芥川賞をもらって、何年も先まで仕事が詰まっている状況だった。自分の激変した状況に僕は戸惑っていたが、彼はそんな僕を見ても何も驚いた様子がない。不思議な青年である。

作家というのは基本的に孤独な仕事だが、周りに編集者という存在がいる。編集者から励まされ、一緒に悲しみ、喜ぶ。幻冬舎の彼は、僕をデビュー当時から知っている数少ない編集者だった。何年も先まで仕事は詰まっていたけど、いつか絶対に彼とは仕事をすると、僕もずっと思っていた。

『掏摸《スリ》』という小説がヒット作になった時、そのタイミングが来たと思った。なぜそう思ったのかわからない。作家の勘のようなものかもしれない。彼と仕事をするのは今だ、と思った。書きましょう、と告げる。彼もなぜか、そう言われるのを予想していたような感じだった。これも編集者の勘のようなものかもしれない。僕は構想を練り始めた。構想は不思議とすぐに浮かんだ。

原稿を書き上げて、渡す。どのような作品かは一切告げなかった。なぜかというと、密かに自信があったというのもあるけど、編集者はいわば最初の読者であり、ミステリー作品でもあったから、彼を——ずっと原稿を待ってくれていた彼を——トリックで驚かせ、喜ばせたいという意図もあった。原稿を読んだ彼から興奮した電話が来る。「これを世に広めなければ編集者としての意味がない」とまで彼は言う。その後、もっとよくするにはとお互いに話し合った。彼の意見はいちいち納得できるものだった。恐らく、アルバイト時代の彼だったらあのような完璧な意見は言えなかっただろう。『去年の冬、きみと別れ』という題で出版されたその本は、『掏摸《スリ》』を超えるヒット作になった。何もヒットすればいいわけではないが、興奮する彼を見ながら、僕もいつも以上に嬉しかった。あの本にはつまり、その背後に10年も原稿を待った編集者の存在があり、そうであるからこそ、書けた作品ということになる。ヒットした背後には、当然のことながら、幻冬舎営業部、取次、書店員さんをはじめ、多くの人達の多大な労力もある。

小説は物語であるが、それが出るまでにも、また物語がある。そしてそういう物語に、作家は孤独でありながらも救われるのかもしれない。

祈りと合掌《がっしょう》

――朝日新聞出版／「小説トリッパー」／特集 中村文則の現在／二〇一八年冬号

田中弥生《たなかやよい》さんがお亡くなりになったことを知ったのは、池袋のホテルでの缶詰中に何気なく見た、ネットニュースにおいてだった。

重い病のことも、知らなかった。茫然としていた。しばらくベッドの上でじっとした後、外を歩いた。気がつくと僕は煙草《たばこ》を吸いながら外で座っていた。池袋には、しつこい客引きが多い。その誰からも声をかけられなかったのは、恐らく僕の表情が妙だったからだろうと思う。

二〇〇六年、僕の評論で田中弥生さんという評論家がデビューしたと教えられ、滅多《めった》に行かない業界のパーティーに、つまり田中さんが優秀作を受賞した群像新人文学賞のパーティーに顔を出した。田中さんと少し話し、エネルギッシュな人だと思った。でもそれから数年後、ある媒体で彼女が話した言葉が、僕には納得できないものだった。

納得できない評論など、いくらでもある。普段なら反応もしない。でも、田中さんがそれを言うのは駄目だろうと思った。だから、事実関係も含め、編集者を介して僕の言葉を伝えてもらった。以前に一度だけ、別の評論家に完全な事実誤認を堂々と新聞に書かれ、意見したことがあったが、それを除くと初めてのことで、それ以後もそんなことはしたことがない。要するに、田中さんだったからだった。僕は勝手に、彼女に期待していた。よくいるような、揶揄系の評論家にはなって欲しくなかった。業界の変な部分に、変な形で感化されて欲しくなかった。

田中さんが病で亡くなった時は、その出来事から随分年月が経っていた。知人が亡くなる時、いつも僕が感じるのは後悔だ。数年前の自分の送った言葉を読み直したが、自分が間違っているとは思わなかったし、文学者同士の意見として、普通ともいえる内容だった（激しいものでもなかった）。でも、漠然とした後悔が残った。その後悔は今でも続いている。一生だろう。

僕の短編集の『A』の表紙に絵を使わせていただいた、画家の坂上《さかがみ》チユキさんが亡くなった時も、同じように後悔した。メールをおやりにならない方で、手紙でのやり取りだった。彼女の死は突然で、今でも整理がついていない。もっと多くの手紙を書けばよかったという後悔。つまりもっと多くの言葉を、彼女が生きているうちに、伝えておけばよかったという後悔。文芸誌「群像」の編集長だった佐藤とし子さんが亡くなった時もそうだった。もっと話しておけばよかったという後悔。あの激しい原稿依頼を、やんわり断り続けることなどせず、書けばよかったという後悔。

彼女達は亡くなったが、彼女達が残したものは残る。今回、田中さんの原稿をこの特集に掲載したいと編集部に言われた時、ぜひと思った。無神論気味である僕にとって、人の死は辛い。無神論であるのに、合掌することしか、祈ることしかできない。でも言葉は残る。これは彼女の書いた言葉の一つ。僕は田中さんの評論が好きだった。

［「小説トリッパー」二〇一八年冬号「特集　中村文則の現在」に田中氏の評論は再録された。この文は、その評論に寄せて書かれたものになる。著者註］

『最後の命』と逸脱《いつだつ》した性

——毎日新聞地方版／「虹のパレット」／二〇一四年十月十三日

11月8日に、僕の『最後の命』という小説が映画化されることになった。僕の小説の初映画化になる。

映像化の話が来た時、できるわけがないと思っていた。『最後の命』は、性と悪を分析しようとした小説で、何より心理描写で成り立っている。小説の言葉は、ページをめくりながら読むので立ち止まることが可能だが、映画の言葉は流れて過ぎていってしまう。でも脚本を読んで驚いて、完成した映画を試写で観てさらに驚くことになった。映画であるのに、人間の心理描写が巧みに表現されている。

最近の映画はカット割りや特殊なカメラワークを多用し、いかに観客を飽きさせないかを考えてるように見えるのだけど、この映画は登場人物たちをじっくり撮っていく。つまりそれだけ役者の真価が問われてしまうのだが、彼らは見事に演じていた。主演の柳楽《やぎら》優弥《ゆうや》さんをはじめ、それぞれに難しい役を見事に演じ切っていた役者さんたちを尊敬することになった。

物語は、ある悲惨な犯罪を目撃してしまった二人の少年が成長し、やがて7年ぶりに再会するところが起点になる。一人は自分の中にある「性」に怯えそれを封じ込めようとし、もう一人は自分の中にある「性犯罪的傾向」に悩み、でもそれをなんとかずっと我慢し続けている。その二人が再会した時ある殺人事件が起こり——という話なのだけど、これを書いている時、いわゆる逸脱した性の問題を僕は考え続けていた。

例を挙げると、前上博《まえうえひろし》、という元死刑囚（２００９年、死刑執行）がいる。彼は男女の裸体に性的な関心を持ったことがなく、白という色と、窒息による相手の苦痛だけに関心があった。自身も父親から虐待を受けており——いわゆる「性犯罪者」の中に、過去に性的虐待を受けていた人たちも多いという現実もある——、自分の中のモンスター性に悩み、自己を抑えるため女性ホルモンを打ったりもしていた。善悪の狭間《はざま》の中で、彼は結果的に、自殺サイトで死のうとしている人を探し、彼らを騙して残酷に殺してしまう。彼がやったことはもちろん酷い犯罪だが、犯罪者である彼の人生も相当に苦しいものだった（繰り返すが、だからと言って彼がやったことは犯罪であり、罪を背負わねばならない）。ちなみに彼は異常に高いＩＱを持っていたそうである。

たとえば児童性愛、ロリコンという性質も、現代の特殊な病理ではない。調べていくと歴史的に、長く長く、世界的に人類が抱えている異常性愛の一つである。成人の男性や女性にも興味を持つことのできる人はいいのだが、子供に「しか」興味を持てない人は実に困難な人生を送らなければならない。

なぜ人間はこのようにできているのだろう？　なぜ人間は、誰もが「普通」の性を持つことができるようにつくられていないのだろう？　それがこの『最後の命』で書いた問いの一つである。

……というヘビーな内容の小説の映画化などできるわけがないのだが、観たら大変見事な出来栄えで、ラストはＣｏｃｃｏさんの曲と相まって感動的であり、希望すら見えた。もし観ていただく機会があったら、好き嫌いや善悪、共感を越え、「映画」として観ていただけたら幸いである。事件のニュースは日々溢れているが、その中に時々、人間の存在を深く考えさせられるものがある。

緊迫感──「あなたが消えた夜に」連載を終えて

──毎日新聞／二〇一四年十二月八日

まずは十一カ月にわたり読んで下さった方々に、深くお礼を申し上げたい。本当にありがとうございました。

新聞連載小説は初めての経験だった。これまでの執筆者は誰もがベテランの方ばかりで、自分が書いて大丈夫なのかとの思いもあった。色々悩んだけど「若い人が書くのも購読者の方々には新鮮なんじゃないか？」と無理やり自分に言い聞かせ、思う通りに、好きなように書くことになった。

あまりこういうことは言わない方がいいのかもしれないけど、せっかくなので打ち明け話を書くことにする。小説を始めてすぐ、ランニングシャツを着た男性の遺体シーンを書いたのだけど「ランニング中でも冬は寒いからジャージくらい着てるんじゃないか」と思い、書き直すことにした。直した原稿を記者さんに送ろうとした瞬間、挿画《そうが》担当のゴトウヒロシさんから、何とランニングシャツを着た男性の見事な挿画が送られてきてしまった。筋肉の質感といい、存在感といい、素晴らしい挿画である。こんな細部まで完璧に描かれたものを、今さら「やっぱりジャージ着せてください」とは言えない。困った。小説家は「ランニング」を「ジャージ」と直すだけでいいが、挿画を描く方は、小説家の気まぐれのせいで丸ごと描き直さなければいけない。

結局「冬でも走れば汗をかくし、ランニングシャツでもいいんじゃないか」と思い直し、記者さんにもゴトウさんにも言わず原稿もそのままにした。だけど結果的にそれが正解だった。「空虚な人間のもつ筋肉」という発想を得たからだった。

空虚な人間が、自分の中の空虚さを埋めるために、身体を鍛え続けている――。その後、この遺体の男性の人物設定を、あのようにさらに恐ろしいものにすることができた。

連載小説には、こういう偶然から、思わぬ展開を生むことが多々あるという。それが「連載」ならではのスリリングさであると言っていい。全て先が決まってることを読者が読まされるのではなく、今、この瞬間から変わるかもしれない緊迫感を読む人にも味わってもらいたい。実は物語の展開、今後どうなるのか、ということを、僕は担当記者さんにも、ゴトウさんにも知らせず、ずっと連載を続けていた。記者さんにもゴトウさんにも「今後どうなるんだろう。そう来たか」という新鮮さを味わって欲しいと思ったし、ゴトウさんが、その都度驚きながら絵を描いていきたいと仰《おっしゃ》っていたから。僕の人物の描写から感じ取ったことをゴトウさんが絵に描いて、その見事な絵に僕が影響を受けることもしばしばだった。作家としてはかなり刺激的な連載だったことになる。これまでの作家生活の中で、初めから最後までがっちり決めて書く小説より、その都度のヒラメキを元に、構想が面白い方へと変化していく小説の方が魔力を帯び——まるで生物のように——面白くなることもわかっていた。そういった意味で、連載小説の醍醐味《だいごみ》を表現できたのではないかと個人的には思っている。

そのように「醍醐味」を追求してみたのだけど、当初の十一カ月の予定を一日もずれることなく丁度原稿が終わったのは今でも不思議で仕方ない。短くなったり、延長したりするものだけど、物語がぴったり行数も含めそこで終わった。作家を十二年もやると「奇妙な体内時計」が身体に埋め込まれるのだろうか。執筆中の興奮と共に、書き終えた時のその不思議な感触は、未だに僕の中に残っている。

写真撮影の拷問《ごうもん》

——毎日新聞地方版／「書斎のつぶやき」／二〇一八年一月六日

小説家の仕事は小説を書くことなのだけど、新刊のインタビューなどで、よく写真を撮られる職業でもある。

外で撮影になると、通行人がやはり見てくる。「芸能人が来てるの？」みたいに視線を向けられるが「ん？　誰？　知らないな。何だあの目の下のクマは。エイリアンか？」という顔をして通り過ぎていく。やはり、恥ずかしい。小説家は基本的に引っ込み思案なのに、何でこんなことをしなければいけないのか、とよく思う。

カメラマンさんに「笑ってください」と言われても、何も面白くないのに何で笑わないといけないのか。「カメラをにらんでください。挑みかかるみたいに」とかも言われるが、カメラを持った油揚げみたいなおっさんに、何で挑みかからないといけないのか。「憂い顔というか、暗い感じで……そう、そう！　いいですね！」と言われた時は、別に普通の顔をしていたのでショックだった。

前に新聞を見て、何だこのプクプクしたおまんじゅうは、中身はあんこか、と思ったら僕だったことがあり、反省しダイエットをしたりもした。プクプクしたおまんじゅうが「ご飯？　3杯いけますぜ」みたいな顔で半笑いで写っており、横に「悪を描く作家、中村文則」と書いてあった時は、もう変態だと思った。自分を客観的に見て痩せようと思えるのはいいのだが、基本的に、写真は嫌いである。サイン会で読者さんとスマホで写るのはもちろんいいのだけど、本格的なカメラが苦手なのだ。

今月13日に、僕の小説『悪と仮面のルール』が全国的に映画公開されるのだけど、そのプロモーションの時は、本当に困った。

主演の玉木宏《たまきひろし》さんも、助演の吉沢亮《よしざわりょう》さんも、ものすごく「イケメン」である。そのお二人と一緒に写真に写るのは、なかなか拷問に等しい。しかも映画には完成披露試写会、というのがあって、公開前に、お客さんやマスコミの前での試写会があり、役者さんたちが登壇してトークをするのだが、それにどうしても出てくれと言われ、舞台に上がった。

ヒロイン役の新木優子《あらきゆうこ》さんも含めた華《はな》やかな陽《よう》のオーラたちの中に、一人だけ陰《いん》のオーラがいる感じ。金塊の中の疲れた消しゴムのようだった。そんな状態で、バシバシ写真を何枚も撮られる。

暗闇に紛れようと全身黒い服にしたのだが、背後の映画のスクリーンが白いので、オセロみたいになる。「白い服を着れば良かったのか」とも思ったが、もし全身白い服を着れば「あのジメジメした原作者、気合入ってるな」とお客さんに思われてしまうし、誰も僕の姿を、スクリーンの白に紛れたかったからとは思わない。3月にはまた別の映画がある。どうすればいいだろうか。明るい場所は、基本的に好きではない。自分が賞を頂いた時のパーティーでも、僕は毎回隅っこにいる。

映画自体は、関係者試写会の時、僕の担当編集者は二人とも心のすさんだ女性なのだが（この原作の版元の、講談社の二人）、彼女たちが二人とも泣いていて「この人たち、涙とか出るんだ……」と驚き、僕自身も最後のシーンで涙ぐんでしまい「でもここで原作者が泣いたら、自分大好きみたいに思われる。絶対にダメだ」と思い我慢したほど見事な映画でしたので、ぜひ観てくださるとうれしいです。

映画化について

――毎日新聞地方版／「書斎のつぶやき」／二〇一八年三月三日

以前、僕の小説『最後の命』が映画化された時、出演しないかと言われた。主人公とヒロインが映画に行くシーンがあり、そのチケット売り場のスタッフ役。原作者の姿が映画に出てくる、製作側の遊び心である。映画の中で、エキストラなどで原作者がさりげなくいたりすることは、実は意外と多い。

でも邪魔をしたくなかったので、お断りした。NGを出したら大迷惑だ。それに万が一、鼻毛でも出ていたら一生の恥である。

反対に、僕の隠れた才能が突然開花され、圧倒的な存在感を出してしまっても駄目だ。映画業界から「なんだ、あの目の下のクマのひどい新人俳優は。よし、次の人間パンダ役に抜てきするぞ」となっても大変だし「何て珍しい顔だ。地球に侵略する宇宙人役にぴったりだ」となっても困る。

しかしながら、撮影現場にお邪魔することはある。差し入れなどを持っていき、スタッフさんや役者さんたちに挨拶したりする。現場の緊張感には、毎度圧倒される。今月10日から『去年の冬、きみと別れ』が全国で公開されるのだけど、その現場もすごかった。ピリピリしている、ではなく、全員が一つの目標に向かっている、いい意味での緊張感だった。

撮影が始まった瞬間、僕はすぐ、ここでくしゃみをしたらどうしようと心配になった。僕はほぼ一年間、花粉症だ。心配し始めると余計そうなるタチで、実際にくしゃみをしたくなる。やばい、どうしよう。くしゃみが出る。僕は焦った。

考えるな、考えてはいけない。よし、むかつく編集者の顔でも思い浮かべよう。あいつだ。あいつは許せない。ちくしょう、なんなんだあいつ……、駄目だ、やっぱりくしゃみが出る。まずい、これは本当に出る。こうなったら、普通にくしゃみをするのではなく、すごく我慢しました、我慢したのですが、出てしまいました、というくしゃみを出すべきだ。ハックションではなく、ここに悔しさを込めよう。ちくしょうの意味を込め、ニックションはどうだろう？　ん？　治まった。

そんな僕の状態とは裏腹《うらはら》に、撮影は続いていく。次第に僕も、役者さんたちの演技に見入っていた。あるシーンで、主演の岩田《いわた》剛典《たかのり》さんのセリフに、なかなかOKが出ないことがあった。僕には理由がわからない。完璧じゃないか？　と思っていた。何度目かのテイクの時、隣にいたプロデューサーが小声で「よし」と言ったのと同時に、監督の「OK！」という声が響き渡った。二人から同時にOKが出たことに驚き、後でプロデューサーに聞いてみると「目ですね」と言われた。

「最後のテイクの岩田さんの目は、これまで以上に、あらゆる感情を見事に宿していました」

正直、感心してしまった。僕には全然違いがわからない。映画をつくる、プロにしかわからない領域。実際、監督もこのプロデューサーも、超一流の人である。お客さんも恐らく気づかないくらいの、そんな細かいところも綿密に丁寧につくり込む。そのことが、観ているお客さんの無意識の感性や感覚にまで響き、僕たちは映画にひきこまれるのだろうと思った。

原作は、小説ならではのミステリーの仕掛けがあり、映像化不可能とずっと言われ続けてきたものになる。それを無理に映像化するのではなく、原作の核はそのままに、映像ならではの仕掛けや変更を駆使《くし》し、見事に映画版『去年の冬、きみと別れ』をつくっていただいた。僕も少し脚本に関わっている。楽しんでくれるとうれしいです。

読書アンケート

――集英社／「すばる」／特集　本を読む／アンケート「どうやって本を読んでいますか」／二〇一九年一月号

質問1　本はどうやって選びますか。

「好きな作家の本、内容が面白そうな本、今の自分の興味に関する本（これは小説の参考文献になったりもします）、自分に必要だと思われる本です。」

質問2　読書はいつ・どこで、あるいはどんな状況・状態のときにすることが多いですか。読むものによってそれらを変えることがあったら、それもお聞かせください。

「電車の中、喫茶店、読みたくなった時、あとは寝る前です。寝る前に質の高い本を読むと、眠っている間に脳の滋養《じよう》になるのでは、とも思っています。」

質問3　電子書籍は利用していますか。利用している場合は、どのように使っていますか。

「利用してないです。これだけ光を発する画面に囲まれている生活の中、デジタルから離れて、静かに本の中に入りたいからです。紙とデジタルでは、読む時に脳の前頭葉の働き方が違ってくると思います。」

質問4　本は一冊ずつ読みますか、それとも同時に並行して読みますか。同時並行なら何冊ぐらいまでできますか。また、書き込み、ページの折り曲げ、付箋《ふせん》使用、読書ノートや読書日記の作成など、ご自身の「読み」をどのように記録していますか。他にも、ふだん実践なさっている「本の読み方」がありましたら、お聞かせください。

「基本、一冊ずつ読みます。文体の流れを維持して、ちゃんと味わいたいからです。A4の紙を折り畳んだものを、しおりとしても使って、ペンを持って、読みながら気に入ったところを、ページ番号と共に簡単にメモします。途中で思ったことも書きます。読み終わった後は、それをPCに記録して、全体の感想を書きます。再読の時に、過去の感想を読むと、その時の人生の問題関心が同じだったり、違っていたり、面白いです。あと、『あの場面どんなだっけ』の時も便利です。」

質問5　紙の本はどのように収蔵していますか。置き場所、配列などはどうしていますか。

「本棚から溢れ、一部屋埋まってます。」

質問6　ご自身にとって読書をするのに理想的な環境を教えてください。

「本当に面白い本なら、ページを開けばどこでも理想的な環境になりますが、最近はまっているのは、外国に行った時、その国の小説をカフェで読むことです。うわ、なんか今、自分はいけてるんじゃないか、目の下のクマとかパンダみたいかもしれないけど、それでもいけてるんじゃないか、と勘違いできます。」

質問7　もっとも読み返した本は何ですか。

「『人間失格』か『カラマーゾフの兄弟』です。どっちだろう。十代の時は前者で、二十代の時は半々で、三十代以降は後者かなと思います。」

——文藝春秋／「文藝春秋」／二〇二一年九月号

虚無を楽しむ

メンタルが不調である。

随分昔、来日したUFO(ロックバンド)の復活ライブを観にいった時のことを、最近よく思い出す。そこでギタリストのマイケル・シェンカーが演奏中に突然ギターを叩き壊し、そのままステージを降りライブが中止になった事件があった(騒然とする会場でチケット払い戻しのアナウンスがされたが、福島県から東京に来ていた当時大学生だった僕は、交通費は? と愕然とした)。あの時のマイケル・シェンカーの年齢が、ちょうど今の僕の歳(43)になる。

なぜ彼が突然ギターを叩き壊し全てを放棄したのかわからないが、何か精神的なトラブルに違いない。孔子は「四十にして惑わず」と言ったが現実は逆で、四十代の中盤は、どうもメンタルが惑うのではないか、と非科学的なことを疑っている。

作家の三島由紀夫が亡くなったのは45歳の時で、去年が没後50年だった。自衛隊の駐屯地で国を憂う右派的な演説をし、切腹した最後は壮絶だったが、政治的な行動は側面で、根底には彼の性と美への希求があり、さらに自身を悩ませた虚無があったのではと僕は思っている。

その死の前、三島は自衛隊の訓練に参加し戦闘機F104の後部座席に乗せてもらっているのだが、彼はその時のことを「F104、この銀いろの鋭利な男根は、勃起の角度で大空をつきやぶる」と書いている。あの美文を誇った三島にしては、なんという駄文だろうか(発表時、これまた43歳)。でもこの年齢に追いつくと、なぜ三島がそんな駄文を書いたかわかる気がする。自棄《やけ》というか、美文より即物的な文を、何かを破壊するように書きたい衝動に囚われたのではないかと思う。

では僕は今、何がしたいのか。僕は三島と政治的には真逆だから「平和憲法が勃起の角度で飛んでいく。人権も飛んじゃう」とか書けばいいんだろうか。いや、別にそんなことは書きたくなくて、最近脳裏にちらつくのは「半隠居」の文字。何というか、もう色んなことが嫌になった。虚無である。

当然小説は隠居しても書く。本が出た時は読者さん達に会うため、何かイベントをする。でもそれ以外は（つまり作家活動以外は）引き籠もるのはどうだろう。洞窟みたいなところがいい。洞窟って、買うといくらするんだろうか。貯金をはたいて買えるものかどうか。

昔から惑うと本に助けを求めてきたので、本棚を漁ってみる。隠居文学とでも言うべき吉田兼好の『徒然草』が目に入る。

しかし改めて読むと「恋愛の趣を解しない男は物足りない」とか偉そうに書いてるのに、女性への程度の低い悪口を並べてたり、かなりひく。人間は四十前に死ぬのが頃合い、みたいに飄々と書きながら、自分はしっかり七十前まで生きている。内容も、あまり惹かれない。では同じ隠居文学の鴨長明の『方丈記』はというと、こちらは読みやすくていいが結構ガチの隠居で、木の実とか食べてて、ちょっとよくよくもしてて、あんまり楽しそうじゃない。

どうも隠居は辛そうだ。何か言葉を、と思いさらに本棚を漁った結果、在原業平の「思ふことといはでぞただに止みぬべき　我とひとしき人しなければ」という『伊勢物語』の歌にふれ、何だか染みた。「自分と同じ心の人間なんていないんだから、もう俺は黙る」という意味で、晩年の業平の自棄が伝わってくる。でも僕は作家なので黙るわけにもいかない。

虚無だ、虚無だと言いながら本棚を漁り拾い読みをしていると、憂鬱ではあるが、でもちょっと面白くなってくるから奇妙でもある。良くも悪くも、本という他者の言葉の、風通しの結果だろうか。ドストエフスキーの『罪と罰』にもある通り、人間にはこういう「空気」が必要だ。

虚無を感じたら、虚無を楽しめばいい、と小説の登場人物に言わせたことがあるけど、我ながらそうかもしれない、と感じ始めている。ほんの少しだけども、楽になっているような気がしないでもない。

「銃」――第三十四回新潮新人賞受賞の言葉

――新潮社／「新潮」／二〇〇二年十一月号

受賞と聞き、驚いています。これを書いている時、まるで自分が小説の中だけで生活しているように思われる程、僕は自分の生活の殆《ほとん》どをこの為に使っていました。数々の御批判が目に浮かびますが、読まれたことによって生じる反応は全て、この小説にとって喜びだと思います。小説というのは誰かに読まれない限り、どこへもいくことができないからです。選んで下さった方々、そして読んで下さった全ての方々、ありがとうございました。

予想外、ということ――芥川賞に決まって

――毎日新聞／二〇〇五年七月二十一日

「土の中の子供」を書いている時、僕はあまり元気ではなかった。元々テンションの高い人間ではないのだけど、あの頃は、特に気持ちが沈んでいた。小説中に出てくる、「このまま暗闇に溶けていくことができたら」というぼんやりした思いや、ねじ伏せられたように埋まった「自転車の残骸」から目を離せなくなる場面などは、当時の僕

が散歩をしながら実際に感じたこと、そのままだった。他にも幾つか、多過ぎるほどあるのだけど、振り返ってみると、中々不吉な状態だったような気がする。

書いている途中、『遮光』という小説で賞をいただくことになり、落ち込んでいる場合ではないと思いながら執筆を進めた。いつもスラスラ書くことはできないのだけど、今回は、格別に苦戦することになった。自分の中にある混沌としたものを意識しながら、この主人公と共にどこかに突き抜けていかなければならない、言葉にすると大げさに聞こえてしまうのだけど、本気でそう思っていた。昨年に発表する予定だったのだけど、大幅に時間がかかってしまった。

編集者の方も、（いつもそうしてくれるのだが）熱心に取り組んでくれた。新潮社の会議室のような部屋を借りて、編集長と担当の方と、熱のこもった話し合いをした。完成するまでの時間は長かったが、出来上がった時の充実感はそれだけ大きかった。

その「土の中の子供」が芥川賞の候補になり、選考会の当日、大勢の編集者の方と結果を待つことになった。新聞記者の方々や、テレビ局の人まで共に待機することになり、受賞すると思っていなかった僕は、純粋に「どうしよう」と思っていた。まず場の雰囲気が沈むのを避けるために明るく振る舞い、編集者の方々に申し訳ないという思いを伝え、取材の方々にも謝って、落ち込むのは一人になってからと心の準備をした。電話が鳴った瞬間、「取れないですからね」と周囲に念を押しさえした。

受賞、という知らせを聞いた時は、本当に驚いた。その場にいた人達の歓声で、報告して下さった方の声が聞こえなくなった。嬉しいと思う前の空白の頭に、感謝の念が湧く。『遮光』の野間文芸新人賞の時もそうだったのだけど、作家になる前の自分と、作家になってからの自分とのギャップに、しばらく戸惑った。振り返るまでもなく、デビューして以来、僕は周囲の方々に支えられてきた。各出版社の方々の支えがなければ、今の自分はいない。

昔から小説を読むのが好きで、作家になれたら、と思うようになったのは読み始めてから随分経った後、大学四年の頃だった。ぼんやりと絵空事のように空想することはあったが、こんなにも早くデビューできるとは思えなかったし、二十七歳でこういう状況になるとも、思っていなかった。しかしそれは、僕がそれだけもっと早く成長しなければならない、ということでもある。

『R帝国』「キノベス!2018」第1位贈呈式スピーチ

——『R帝国』「キノベス!2018」第1位贈呈式スピーチ

現在の社会の流れというか、世界の流れに対する危機感から、この小説を書きました。書いている最中は、1冊の本で、どれだけ世界を変えられるだろうかと、ずっと考えていて、つまりこの小説は、僕にとっての、世界の流れに対しての、抵抗の書です。本には、本にしかできない、役割があると思っています。

これまで、色々と賞も頂き、表彰されることも、ありがたいことに多かったのですが、この小説を、書店の方々にこのような形で後押ししてもらえたことが、とても嬉しいです。選んで下さった方々に深い尊敬の念と共に、感謝を伝えたいです。ありがとうございました。

一冊の本が、一粒の種子のように

――『R帝国』「キノベス！2018」第1位受賞エッセイ

一冊の本で、どれだけ世界を変えられるだろうと、最近特に、考えます。変えられるわけないだろ、と言われればそれまでですが、1ミリくらいなら、変えられないでしょうか。いや、2ミリくらいなら。そんなことを、考えます。

日本だけでなく、世界全体が排他的に、不寛容《ふかんよう》に、抑圧的になっている時代。このような時代の中で、作家として、何ができるでしょうか。もちろん、そんなことを考えなくても、作家活動はできます。正直、その方が、安泰《あんたい》だったりします。でも作家が、今の世の中の流れに危機感を覚えているのに、それを書かないのであれば、それは読者に対する裏切りだと思いました。

ザミャーチンの『われら』、ジョージ・オーウェルの『一九八四年』など、世界文学には、ディストピア小説と呼ばれるジャンルがあります。日本の作家が書くならこれだろう、というイメージがずっとあり、それを躊躇なく、表現していきました。作中に「萎縮は伝播する」という文章が出てきます。誰かが萎縮すると、それは遠い他の誰かの小さな勇気まで、挫《くじ》いてしまうことがある。萎縮した小説など、意味がありません。作家になった時から、覚悟は当然持っていました。それがつまり、作家という職業だからです。

一冊の本が、地面に落ちた一粒の種子のように、その後少しずつ広がっていく。世の中を劇的に変えることはできなくても、何かのブレーキになったり、０・０１度くらい進む方向を変えたりすることは、できるのではないか。書いている最中、ずっとその想いでした。本には、本にしかできない、役割があります。

刊行後、多くの人達が、この本を後押ししてくれました。そんな僕の考えとは別に、純粋に、物語の展開が面白いという声も多く、励みにもなりました。

この度の「キノベス！」１位、本当に嬉しいです。特にこの本でそうなったことに、今とても感動しています。選んで下さった方々に深い尊敬を込めて、心から感謝を伝えたいです。ありがとうございました。

David L. Goodis賞 受賞スピーチ

（アメリカ／フィラデルフィア／2014年11月1日）

Thank you so much.
My name is Fuminori Nakamura, and I'm from Japan.
I was so glad to hear the news of receiving an award and I feel honored by it.
I would like to thank Noir Con which has welcomed me. And also I want to thank all the people who have supported me so far.
The main character of my novel The Thief is a genius pickpocket who takes many precious things.
I never imagined that he would also take such an honor.
Thank you very much.

＊

（ありがとうございます。中村文則です。日本から来ました。

受賞の知らせを聞き、とても嬉しく、光栄に思います。

僕を温かく迎えてくださったノアール・コンフェレンス、そしてこれまで僕を支えてくれた全ての人達に感謝します。

僕の小説、『掏《ス》摸《リ》』の主人公は天才掏摸師で、たくさんの高価なものを取っていきます。

まさか、彼がこのような栄誉まで取るとは思ってもみなかったです。ありがとうございました。）

これから向かう先へ――『私の消滅』ドゥマゴ文学賞受賞エッセイ

――『私の消滅』第二十六回Bunkamuraドゥマゴ文学賞受賞エッセイ

小説を書く度に、新しいことに挑戦したい、と思っています。自分の核はそのままに、何か新しい要素を一つ加えていく。もう十一年前になりますが、芥川賞を頂いて以降、ずっとそのことを自分に課していました。

理由は当然、作家としてもっと成長したいからなのですが、僕の読者さんはずっと読み続けてくれている人が多いので、そういう人達に応《こた》えたい、という思いもあります。「また同じか」と思われないように。「核は変わっていない。でも今回はこういう驚きがある」。そう思ってもらえるのが理想と感じています。

『私の消滅』では、ノンフィクションを取り入れることに挑戦しました。元々、ノンフィクションを書きたい、書くなら宮﨑勤《みやざきつとむ》元死刑囚か前上博元死刑囚、もしくは山地《やまじ》悠紀夫《ゆきお》元死刑囚を、と思っていました。ですが、どの出版社からも依頼は長編小説で、様々な出版社をお待たせしてしまっている状況でもあり、「ノンフィクションが書きたい」とは言えず、いつになったら書けるのだろう、と思っているところでした。そしてふと「小説に混ぜてみたらどうだろう?」と気づき、試みてみたら、あくまで自分では、ということですが、とてもしっくりくることになりました。結果的に、そのことが今回の挑戦となりました。

考えてみれば、小説の可能性は無限です。色々なことができる。わざわざノンフィクションを書かなくても、それは小説に組み込むことができる。そのことに気づき、今は、ノンフィクションを書きたいという願望はなくなりました。

なぜ宮﨑勤元死刑囚だったかというと、理由は色々あるのですが、一番は、彼が「現代」の犯罪者の中で、最も複雑な内面を持っていると常々感じていたからです。彼の中に、「現代」の犯罪の核があるのではないかと。彼の内面の奥に入り込む作業をしている途中、自分自身が、小説の中に引きずり込まれるような印象を受けました。こういった経験は、『教団X』という小説の「沢渡の過去」のパートを書いていた時以来のようにも思います。そのこともあってか、小説そのものも、これまで僕が書けなかった領域まで——特にプロット——行くことができたように思います。

ロシア文学者であり翻訳家、そして小説家でもある亀山さんをずっと尊敬していました。その方から今回の賞を頂けたのは大変光栄なことでした。僕は亀山さんにお会いすると背後にドストエフスキーを感じるのですが、まるでドストエフスキーからも賞を頂けたような、そんな感覚まで抱くほど内面が今揺さぶられています。

僕が文学に目覚めたきっかけは太宰治の小説を読んだことですが、この原稿を書いている今、僕は太宰が自殺した、ちょうどその年齢に来ています。太宰は彼の誕生日の数日前に亡くなったのですが、僕は自分の誕生日の数日前に、この賞を頂く知らせを受けることになりました。

僕の人生において、ファースト・インパクトはその太宰治で、セカンド・インパクトがドストエフスキーでした。まるでその僕の人生の流れが、今回の受賞の中に凝縮されているように感じます。太宰が亡くなった年齢の誕生日を越え、太宰治からドストエフスキーへというような。人生を無理やり終わらせた太宰治ではなく、最後まで小説を書き続けたドストエフスキーの精神へ、僕の作家生活がこれから向かうというような。

何か、今回のことに周辺の意味をつけ過ぎているのかもしれません。でも、こんなことを思うほど、今回の受賞は僕にとって大きなことでした。

これまで応援してくださった、全ての人に感謝します。ありがとうございました。今後も書き続けていきます。

命の糧 フリーターの時

——朝日新聞出版／朝日文庫『作家の口福』／二〇一一年二月

作家になる前、東京でアルバイトで生計を立てていた頃、一食の費用は多くて二百円と決めていた。

節約というより、給料と生活費を計算すると、それ以上使うことができなかったのである。朝は食べず、昼は大体パン二つ。夜はレトルトカレーにゆで卵（この組み合わせはかなり美味）などを食べていた。

社会においてアルバイトの立場は弱い。ミスが発覚すると、まずバイトで働く人達が疑われる。ある日、完全に濡れ衣だったのだが、仕事上の失態を僕のせいにされてしまい、雇用者に長く叱責《しっせき》されたことがあった。中々、酷い言葉も混ざっていた。恐らくその雇用者も、誰かに八つ当たりしたかったのだろう。人間はこういう時、一番弱い者を探す。

帰り道、気持ちが沈んだ。飲みにでも行きたかったが、当然だけどそんな金はない。ふと顔を上げると、見慣れたチェーン店のコーヒーショップがあった。いつもはコーヒー一杯で何時間も粘るのだが（僕はそこで、ノートに小説を書いていた）、今日は何か食べようと思った。夕食につけるゆで卵とかを我慢すれば、それくらいなんとかなるはずだ。

コーヒーと、ホットドッグを注文した。ホットドッグは百八十円で、食事代約一回分に相当する。こういうものを食べるのは、本当にいつ以来だろう。口に入れた時、我ながら驚いた。あまりの美味しさに、両端の頰《ほお》の筋肉がしばらく震えていたのである。

温かなパンの舌触りと、パリっとしたソーセージの歯応《はごた》えの後に漂う、ケチャップと芥子の密度のある風味。「旨《うま》いなあ」と呟く。「旨いなあ」

店内は込んでいて、様々な人達が様々な会話をしていた。僕はその中で、古くなった自分のジーンズを少し眺める。「旨いなあ」ともう一度呟いた時、目が涙で滲《にじ》んだ。「旨いなあ」また呟く。「本当に旨いなあ」

自分の人生は、これからどうなるのだろう。もしアパートを追い出されたら、僕には頼るものも何もないから、路上で暮らすことになる。この街は大きくそっけなく、皆が自分のことで精一杯だった。これを食べ終わったら、また自分の現実の生活に戻らなければならない。でも、このホットドッグは美味しい。誰が何と言おうと、美味しい。いくら値段が安かろうが、食べ物は、ちゃんと美味しくなることができる。ならば、今のこんな自分も……。あの時のあの味を、僕は生涯忘れないだろう。

高価な食べ物であれ手頃な食べ物であれ、食は命の糧で、味は精神を救う。

ドストエフスキーの墓前で

――産経新聞／「新・仕事の周辺」／二〇一七年一月八日

昔から暗かったので、自分を支える言葉を求めるように、たくさん小説を読んでいた。

やがて自分も書く側となり、今年で作家生活は15周年となる。今でも当然小説を読み続けている。小説がこの世界からなくなったら、僕は生きていけない。

特にロシアの作家、ドストエフスキーは僕にとって特別な存在で、彼の小説を読まなかったら、鬱々としていた僕は生きていなかったかもしれないし、その作品に素晴らしさを感じることができなかったら、作家になっていなかったかもしれない。

先月初めてロシアを訪れ、いくつかの文学のイベントを行った後、サンクトペテルブルクの街を歩いた。ドストエフスキーはこの都市で暮らし、この都市を舞台に数多くの小説を書いた。僕にとっての「聖地巡礼」となった。

サンクトペテルブルクは当時のロシア皇帝が「西洋に負けない都市をつくる」と決め、本来ひとが住むのに適していなかった場所に、人工的に造った巨大都市である。

ロシア的要素だけでなく、ヨーロッパ文化の影響も多分に取り入れ、それらの全てが、ロシアの広大な大地によって支えられている。冬はかなり日が短く、寒さも重なり人は内省的になり、反対に初夏は日がとても長く、本来寝る時間でも明るいため、まだ寝なくてもいい感覚にもなり、浮《うわ》ついた気持ちになることもあるという。そして、この都市は圧倒的に、息をのむほど美しい。

ドストエフスキー作品の、ロシアとヨーロッパ文化が入り交ざる感覚、キリスト教だけでなく、ロシア土着の古い宗教も混在する感覚、内省的でありながら浮ついたカーニバルのような描写、作品全体を見渡す時に体感する妖《あや》しいまでの美しさ——まさに、彼の小説はここから生まれたと深く感じた。あまりにも魅惑的な都市。いつか長期滞在し、執筆をしてみたいと強く思った。

帰国する直前、ドストエフスキーのお墓参りをした。チケット制(!)なのは、同地にはチャイコフスキーなど、名だたるロシアの著名人が埋葬《まいそう》されているから。

その墓前で、ドストエフスキーの小説と出会った頃のことを思い出す。彼の小説は暗いのだが、暗い自分でも肯定してくれるように思え、まだ若かった頃、僕は彼の本を読み生きようと思った。子供時代は色々あったし、思春期は自分を駄目にする寸前だった。こうやって作家になれたことも、デビュー15年目に入った今でも、時々信じられなくなることがある。

「あなたのお蔭で、ここまでくることができました。ありがとうございました」

そう彼の墓前で祈った時、僕は気づくと涙ぐんでいた。しばらくの間、その場から動くことができなかった。
気持ちを新たに、帰国の途に就く。文学は国や政治や時代を越え、人を救う。

精霊のような人——古井由吉さんへの追悼文

——講談社／「群像」／二〇二〇年五月号

古井さんと初めてお会いしたのは、僕が芥川賞を頂いた時の、授賞式の二次会だった。既に古井さんは芥川賞の選考委員をやめておられたが、来てくださったのだった。「銃」「遮光」と芥川賞の候補になった時、深く鋭い選評をくださっていた。お話をさせていただきながら、精霊のような人だと思った。その時のありがたい励ましの言葉は、生涯忘れない。

その数年後、対談をさせていただいた時のものを、今読み返してみる。名キャッチャーと呼ばれた古井さんに、ピッチャーになってもらおうと悪戦苦闘している八年前の自分が微笑ましくもあるが、そのせいか色々聞き出すことには一応成功している。
「人の年のとり方というのは、老いと若返りの連続で、年をとるにつれて、あらゆる年齢が揃っちゃうんです。幼年時代から老年まで。それぞれの年齢が平等な権利をもって、物を言うんだ」

「自分の知らない自分を呼び出すのが、ものを書くという行為ではないかしら」

若い作家に言いたいことは、という僕の直球の問いには「音韻を取り戻すこと、でしょうか」とお答えになっている。

「インターネットが発達するにつれて、言葉がさらに音韻から離れる」

精霊のような人だった、の第一印象はその後何度お会いしても変わらなかった。古井さんの仰る通り、古井さんの中にはあらゆる年代が同在し、また古井文学に則して言えば、生前／死後の古井さんも同在していたのではとさえ思う。

つまり古井さんにお会いしたことのある人は、今の、亡くなった古井さんと既に会っているのかもしれないとすら思うのだ。それは古井文学にもそのまま言えることで、生前／死後の古井さんも同在して書かれているとしか思えないほど、その作品の数々は生死をも越えた高みを貫く凄まじい文学だった。『杳子』『野川』『仮往生伝試文』『やすらい花』『鐘の渡り』挙げれば名作はきりがない。

古井さんは多くの作品を、言葉を残している。つまりいつでも現在の古井さんを読めるのだと思う。これはなんと幸福なことかと、訃報に触れたばかりの今でも、あえてそう言いたい。

［元々の原稿には、古井さんの選評をそのまま載せさせてもらっているのですが、文芸誌での追悼文

ならいいと思うのですが、僕名義のエッセイ集に古井さんの原稿をそのまま載せるのはどうかと思い、その部分などを割愛し、僕の感情のところを中心に再構成しました。ここに出てくる古井さんとの対談は『自由対談』に収録されています。著者註］

生涯の宝——大江健三郎さんへの追悼文

——中日新聞／二〇二三年四月三日

大江さんの小説には、随分と救われてきた。

今でも僕は明るいとは言えないが、特に青年期は鬱々としていた。明るい小説を読むと、自分はそうはなれないから、逆に疎外感を覚えた。大江文学の主人公は、内面に様々に問題を抱えている。それでも何とか回復を探る姿に、僕は励まされてきた。当時愛読していた太宰治や三島由紀夫などと違い、大江さんは現役の作家だった。このような人が同時代に生き、著作を刊行してくれる。生き難さを抱えていた僕のような存在にとって、それは救い以外の何物でもなかった。

僕は若い時に作家になり、色々賞ももらい、順調だと言われていた。でも長くなるので詳細は省くが、見当違いな批評などでノイローゼのようになり、小説を発表することに苦痛を覚えるようになっていた。実はその頃、精神はかなり追い詰められていた。
『掏摸《スリ》』という小説で大江健三郎賞（大江さんがお一人で選ぶ）を頂いたのは、そんな時だった。あれほど驚いたことはない。あの大江さんが読んでくれ、かつ評価してくださった。あまりの衝撃で、僕の中の苦しみがとけていったのだった。読者としてだけでなく、作家としても、僕は大江さんに救われたことになる。

大江さんは、社会の問題に対し積極的に発言をしていた。『ヒロシマ・ノート』や『沖縄ノート』などが有名だが、『憂い顔の童子』が肯定的にドン・キホーテを捉えていることにも、注目したいと思う。

ドン・キホーテは、セルバンテスが書いた小説の主人公。周囲から滑稽に思われても、自分は騎士であるとし、大胆な行動に出て、人助け、をしようと悪戦苦闘する存在である。

今、社会で問題があっても、無関心であったり、改善に声を上げる人達を冷笑する風潮がある。『憂い顔の童子』はそのような現代の風潮を予見するように、ドン・キホーテに触れたと言えないだろうか。無関心や冷笑的になるくらいなら、むしろドン・キホーテになれと。大胆になれと。

大江さんは七十歳を超えても、書斎に籠らなかった。デモや集会に参加し、逆境の中で社会の問題に発言をし続けた。権力側ではなく、常に弱い立場の人達の側に立った。僕も色々と発言をするが、大江さんの影響が大きい。あの格好いい背中を見続けてきた。

大江さんの作品に「Rejoice!（喜びを抱け！）」という詩人イェイツの言葉が度々出てくる。人生は辛い。でも喜びを抱けと。僕は大江さんに救われた。大恩人だ。その存在が、もういない。

僕は今、とてもRejoice!という気分にはなれない。幾つも大江さんへの追悼文の依頼があり、実はこれが四つ目になる。ずっと堪《こら》えていたけど、書いている途中でさっき急に込み上げてしまい、この原稿は泣きながら書くことになった。僕は今、とても悲しい。作家になって二十年を超えたけど、こんな風に、泣きながら原稿を書くのは初めてになる。

大江さん、あなたの作品は、僕にとって、大勢の読者にとって、生涯の宝です。本当に、本当に、ありがとうございました。

文庫版あとがき

これは、二〇一九年に刊行された、僕の初めてのエッセイ集『自由思考』の単行本を、文庫化したものになる。

Iはエッセイと文学論など、IIは社会問題、IIIはエッセイと受賞関連の文という風に、ぼんやり章分けしている。でも読み物としての流れもあるので、明確には分けなかった。

元々の単行本は、僕のデビューした二〇〇二年から二〇一九年までのエッセイなどを、選別して収録したもの。そして今回の文庫化にあたり、単行本の時の時事エッセイを三つ省き、二〇一九年から現在（二〇二四年）までの新しいエッセイ（書き下ろしを含む）を選別して八つと、「命の糧　フリーターの時」を収録した。「命の糧　フリーターの時」は、他の作家達とのオムニバス本『作家の口福』所収で、でもその本が現在手に入り難くなっていることと、このエッセイは様々な人が紹介していて、長く反響が大きいので、選ぶことにした。

単行本から省いたのは「カラクリと議席の虚像」「このままでいいのか」「締め切り日『記憶にない』」の三つ。それぞれの内容を簡単に書くと、小池都知事と前原誠司議員などが「希望の党」をつくり選挙で野党を分裂させ、自民党を利したこと、安倍政権時代に問題を起こした人達が、記者会見もせず逃げていたことや、当時の政治家達の言い訳や口調に言及したもの、などになる。

この三つは、二〇一九年の単行本発売時に読むと、安倍政権が強大な権力を持ち、大半のマスコミが萎縮していた時代（彼らの多くは今も政権に忖度しているけど）、そのカウンターとして「時代の空気と共に」感じられたものになる。でも今読むと説明をたくさん付けねばならなかったり、新しいエッセイも入れる必要があり――この間、古井さんと大江さんが亡くなり、パンデミックや安倍氏の襲撃、戦争など、様々なことがあった――差し替えることにした。他にも今読むと理解が難しい時事エッセイはあるけども、それらは歴史の記録として、敢えて収録することにした。文庫で新しく収録したエッセイには、目次で†マークがついている。

他にも入れたかったけど、たとえばウェブで現在（二〇二四年六月）読めるものが、僕のホームページにそのリンクがはってある。新刊などの情報や、時々僕の独り言が載っているそのトップページ「新刊NEWS」のところで、現在最新刊の『列』を書いていた頃のエッセイ（23年10月6日付のところ）や、周囲の変な人について書いたエッセイ（23年9月5日のところ）などが読めたりします。

単行本の時のあとがきにも記したけど、二〇一一年三月十一日に発生した東日本大震災に関するエッセイは様々に書き、その中で内容が被っていないものを選び、でも多めに収録している。震災直後の福島民報への寄稿文は、当時のメールの記録を見ると二〇一一年三月十六日（午後三時）に原稿依頼があり、その深夜、日付の変わった十七日（午前三時）に原稿を送信している。メールの依頼文には、救援物資の間に挟み避難所にも配布します、とあった。文面は悩んだが、感情をそのままに書くことにした。あの時はそれしかできなかったし、そう書くべきとも思った。なので感情的な文章になっている（他には、僕のショートストーリー集『惑いの森』の「祈り」「鐘」も、震災直後にすぐ、感情のまま書いた物語となっている）。

同じく単行本のあとがきに、自分のキャリアを振り返ると、『悪意の手記』と『最後の命』が大きかったというように書いている。あの二つの小説で自分の「幅」を広げることができたから、その後と現在の自分があると。僕の小説が語られる時、あまり話題に上る二作ではないけど、確かに、今の僕もそう思う。「幅」という意味では、初めて小説にユーモアを入れた、かなり弾けた短編「ゴミ屋敷」（『世界の果て』収録）も実は大きかったのではと密かに思っている。

「巨人という存在」で触れた大江さんから頂いた本は、ここ一、二年の間で大江さんが読んだ本の中から、ということで『喋る馬』バーナード・マラマッド著／柴田元幸訳（スイッチ・パブリッシング）、『The Natural』バーナード・マラマッド著／これは英語原書（VINTAGE U.K. Random House）、『白い城』オルハン・パムク著／宮下遼・宮下志朗訳（藤原書店）、でした。手書きの書き込みまでが入っていた。

大江さんへの追悼文は合計で六つ書いたけど、その中で、一番感情のまま書いたものを収録した。もしエッセイ集の第二弾が出た時には、全て入れたいとも思っている。大江さんの意志を、微力ながら継いでいきたい。


安倍政権がとても強大だった時、このエッセイ集に収録された一つのエッセイによって、とても面倒なことになった。警察の人達にも助けていただいた。そして僕は、言論に対する圧迫に時代の危機を感じ、逆にもっと書くようになった（その頃の雰囲気は、実は『逃亡者』という小説で実話も混ぜて書いている）。またあのような時代は、やがてくるだろうと思う。でも、僕は書き続けていきます。

なぜなら、僕は作家だからです。

単行本の『自由思考』のあとがきは、最後に僕の小説『教団X』の、松尾さんとよっちゃんさんのセリフで終わっている。確かに、このエッセイ集を締めくくる言葉として、それが相応しいと思う（今度はセリフのまま書いてみます）。

〝誰に何と言われようとも、私は全ての多様性を愛する。〟

〝共に生きましょう！〟

二〇二四年　六月二日　中村文則

＊本書は二〇一九年七月に弊社より単行本として刊行されました。
文庫化に際して加筆修正の上、新規エッセイを収録しております。

自《じ》由《ゆう》思《し》考《こう》

二〇二四年 七 月一〇日 初版印刷
二〇二四年 七 月二〇日 初版発行

著　者 中村文則《なかむらふみのり》
発行者 小野寺優
発行所 株式会社河出書房新社
〒一六二-八五四四
東京都新宿区東五軒町二-一三
電話〇三-三四〇四-八六一一（編集）
〇三-三四〇四-一二〇一（営業）
https://www.kawade.co.jp/

ロゴ・表紙デザイン　粟津潔
本文フォーマット　佐々木暁
印刷・製本　中央精版印刷株式会社

Printed in Japan　ISBN978-4-309-42124-7

銃

中村文則 41166-8

昨日、私は拳銃を拾った。これ程美しいものを、他に知らない――いま最も注目されている作家・中村文則のデビュー作が装いも新たについに河出文庫で登場！ 単行本未収録小説「火」も併録。

掏摸《スリ》

中村文則 41210-8

天才スリ師に課せられた、あまりに不条理な仕事……失敗すれば、お前を殺す。逃げれば、お前が親しくしている女と子供を殺す。綾野剛氏絶賛！大江賞を受賞し各国で翻訳されたベストセラーが文庫化。

王国

中村文則 41360-0

お前は運命を信じるか？ ――社会的要人の弱みを人工的に作る女、ユリカ。ある日、彼女は出会ってしまった、最悪の男に。世界中で翻訳・絶賛されたベストセラー『掏摸』の兄妹編！

A

中村文則 41530-7

風俗嬢の後をつける男、罪の快楽、苦しみを交換する人々、妖怪の村に迷い込んだ男、決断を迫られる軍人、彼女の死を忘れ小説を書き上げた作家……。世界中で翻訳＆絶賛される作家が贈る13の「生」の物語。

メビウス

堂場瞬一 41717-2

1974年10月14日――長嶋茂雄引退試合と三井物産爆破事件が同時に起きたその日に、男は逃げた。警察から、仲間から、そして最愛の人から――「清算」の時は来た！ 極上のエンターテインメント。

インタビューズ

堂場瞬一 41955-8

平成最初の大晦日。友人と飲んでいた作家志望の俺は、売り言葉に買い言葉でとんでもない約束をしてしまう――この本は、100人の物語（インタビュー）で繋がる！ 新たな小説の手法に挑む問題作。

著訳者名の後の数字はISBNコードです。頭に「978-4-309」を付け、お近くの書店にてご注文下さい。